AF302842

PAPIER
FRESSERCHEN
MTM-VERLAG
DIE BÜCHER MIT DEM DRACHEN

Impressum:

Besuchen Sie uns im Internet:
www.papierfresserchen.de

Bearbeitung: CAT creativ - www.cat-creativ.at

im Auftrag von

© 2024 – **Papierfresserchens MTM-Verlag**
Mühlstraße 10 – 88085 Langenargen
info@papierfresserchen.de
Alle Rechte vorbehalten.
Erstauflage 2024

Coverbild: Martina Meier (Fahrradparkplatz Amsterdam)

Gedruckt in Polen / Bookpress

ISBN: 978-3-99051-193-0 - Taschenbuch
ISBN: 978-3-99051-194-7 - E-Book

Meine Drahtesel

... und ich

Radgeschichten von früher und heute

Herausgegeben von

Martina Meier

... und ich - Die Reihe

In der Reihe „... und ich" sind bislang sechs Bände erschienen, weitere sind in Planung oder bereits ausgeschrieben. „Mein Vater ... und ich", „Mein Nachbar ... und ich" – diese und weitere Ausschreibungen finden Sie unter www.papierfresserchen.de. Einsendungen sind ab sofort unter info@papierfresserchen.de möglich.

Inhalt

Autorinnen und Autoren des Buches

Anke Elsner
Anke Schneider
Anke Terrasi
Ann-Kathleen Lyssy
Beate Rola
Beatrix Bülte
Beccy Charlatan
Brigitte (Bridge) Schneider
Carmen Glässer
Catharina Luisa Ilg
Charlie Hagist
Christa Blenk
Christine M. Bigley
Cindy Paver
Daniela Krogmann-Stevens
David Fluhr
Dominique Goreßen
Dörte Müller
Eika Ehme
Emma Bätzel
Esther Fengkohl
Franz Brunner
Gabriele Lengemann
Gabrielle Jesberger
Hannelore Futschek
Hans-Werner Halbreiter
Herbert Glaser
Hermann Bauer
Horst-Volkmar Trepte

Jochen Stüsser-Simpson
Julia Nachtigall
Juliane Barth
Kay Ganahl
Luna Day
Marion Aßmann
Marlene Ingendahl
Michaela Sander
Mirja Seim
Monika Arend
Monika Konopka
Nico Haupt
Nina Steinborn
Oliver Fahn
Olyvia Noak-Christ
Pamela Murtas
Regina Berger
Reinhard Kämpfer
Silke Glomb
Stephanie Hope
Thomas Krieg
Toni A. Rieger
Ulla Tesch
Ulli Krebs
Vanessa Boecking
Vanessa Schröder
Wolfgang Rödig
Xenia Stein

Variationen über ein Fahrrad

Wieder einmal sitze ich vor dem PC und frage mich, wie jemand auf die Idee kommt, das Fahrrad zum Thema eines Kurzgeschichten-Wettbewerbs zu machen. Und noch mehr stellt sich mir die Frage, was um Himmels willen ich dazu schreiben soll.

Selbstverständlich besitze ich ein Fahrrad und genieße die Familien-Radtouren im Sommer, doch eine komplette Geschichte darüber zu schreiben, die dann auch noch von anderen gelesen werden möchte, stellt mich vor Herausforderungen.

„Mein Drahtesel sollte auch mal wieder geputzt und geölt werden“, kommentiert mein Mann, während er mir über die Schulter auf den Bildschirm spickt, auf dem bisher nur die Überschrift *Fahrrad* prangt. Ansonsten gähnende Leere. „Aber jetzt koche ich zuerst.“

Ja, ihr habt richtig gelesen, bei uns kocht tatsächlich der Papa und das ist toll, denn so habe ich ein bisschen Zeit zum Schreiben. Außerdem schmeckt sein Essen einfach viel besser als … falsches Thema, ich schweife ab.

Der Ausdruck des Drahtesels gefällt mir. Ich könnte über das Fabelreich schreiben und den Drahtesel dort lebendig werden lassen. Welche menschengleichen Eigenschaften ließen sich ihm zuschreiben? Störrisch wie ein Esel, drahtig wie ein Leopard? Ich haue in die Tasten und mache mir Notizen.

„Was wollt ihr denn essen?“, fragt Papa.

„Ist mir egal“, antworte ich abwesend.

„Selbst gemachte Burger!“, ruft Clara, die gerade zur Tür hereinkommt, frisch gestylt und mit sehr kurzen Hosen. „Mama, ich brauche dringend ein E-Bike. Ich kann mit den anderen nicht mithalten.“

Ich verdrehe die Augen. „Gestern ein Pferd, heute ein E-Bike. Fang am besten gleich mal an zu sparen.“

„Oder geh Blättchen austragen“, schlägt Papa vor. „Für Burger habe ich kein Fleisch da.“

„Dann mach Schnitzel", sagt Clara. „Mama, bitte, ich brauche dringend ein E-Bike. Ich meine es ernst. Alle meine Freundinnen haben eins."

Ich wende meine Augen vom Bildschirm ab. „Ich kann dir jetzt aber kein E-Bike zaubern", erkläre ich ihr.

„Aber mein Rad hat einen Platten", klagt sie weiter.

Ich bin verwirrt. „Das kann gar nicht sein, du hast unplattbar Bereifung. Vielleicht musst du mal Luft draufpumpen."

„Oh nee, dann nehme ich lieber deins."

„Das geht nicht, da ist der Kindersitz drauf und du brauchst den Gepäckträger für deine Tasche. Nimm Papas."

„Nein!", empört sich die junge Dame. „Das hat eine Stange und das passt nicht zu meinem Style. Ich bin doch kein Kerl."

Ich lache. „Das heißt, für das Pferd, das du dir gestern noch gewünscht hasst, bräuchtest du dann auch einen Damensattel, bei dem die Beine zur Seite runterhängen?"

Sie funkelt mich böse an, macht auf dem Absatz kehrt und geht in die Küche. „Papsi, kannst du mir Luft auf meine Reifen machen?"

Alles klar, die älteste Tochter habe ich wohl verärgert, dafür zwei neue prima Ideen für die Kurzgeschichte gewonnen. Das Pferd ließe sich in die Fabel mit einbauen, das E-Bike leider nicht. Ich denke an das Publikum. In unserer modernen Zeit würden sie wohl das Thema Elektro vorziehen. Also lösche ich alle bisherigen Notizen und tippe stattdessen eine Einleitung zum Fahren mit Akku.

„Nudeln zum Schnitzel oder Kartoffeln?", fragt mein Mann motiviert und erschreckt mich so sehr, dass die gerade gefassten Gedanken einfach so davonpurzeln.

„Ist mir ega...al", wiederhole ich meine bereits getätigte Aussage.

„Ich vergaß, meine Frau ist konzentriert in ihrer Welt. Böser Papa, bloß nicht stören", lästert er und schärft pfeifend sein Fleischmesser.

Elias tippt mir von hinten auf die Schulter. Zum Glück ist er die Treppenstufen so laut heruntergepoltert, dass er mich nicht erschrecken konnte. „Mama, mein Helm ist verschwunden und ich will jetzt zu Luke fahren."

Ich seufze. Papa auch. Elias' Helm ist immer verschwunden. Genauso wie das Handy, die Sportschuhe, die Badehose, die Zahnbürste und die Hausaufgaben. Wir züchten irgendwo auf dem Grundstück kleine, fiese Kobolde, die all diese Sachen verstecken, um sich ihr Leben lustiger zu machen. Aber das verraten wir unseren Kindern natürlich nicht, sondern lassen sie lieber suchen.

„Dann such weiter, ohne Helm fährst du nämlich kein Rad." Noch während ich die Worte spreche, merke ich, wie genial es sein könnte, eine lehrreiche Geschichte über das Fahrradfahren mit Helm zu schreiben. Das sollte dann Erwachsene und Kinder gleichermaßen ansprechen und vor allem die Jugendlichen, denn da ist ein Helm doch eher uncool.

„Ich hab den Helm gefunden, ich fahre! Tschüss!"

Ich winke abwesend. Papa murmelt noch irgendwas von *Toröffner* und ich denke mir, dass die Kobolde dieses Mal keine so gute Arbeit geleistet haben, wenn der verschwundene Gegenstand so rasch wieder auftaucht.

Doch da klopft es schon an der Balkontür zum Hof. „Mein Fahrrad ist verschwunden!" Elias ist völlig außer sich.

Nur waren es dieses Mal nicht die Kobolde. „Das steht bei Oma", sage ich, „schon seit einer Woche. Weil du zu faul warst, damit nach Hause zu fahren und lieber mit Papa mit dem Auto heimgefahren bist. Erinnerst du dich?"

Er brummt etwas vor sich hin.

„Wie bitte?", frage ich.

„Okay, dann nehme ich jetzt Finleys", wiederholt er lauter und macht auf dem Absatz kehrt.

„Äh, nein", mahne ich. „Dann steht ja Finleys Fahrrad bei Oma und der muss damit später zum Handballtraining."

„Ja, dann soll der halt zur Oma laufen."

„Ich lauf dir auch gleich was", sagt Papa kopfschüttelnd. „Mach und hol deinen fahrbaren Untersatz selber! Und sei zum Abendessen zurück, es gibt Spätzle."

Hä? Standen nicht eben noch Kartoffeln und Nudeln zur Auswahl? Oder war ich doch so sehr in meiner Fahrradwelt vertieft, dass ich das falsch verstanden habe? Es muss ja kein Ratgeber oder Informationstext werden – so versiert fühle ich mich ohnehin nicht beim Thema Elektrorad – aber es könnte ja gestohlen werden und verschwunden sein. Nicht von Kobolden wie bei uns, sondern von richtig fiesen Ganoven. Und wenn es mit dieser Ausschreibung nicht passt, kann ich die Geschichte noch für einen Krimi-Wettbewerb nutzen.

„Tschüss, Mama, ich fahre zum Training!"

So unkompliziert kann das sein? Ich winke Finley hinterher und beobachte aus den Augenwinkeln, wie er brav mit Helm zum Hof hinausfährt. Braves Vorbildkind.

„Schatz, ich störe dich ja echt ungern, aber wo ist unsere Spätzlepresse?"

„Das ist nicht unsere, das ist die von meiner Mutter."

„Oh."

Ich sehe, wie er grübelt.

„Na gut, dann gibt es Kartoffelecken als Beilage. Ich liebe dich!" Er macht sich auf den Weg in den Keller, da kommt Finley zurück. Mit tränenüberströmtem Gesicht betritt er schluchzend das Wohnzimmer und lässt sich auf die Couch fallen.

„Was ist denn mit dir passiert?", erschrecke ich und bringe eilends Kühlpaks und Pflaster herbei. „Bist du vom Rad gefallen?" Oh ja, die fiesen Ganoven fallen am Ende bei der Verfolgungsjagd auch vom Fahrrad.

„Ja", jammert er. „Es tut so weh." Er zeigt mir einen blutigen Ellbogen.

„Wie ist das denn passiert?", frage ich, während ich die Wunde desinfiziere.

Er windet sich kurz um die Antwort herum, dann flüstert er schuldbewusst: „Ich habe ein Pokémon gefangen."

„Beim Fahrradfahren?", brülle ich. „Wie oft haben wir dir schon gesagt, dass das Handy im Straßenverkehr tabu ist. Was da alles passieren kann! Da hast du ja noch Glück im Unglück gehabt."

Betroffen kaut er auf seiner Unterlippe. Er hat ein schlechtes Gewissen, das sehe ich. Möge es ihm eine Lehre sein.

Ich will gerade zurück an den Laptop, da schreit das nächste Kind. Neal hat Mechthild das Playmobilfahrrad weggenommen und in den Mund gesteckt. Als ich gerade schlichten will, reißt sie es ihrem Bruder aus den Fingern, woraufhin nun er kreischt. Das wars wohl mit meinem Schreibfluss, obwohl sich so ein fahrradfressendes Monster sicher auch noch irgendwie hätte einbauen lassen.

„Überraschung!" Papa steht fröhlich im Zimmer mit einer dampfenden Schüssel in der Hand. „Es gibt Pommes. Wer hat Hunger?"

Finley, der sich mittlerweile wieder beruhigt hat, fragt: „Papa, du bist doch Fahrlehrer. Mit wie viel Jahren darf ich meinen Motorradführerschein machen?"

Mir verschlägt es die Sprache. Kopfschüttelnd fange ich an zu lachen. Bleibt nur zu hoffen, dass es bis dahin keine Pokémon mehr gibt.

Stephanie Hope ist Grundschullehrerin und ausgebildete Theaterpädagogin. Neben Kurzgeschichten verfasst sie Fantasyromane und ist im Bereich der Kinder- und Jugendliteratur tätig. Weitere Infos unter www.stephanie-hope.com

Mit der Zukunft unter dem Hintern

Es war ein kleines Dorf. Ein Dorf abseits der großen Städte, des Kohlestaubs und dem Pfeifen der Dampfmaschinen. Es gab keine gepflasterten Straßen, keine Wasserleitung und keine Poststation. In diesem Dorf passierte für gewöhnlich nichts Spannendes, darum war die Aufregung unbeschreiblich groß, als der Zirkus vorbeizog.

Am Abend stürmten die Kinder jubelnd den Feldweg entlang, in freudiger Erwartung auf die Sensationen, die in der Vorführung gezeigt werden würden.

Anne trug ihr blaues Hauskleid und saubere Schuhe. Ihr Haar hatte sie zu zwei Zöpfen gebunden.

Das Zirkuszelt konnte man schon von Weitem sehen. An seiner Spitze wehte eine bunte Fahne mit einem blauen Pferd darauf. Vor dem Zelt stand ein Mädchen und verkaufte Eintrittskarten. Es trug ein glitzerndes Kleid, sein Haar war mit Federn geschmückt. Sein Gesicht war weiß und blau geschminkt. Es lächelte freundlich, als Anne ihm das Geld für eine Eintrittskarte entgegenhielt.

Die Plätze im Zirkuszelt waren bis auf den letzten Platz ausgefüllt, als sie durch die Reihen huschte und in der zweiten Reihe Platz nahm. Das Publikum verstummte, als der Zirkusdirektor in die Manege trat. Er trug einen schwarzen Frack und einen ebenso schwarzen Zylinder. Mit großer Geste begrüßte er das Publikum und kündigte die erste Nummer an. Die Vorführung war spektakulär. Es gab einen Seiltänzer, einen kleinen Mann, der mit den Füßen Trompete spielte und vieles mehr.

Doch am spannendsten war die vorletzte Nummer. Hier trat ein Mann auf, der einen Hund auf ein merkwürdiges Gefährt springen ließ und mit ihm durch die Manege fuhr.

Das Gefährt bestand aus zwei Rädern, darüber waren ein Sitz angebracht, auf dem der Mann saß, und eine Stange, auf der der Hund saß. Angetrieben wurde das Gerät von einer Kette, die der Mann mit zwei Holzteilen bewegte. Zuerst hob der Mann die Füße in die Luft, dann die Hände. Die Menge jubelte. Als der Mann schließlich in die Hände klatschte und der Hund daraufhin auf der Stange Männchen machte, war die Menge nicht mehr zu halten. So etwas hatte noch nie jemand gesehen.

Am nächsten Morgen ging Anne durch das Dorf. Ihre Gedanken waren noch immer bei der Vorführung. Vor allem ging ihr das komische Gefährt mit den zwei Rädern nicht aus dem Kopf. *Fahrrad* hatten sie es genannt. Sie fragte sich, wie man darauf geradeaus fahren konnte, geschweige denn im Kreis, ohne umzufallen.

Sie wollte gerade um eine Hausecke biegen, als sie plötzlich Stimmen hörte. Es waren Kinder, die laut durcheinander riefen und lachten. Sie lachten jemanden aus. Vorsichtig schlich sie näher und späht um die Ecke. Sie erkannte Frido mit seiner Bande und einige ältere Jungen.

Sie hatten sich um ein Mädchen herum aufgestellt. Es war das Mädchen, das beim Zirkus die Karten verkauft hatte. Ohne die Schminke konnte man erkennen, dass es nicht älter war als sie selbst, zwölf oder dreizehn. Sein schwarzes Haar war offen und wild gelockt, es trug ein einfaches Schürzenkleid und knielange Strümpfe. Seine Hände hielten den Lenker eines Fahrrades fest.

Die Kinder lachten und zeigten spottend mit den Fingern darauf. „Haben sie dich auch dressiert, damit du darauf Männchen machst?", lachte Frido. Er griff nach dem Fahrrad und riss es dem Mädchen aus den Händen. Scheppernd fiel es zu Boden. „Ob du vielleicht auch Pfötchen geben kann? Los, heb auf und gib Pfötchen!"

Das Mädchen stand unbeweglich da und starrte ihm direkt in die Augen. Im nächsten Moment holte es blitzschnell aus und verpasste Frido eine schallende Ohrfeige.

Völlig verdutzt stand er da. Auch die anderen Kinder waren verstummt und schauten ebenso erstaunt drein.

Ehe Frido wusste, wie er reagieren sollte, wurde ein Fenster aufgerissen. Der Metzger streckte den Kopf nach draußen, das vernarbte Gesicht wutverzerrt. „Ihr verdammten Gören! Macht gefälligst nicht so einen Lärm. Euch werd ich helfen!" Zufrieden beobachtete er, wie Frido und die anderen Jungen davonrannten.

Das Mädchen blickte ihnen mit grimmigem Gesicht nach. Als es sich bückte, um das Fahrrad wieder aufzuheben, trat Anne hinter der Hausecke hervor. „Diese Ohrfeige hat er wirklich verdient. Frido ist so ein Idiot."

„Mein Vater hat einmal gesagt, nicht alle Wangen sind zum Streicheln da", erwiderte das Mädchen.

Anne lachte. Dann deutete sie auf das Fahrrad. „Kannst du wirklich darauf fahren?", fragte sie mit großen Augen.

Das Mädchen nickte und seine Augen funkelten stolz. „Eigentlich ist es ganz einfach."

Anne überlegte einen Augenblick und schaute verlegen. „Könnte ich es vielleicht auch einmal versuchen?"

Da begann das Mädchen zu strahlen. „Ja, natürlich! Ich bringe es dir bei."

Zusammen liefen die beiden Mädchen das Kopfsteinpflaster hinab, das Fahrrad in der Mitte.

„Ich bin übrigens Slava."

„Anne."

„Du musst in die Pedalen treten!", rief Slava. Sie hielt den Sattel mit beiden Händen gepackt und schob Anne auf dem Fahrrad an. Anne krallte sich mit den Händen am Lenker fest, dieser zitterte wie Espenlaub. Ihre Füße standen wackelig auf den Pedalen.

„Es geht nicht! Ich falle!", erwiderte sie panisch.

„Du fällst nicht um", entgegnete Slava bestimmt. „Du musst schnell genug fahren, dann kann das Rad nicht umfallen!"

Anne trat in die Pedalen, das Fahrrad holperte über die Wiese und der Boden schwankte. Doch je schneller sie wurde, desto gleichmäßiger wurde die Fahrt. Slava lief hinter ihr her und hielt das Rad mit einer Hand fest. Der Wind rauschte Anne um die Ohren und die Welt flog an ihr vorbei. Und sie fuhr.

„Es geht! Slava, ich fahre!" Freudestrahlend drehte sie den Kopf und sah Slava, die etwas entfernt hinter ihr stand. Sie hatte losgelassen. Auf einmal begann das Fahrrad unter Anne zu beben und sie kippte mit einem Aufschrei zur Seite. Unsanft landete sie im Gras.

„Du musst nach vorne schauen! Wenn du nicht auf den Weg achtest, fällst du natürlich um", lachte Slava und kam angelaufen. „Aber hast du gesehen? Du bist ganz alleine gefahren!"

Anne stand auf und rieb sich die Knie. Doch ihre Freude verdrängte den Schmerz. Sie war alleine gefahren. Sie konnte es!

„Mein Vater sagt, das Fahrrad ist die Zukunft", sagte Slava stolz. Sie war auf einem Heuballen geklettert und ließ die Beine baumeln. „Jetzt ist es vielleicht nur eine Zirkusattraktion, aber bald wird jeder Mensch ein Fahrrad haben. Dann braucht man keine Pferde mehr, um von einem Ort zum anderem zu kommen. Es ist zwar anstrengender, aber dafür auch billiger. Ein Fahrrad braucht keinen Stall, kein Futter oder Wasser und es kann nicht durchdrehen." Sie verzog das Gesicht. „Ein entschiedener Nachteil von Pferden. Als ich fünf war, hat mir mein Vater das Reiten beigebracht. Das Pferd hat mich ständig abgeworfen. So ein Fahrrad bockt garantiert nicht. Wie gesagt, die Zukunft."

„Aber die anderen Kinder haben gelacht."

Slava schnaubte. „Die Leute haben Angst vor Veränderung. Deshalb werfen sie eine geniale Erfindung lieber auf den Müll. Wenn es nicht Menschen gäbe, die wagen, anders zu denken, würden wir wahrscheinlich noch in einer Höhle hocken. Wenn man will, dass sich etwas verändert, muss man selbst die Veränderung sein."

„Und was willst du?", fragte Anne neugierig.

Slava ließ sich nach hinten auf den Heuschober fallen. „Ich will beim Zirkus bleiben", erklärte sie. „Ich will, dass wir berühmt werden. Richtig berühmt. Ich will in die großen Städte – nach Moskau, Prag, Bukarest. Ich will durch die ganze Welt ziehen, bis in das Land, in dem im Zirkus Elefanten auftreten. Ich habe noch nie einen Elefanten gesehen, du?"

Anne schüttelte den Kopf. Sie hatte noch nie etwas anderes gesehen als ihr Dorf.

„Was willst du später machen?" Slava nahm einem Grashalm zwischen die Zähne. „Hast du einen Traum?"

Anne schüttelte den Kopf. „Na ja, nicht wirklich ... Ich werde heiraten und eine Familie gründen."

„Aber das kann doch nicht alles sein!", protestierte Slava. „Hast du denn nichts, was du über alles liebst? Wofür deine Seele brennt?"

Anne wurde fast schwindelig von so dramatischen Worten. „Ich ... ich schreibe", sagte sie vorsichtig. „Tagebuch, kleine Gedichte. Aber das ist nur eine Spielerei. Niemand würde es lesen wollen ..."

„Doch, ich! Du könntest Schriftstellerin werden."

„Aber nur Männer können Bücher schreiben."

„Mein Vater sagt, jeder sollte das tun, was er liebt. Man muss nur mutig sein, dann ist alles möglich."

Anne nickte nachdenklich. Ihr war nie die Idee gekommen, dass sie im Leben etwas anderes tun könnte, als Suppe zu kochen und Strümpfe zu flicken.

„Es gibt so viele Dinge auf dieser Welt, die darauf warten, entdeckt zu werden, die sich unser Verstand nicht träumen lassen würde“, sagte Slava. „Ich will so viel wie möglich davon sehen. Und das Fahrrad wird mich begleiten.“ Sie sprang auf und streckte eine Faust in die Höhe. „Ich werde die Welt erobern – mit der Zukunft unter meinem Hintern!“

Die beiden Mädchen begannen schallend zu lachen.

__Emma Bätzel__, 17 Jahre, aus Eisenach, Deutschland.

Bier, Eis und Literatur

Die Fahrradtour, die Anton mit seiner Tochter Jenny während der Mittagshitze eines heißen Sommertages unternahm, war anstrengend und schweißtreibend. Beide mussten mindestens noch fünfzehn Minuten in die Pedale treten, um den Badesee zu erreichen. Sie radelten auf dem holprigen Sandweg neben dem Fluss und freuten sich wie die Schneekönige, als sie am Wegesrand einen Kiosk entdeckten.

Anton drehte sich um und fragte Jenny, die hinter ihm radelte: „Willst du ein Eis?"

„Ja, das wäre super", sagte sie erschöpft.

Sie lehnten die Räder an einen Baum und gingen zum Kiosk.

„Was solls denn sein?", fragte die ältere Frau, die aus dem kleinen Kioskfenster lugte.

Während Anton einen zerknüllten Geldschein aus der engen Hosentasche seiner Jeans fischte, sagte er: „Ein Bier und ein Eis mit zwei Kugeln."

Jenny korrigierte: „Drei Kugeln bitte – Schoko, Pistazie und Erdbeere."

Die Frau mit den grauen Strähnen im Haar presste die Eiskugeln in die Waffel, musterte Anton von oben bis unten und fragte ihn: „Wo sind wir uns begegnet? Ich kenne Sie."

Anton nahm das Eis entgegen, reichte es seiner Tochter und sah die Frau lange an: „Tut mir leid, ich glaube nicht, dass wir uns kennen."

„Sie heißen nicht zufällig Anton?", fragte die Frau.

„Doch, ich bin der Anton."

Die Frau reichte ihm die Bierdose und sagte verschmitzt: „Anton, auch du hast dich äußerlich sehr verändert. Deine Stimme kam mir bekannt vor. Ich bin die Eva. Kannst du dich an mich erinnern? Vor 30 Jahren haben wir gemeinsam einen Literaturkreis gebildet. Wir waren in einer Gruppe."

Anton sah dieses faltige und vom Alkohol aufgeschwemmte Gesicht jetzt genauer an. Diese Frau hatte im Leben sicher sehr viel mitgemacht. Nur langsam kehrte bei Anton die Erinnerung zurück.

„Die Eva", stammelte Anton erstaunt und überrascht. „Natürlich kann ich mich an dich erinnern. Mit ein paar anderen Leuten haben wir damals Theaterstücke und Hörspiele geschrieben. Wir haben uns immer gut verstanden und haben nächtelang zusammengesessen, debattiert und diskutiert, bis wir beide einen roten Kopf hatten. Du warst sehr talentiert. Schreibst du jetzt noch?"

Eva lächelte verlegen und sagte: „Lange nicht mehr. Einige Jahre habe ich geschrieben, dann habe ich geheiratet, habe Kinder und heute hätte ich nicht mehr den Nerv, die Zeit und die Ruhe, um zu schreiben. Wegen der Existenz habe ich diesen Kiosk übernommen." Sie schüttelte ihre ungepflegten, zotteligen Haare aus dem Gesicht und mit wehmütiger Stimme sagte sie: „Ach, dir gehts sicher gut. Vor 30 Jahren hast du zu schreiben angefangen. Bist du jetzt ein erfolgreicher Schriftsteller?"

Anton lachte schallend und winkte ab: „Ich bin weder berühmt noch erfolgreich. Sozusagen arm, aber glücklich. Es reicht gerade so, mit Ach und Krach über die Runden zu kommen. Würde meine Frau nicht arbeiten, könnte ich von dem, was ich mit der Schreiberei verdiene, keine Familie ernähren. Traurig, aber wahr. Die Schriftstellerei ist heute schwieriger als vor 30 Jahren."

Eva zeigte ein verständnisvolles Lächeln.

Jenny hatte ihr Eis verspeist und fragte ungeduldig ihren Vater: „Fahren wir jetzt wieder?"

Eva sagte zu Anton: „Du hast eine nette Tochter. Ich bin jedes Wochenende hier. Komm doch mal wieder vorbei."

„Das werde ich", sagte Anton, „dann werden wir über alte Zeiten sprechen." Anton trank den Rest des Bieres und verabschiedete sich von Eva.

Am Baggersee angekommen, lag Anton nachdenklich im Schatten eines Baumes auf der Decke. Jenny tobte sich im Wasser aus. Als sie sich tropfnass auf die Decke legte, sagte sie: „Papa, die Frau im Kiosk hat mir extra große Eiskugeln gegeben. War sie mal deine Freundin?"

„Ja, vor vielen Jahren haben wir gemeinsam geschrieben. Damals haben viele meiner Freunde ihre Gedanken und Spinnereien zu Papier gebracht. Wir träumten alle davon, eines Tages erfolgreiche Schriftsteller zu werden. Hätte ich nicht so viel Ausdauer gehabt und hätte ich nicht Menschen wie deine Mutter getroffen, die mir geholfen hatten, würde ich vielleicht auch irgendwo auf der Straße stehen und Eis verkaufen. Wenn ich dann alte Freunde treffen würde, bekämen die von mir auch große Eiskugeln."

„Eisverkäuferin zu sein, ist aber nicht schön", meinte Jenny.

Anton seufzte ungeduldig, sah Jenny ernst an und sagte energisch: „Es gibt keinen großen Unterschied zwischen einem Eisverkäufer und einem Schriftsteller. Die Schriftstellerei ist eine Berufung. Eis zu verkaufen ist eine Notwendigkeit, um zu überleben – und da hat man keine Wahl. Der Lebensweg ist ein Zufall. Viele Zufälle bilden Möglichkeiten, die uns formen. Traurigkeit und Freude, Glück und Pech, Erfolg und Misserfolg liegen ganz nah beieinander. Wichtig ist, das Erlebte richtig zu verstehen. Wir müssen nicht unbedingt große Macht oder Reichtümer besitzen, um das Leben zu genießen. Wir treiben mit dem Fluss des Erlebens nach vorne. Die Wellen sind unterschiedlich hoch. Manchmal werden wir ans Ufer getrieben, dann sollten wir aussteigen und die Umgebung betrachten. Manchmal muss man gegen die Strömung schwimmen. Dazu brauchen wir viel Kraft. Manchmal gibt es Sturm und Regen, dann müssen wir langsamer rudern." Anton schaute Jenny von der Seite an: „Hast du das verstanden?"

Jenny sagte: „Du wolltest sagen, dass es nur wenigen Leuten gelingt, im Leben die ganz große Erfüllung und Zufriedenheit zu finden – und dass es normal ist, wenn Menschen, die einen künstlerischen Beruf haben, am Hungertuch nagen müssen und als Taxifahrer, Lagerarbeiter oder Eisverkäufer jobben müssen." Sie sprang auf. „Ich schwimme noch eine Runde. Das ist schöner, als deine schwierigen Gespräche anhören zu müssen."

Hermann Bauer, *geboren 1951, lebt in seiner Geburtsstadt München. Seit 1988 Veröffentlichungen von Kurzgeschichten, Reisereportagen, Märchen und Lyrik in Büchern, Anthologien, Zeitschriften, Zeitungen und Kalendern in Deutschland, Österreich, der Schweiz, Frankreich und als Übersetzung in Vietnam. Seit 2014 schreibt er auch Theaterstücke. Tritt gelegentlich als Kabarettist und Gospelsänger auf. www.shen-bauer.de.*

Ein Fahrradleben geht zu Ende

Ein Tag ohne dich,
den gibt es nicht!
Auf holprigen Wegen
und auch bei Regen,
in jeder Sekunde, zu jeder Stunde
bist du für mich da.
Das ist so klar!

Mal geht es rauf
und ich muss dich schieben,
kann ich mich noch mehr
in dich verlieben?

Kleine Roststellen
und ein paar Dellen
machen nichts aus,
mit dir komm ich raus!

Bei Sonne und Regen,
mit dir sich bewegen,
macht einfach viel Spaß
und ganz ohne Gas!

Kein Parkplatzsuchen
und dabei fluchen,
mit leichtem Gepäck
komm ich schnell weg.

Plötzlich, es kracht!
Was hab ich gemacht?
Zu viel geträumt,
bremsen versäumt
Du bist kaputt.
Ich trag dich zum Schutt ...

Dörte Müller, geboren 1967, schreibt und illustriert Kinderbücher. Sie kann sich einen Tag ohne ihr Fahrrad nicht vorstellen. Sie würde es nie zum Schutt tragen und musste nur ein Ende für das Gedicht finden.

Kindheitserinnerungen

„Nimm dir eine dickere Jacke mit", rate ich meinem Reisepartner, der sich auf diese Reise vorbereitet wie auf jede andere Reise auch. Er weiß ja nicht, dass es für mich eine ganz besondere Expedition ist, eine Expedition in die Vergangenheit. Gegen seinen Willen werfe ich ihm noch eine warme, dunkelgrüne Jacke in den Koffer.

„Vertrau mir einfach", antworte ich auf seinen knurrigen Blick.

Dass wir diesen Ausflug machen, stimmt mich fröhlich und wehmütig zugleich. So viel Zeit ist vergangen. Das Auto, mit dem wir damals losgefahren sind, musste längst ausgetauscht werden. Die blauen, wuchtigen Koffer, die damals sorgfältig gepackt und wie Kartons gestapelt wurden, sie mussten ausrangiert werden, waren zu abgewetzt, zu verschlissen. Der Reiseproviant, bestehend aus frischen Würstchen, Käsestangen und herzhaft belegten Brötchen mit zu viel Butter, ist nicht mehr derselbe. Jetzt gibt es Quinoasalat aus kleinen Plastikschälchen und Bananen. Schon die Urlaubsbuchung verlief ganz anders, denn nicht nur musste ich mich um Hotelzimmer und Reservierungen kümmern, diesmal erfolgte außerdem alles online, ohne Reisekatalog, ohne langes Stöbern in hochglänzenden Broschüren und ohne das Gefühl, schon während der Planung den Sand zwischen den Zehen, das Meer auf der Zunge und den Wind in den Haaren spüren zu können. Und schließlich gibt es auch die Menschen nicht mehr, mit denen ich vor so vielen Jahren dort war. Aber manchmal winken sie mir wohlwollend zu, wenn ich in Erinnerungen schwelge.

„Spring rein", ruft mein Gefährte und startet den Wagen.

Ich nehme auf der Beifahrerseite Platz, nicht auf dem Rücksitz. „Fehlt nur noch mein Discman", scherze ich und weiß, dass genau genommen noch viel mehr fehlt.

Mein Partner lächelt verständnisvoll und schaltet zum Kompromiss das Radio an, aus dem wummernde Bässe und rhythmische Takte gegen mein Ohr trommeln. Fünf Stunden Fahrt liegen vor uns und es gibt diesmal keine Endlosschleife des neusten Céline-Dion-Albums, keine Karaokeshow, bei der ich alle mit verschiedenen Whitney Houston-Imitationen begeistere, ob sie nun wollen oder nicht.

„Mal ein bisschen Quinoa?“, frage ich meine Reisebegleitung, die energisch nickt, jedoch aufgrund meiner Vergesslichkeit dann doch darauf verzichten muss.

„Hab keine Gabel eingepackt und auch keinen Löffel“, gebe ich zu und beschließe, die Reiseplanung nie mehr allein vorzunehmen. „Musst du irgendwie so essen, wenn wir eine Pause machen“, schlage ich vor, doch mein Gegenüber gibt mir zu verstehen, dass keine Pause vorgesehen ist.

„Ich kann die ganze Strecke fahren, macht mir nichts aus“, heißt es liebevoll.

Früher haben wir immer eine Pause gemacht, haben uns irgendwo ein kleines Zimmer gemietet und dort übernachtet. Ich im schmalen Einzelbett, das wie durch ein Wunder immer gequietscht hat, die anderen im großen Doppelbett. Heute brauchen wir das nicht.

Dann geht alles ganz schnell. Die ersten Möwen steigen in die Luft, die inzwischen salzig und rau geworden ist. Meine Lunge entspannt sich.

„Das ist die See“, sagt mein Partner und in seiner Stimme liegt ein Fragen.

„Ja, sieht so aus“, antworte ich mild.

„Und wir fahren da tatsächlich mit dem Schiff rüber und lassen unser Auto hier einfach stehen?“, erkundigt er sich rückversichernd.

„Ganz genau“, bestätige ich.

Am Hafen schäumt die See. Die Fähre, die wir unbedingt nehmen müssen, passt sich entspannt dem Wellengang an. Ich schiebe meinen Reisepartner an Deck, suche uns einen Platz in der Nähe der Schiffskombüse und lehne mich Schutz suchend an seine Schulter. Ein seltsames Gefühl. Ich bin mir nicht sicher, ob diese Tour eine gute Idee war, schließlich gibt es doch die sogenannte Reiseenttäuschung. Man kommt an einen Ort, auf den man sich lange gefreut hat, und aus den unterschiedlichsten Gründen hält der Ort doch nicht das bereit, was man sich eigentlich erträumt hatte.

In meinem Fall, also in diesem einen Fall, wäre die Enttäuschung fürchterlich, würde sie doch den gutmütigen Blick früherer Kinderaugen, den wohligen Nebel der schönen Erinnerung einfach wegradieren.

„Also nur Fahrräder, ja?", reißt mich die Frage meines Partners aus den Gedanken.

Oft hatte ich ihm traumversunken davon erzählt, dass es auf der windigen, märchenhaften Insel nur Fahrräder und Pferde gibt. Niemand ist mit Bussen oder Autos unterwegs.

„Nur Fahrräder!", antworte ich beschwingt.

„Schön, mal was anderes. Und wo sind unsere Fahrräder?", will mein Gegenüber wissen, als mir mit einem Mal einfällt, dass ich mich ausgerechnet um das einzige Fortbewegungsmittel, das uns auf diesem Eiland bleibt, nicht gekümmert habe.

Bald ist das Gepäck ausgeladen und der Inhalt auf die Holzschränke verteilt. Keine angejahrte Ferienwohnung diesmal, sondern ein modernes Hotelzimmer in sterilen Farben.

„Ich ziehe jetzt mal los und suche uns zwei Drahtesel, ja?", rufe ich ins Badezimmer, in dem mein Gefährte sich nach der langen Reise frisch macht.

Hier eine neue, schicke Bar, da ein großer Supermarkt. Früher kauften wir unsere Lebensmittel im einzigen Lebensmittellädchen, das die Insel zu bieten hatte.

„Moin, liebe Frau. Ein Stahlross gesucht?", tönt es plötzlich links von mir und als ich mich überrascht zur Seite drehe, entdecke ich den sanftmütig schauenden Fahrradverleiher vor seinem beschaulichen Fahrradstand stehen.

„Gleich zwei sogar", quietsche ich freudig und begreife, dass es derselbe urige Verleih ist, bei dem wir immer unsere Fahrräder gemietet haben.

„Nu, dann probieren Sie erst mal dieses hier", freut sich der Mann und führt mich durch die dicht aneinandergereihten Räder, als jäh ein kleines rotes Fahrrädchen mit weißer Lenkstange, weißem Sattel und einem kleinen dreieckigen Fähnchen an einer grünen Stange in der Ecke des Verleihs aufblitzt.

Meinen neugierigen Blick registrierend winkt der freundliche Händler ab. „Das ist wohl zu klein und außerdem schon älter", sagt er lächelnd. „Kommen Sie, ich hab da was in Ihrer Größe."

Mein Blick ruht noch immer auf dem roten Fahrrad. Ob es wohl zufällig …? Nein, das wird es nicht sein. Langsam tappe ich auf das knallrote Ding in der Ecke zu, den Blick des irritierten Verleihers in meinem Nacken spürend. Dann erkenne ich es. Dort sitzt immer noch der winzige, blau karierte Flicken an der Seite des Sattels, als hätte er darauf gewartet, endlich wieder wahrgenommen zu werden. Meine Augen werden von Tränen unterspült und noch bevor ich weiter darüber nachdenken kann, sprudelt: „Ich nehme das hier!", aus mir heraus.

„Das kleine Drahteselchen? Für Kinder? Ist auch schon ein bisschen eingerostet", antwortet der verdutzte Mann und kratzt sich nachdenklich am Kopf.

„Ich nehme es, wenn's in Ordnung wäre", schiebe ich noch mal hinterher und wische mir ein Tränchen von der Wange.

„Kindheit, hm? Nehmen Sie's mit. Ich schenk es Ihnen, wäre hier nur verstaubt", erklärt der nun nachdenklich wirkende Verleiher und klopft mir empathisch auf die Schulter.

Mein Glück kaum fassen könnend, radele mit dem viel zu kleinen Fahrrad davon. Immer schneller fliege ich an zauberhaften Salzwiesen und in der Ferne glitzernden Dünen vorbei, während ich die erstaunten Augen der anderen ignoriere. Als ich mich umschaue, um das im Wind flatternde Fähnchen an meinem Fahrrad zu begutachten, entdecke ich hinter mir im gleißenden Sonnenschein unverhofft meine Eltern auf ihren Fahrrädern, wie sie mir still und friedlich zuwinken. In diesem Moment weiß ich, dass das Fahrrad der Beginn meiner Reise war und immer sein wird.

Xenia Stein, *geboren 1992 in Koblenz (Rheinland-Pfalz), verweigerte sich seit jeher starren Einstellungen und unflexiblen Blickpunkten, sodass sich bei ihr als lesender Schreibenden bald zwei Gedanken festigten. Zum einen offenbarte sich das Schreiben als vitalisierender Stimulus für Denken und Geist, als aufschlussreiches Soliloquium. Zum anderen erwies sich das literarische Tätigsein als Möglichkeit, andere durch ein ganz eigenes Fenster auf die Phänomene der Welt blicken zu lassen. Wenn viele mit vielen ihre Sicht teilen können, wenn man sich gegenseitig die jeweilige Lesebrille aufsetzt und den anderen dazu einlädt, die Dinge doch mal aus einer anderen Perspektive zu betrachten, entfaltet sich das große Potenzial, das dem Schreiben gegeben ist. Andere sehen zu machen, wie Joseph Conrad sagte, doch auch dank der anderen zu sehen, das ist es also, was Literatur für sie ausmacht.*

Das Fahrradschloss

„Guten Morgen und schönen Tag noch.“

Überrascht klappte der Bauarbeiter die Klinge seines Schweizer Taschenmessers ein und belegte die gerade geschnittene Brotscheibe mit Wurst. „Danke, dir auch!“, rief er dem groß gewachsenen Jungen nach, der schnurstracks auf ein Fahrrad zulief, das an einer Hauswand lehnte. „Wie außergewöhnlich freundlich“, dachte er bei sich, während der Teenager sich zum Rad beugte, um wenige Augenblicke später hochzuschrecken.

„Oh nein! So ein Mist, was mache ich denn jetzt?“

Besorgt eilte der Handwerker zu ihm. „Was ist passiert?“, fragte er den Jungen.

Der hielt einen Schlüssel hoch. „Die Spitze ist mir abgebrochen und steckt jetzt im Fahrradschloss. Das kriege ich nie mehr auf.“

„Kein Problem, warte einen Moment.“ Mit einem Bolzenschneider zwickte er das massive Kettenschloss durch.

„Vielen Dank.“ Beschwingt stieg der Junge aufs Rad und sauste davon.

Lächelnd sah ihm sein Retter nach, als ein junger Mann aus der Haustür trat und sich suchend umsah. „Wo ist mein Rad?“, rief der und die Gesichtszüge des Arbeiters entgleisten.

__Herbert Glaser,__ Jahrgang 1961, arbeitet als Sounddesigner bei einem großen Münchner Fernsehsender und legt dabei fehlende Töne für Spielfilme und Dokumentationen aller Art an. 2019 erschien sein erster Roman „Neustart“ und ein Jahr später die Anthologie „kurz und schmerzend“ mit allen seinen bis dahin geschriebenen Erzählungen. Inzwischen gibt es über 35 Kurzgeschichtensammlungen verschiedenster Verlage, in die ein Text von ihm aufgenommen wurde. Mit seiner Frau lebt er nördlich von München. Sie freuen sich über drei erwachsene Kinder und fünf Enkel.

Ein beinahe unbezwingbares Fahrrad

Eigentlich hatte ich längst damit abgeschlossen zu glauben, mein Fahrrad könnte irgendwann reparaturbedürftig werden. Es war ja auch so gewesen: Mein Rennrad zum Tempobolzen auf flachem Asphalt hatte ich abgeschafft, weil ich mir in die prall gefüllten Schmalspurreifen fast monatlich irgendwelche Gegenstände eingefahren hatte. Nägel, spitze Steine, Scherben … Ein Zischen, dann ging die Luft aus.

Jetzt aber war ich seit ungefähr zehn Jahren mit einem damals für 200 oder 300 Euro erstandenen Trekkingbike unterwegs und nicht von geringem Stolz über seine Robustheit bei meinen tagtäglichen Arbeitstouren. 30 Kilometer hin, 30 Kilometer zurück. Über Stock und Stein. Berge hinauf, in Täler herunter, also eine Strecke mit allem behaftet, worin sich ein Rad bewähren kann. Bis vor Kurzem hatte ich in der Gegenwart meiner Kollegen herausposaunen können, welch seltener Glückspilz ich sei, einen derart resistenten Kameraden zu besitzen.

Neulich aber ist mir bei der vollen Belastung meines Wiegetritts bergan die Kette herausgesprungen und ich konnte gerade noch einen Sturz verhindern. Auf die Gegenfahrbahn bin ich dabei getrudelt. Seither stemme ich mich an steilen Hügeln nicht mehr in die Pedale, als gäbe es oben einen Pokal abzuholen. Autos waren zu dieser Minute Fehlanzeige, daher durfte ich jene Erfahrung als Lehrstunde verbuchen. Mein bisher so widerstandsfähiges Fahrrad war also nicht gänzlich unverwundbar.

Im Zuge der Belehrung entschloss ich mich, mein Geld gleich in eine Generalüberholung zu investieren. Aber wo? Mir kam der Umstand zugute, dass ich Klaus, einem vertrauten Kollegen, mein morgendliches Missgeschick gebeichtet hatte. Er wusste eine Adresse unweit der Arbeitsstelle. Keine gewöhnliche Fahrradwerkstatt, sondern ein integratives Projekt. Menschen mit leichter geistiger Behinderung, die imstande waren, die Mechanik eines Fahrrads besser zu durchblicken als ich, kooperierten dort mit den Menschen aus der Unterkunft direkt nebenan. Ukrainische Flüchtlinge, die schon einmal Bremsen erneuert oder eine Schaltung eingestellt hatten, arbeiteten hier mit den gehandicapten Personen Hand in Hand.

Als ich mein Fahrrad auf Anraten von Klaus in mein Auto gepackt hatte, um es nach der Arbeit in diese Werkstatt zu bringen, überkamen mich zunächst Bedenken. Die Werkstatt lag am äußersten Ende einer Sackgasse. In einem großflächigen, weitverzweigten Industriegebiet. Sie glich eher einem Schuppen oder einer privaten Garage.

Während ich das halb heruntergelassene und beträchtlich verschrammte Eingangstor mit offenem Mund bestaunte, kam ein in etwa 25-jähriger dunkelblonder Mann mit Dreitagebart und einem Schraubenschlüssel in der Hand. Er schüttelte mit seiner freien Hand die meine und sagte in überraschend wenig gebrochenem Deutsch: „Ich bin Artem, wie kann ich dir helfen?"

Weil meine Blicke jetzt an seinem Gefährten hängen blieben, bei dem ich – abgesehen von einem nachschleifenden Bein – keine Einschränkung erkennen konnte, stellte er den wenig gesprächigen und kaum älteren Begleiter vor: „Das ist Felix. Wir arbeiten hier zusammen … Um was geht es denn?"

Ich erklärte ihm den Sachverhalt. Artem scheute nicht davor zurück, sogleich mit der Inspektion zu beginnen. Nach dem Stand der Dinge würde ich nichts verkehrt machen, wenn ich den Rahmen mit erheblichen Haarrissen und den etlichen Rostansätzen verschrotten würde. So resümierte Artem, nachdem er mit der Gewissenhaftigkeit eines Arztes, der seinen Patienten auf Herz und Nieren prüft, jedes einzelne Verschleißteil meines Trekkingbikes untersucht hatte.

„Weißt du eigentlich, wie ich über die Grenze gekommen bin?", fragte er nach einer Weile, als der Gesprächsfluss ein bisschen ins Stocken geraten war.

Natürlich wusste ich es nicht. Ich zuckte mit den Schultern und machte dazu eine Geste, die bedeuten sollte: „Erzähl es mir bitte", und die von Artem auch sofort verstanden wurde. Felix rollte mit seinem Kopf, als müsse er seinen Hals in die richtige Position bringen.

„Ich bin tatsächlich mit dem Fahrrad hergekommen."

„Während des Krieges?"

„Schon als der Krieg absehbar wurde."

„Und warum sprichst du so akzentfrei unsere Sprache?"

„Meine Großeltern stammen ursprünglich aus der Nähe von Brandenburg.“ Nachdem wir uns in der nach Caramba und anderen Ölen riechenden Werkstatt gegenseitig über unsere Lebensläufe informiert hatten, tat Felix einen glockenhellen Schrei, woraufhin Artem ihm einen Auftrag gab. Er gestand mir, dass sein Zuarbeiter Felix keine Leerläufe vertrüge. Der müsse immerzu beschäftigt sein, sonst werde er nervös und zeige derartige Anzeichen.

„Da hast du ja neben den Reparaturen noch mächtig pädagogische Arbeit zu leisten“, sagte ich und meinte das anerkennend.

Ich merkte Artem an, wie nahe ihm das ging, wie sehr ihn die Tatsache berührte, dass er sich hier so nützlich einbringen konnte, während in seinem Heimatland nichts gegen die Angriffe auszurichten war. Es schien, ich hätte durch mein Kompliment bei ihm eine zusätzliche Hilfsbereitschaft auf den Plan gerufen. Unverzüglich marschierte er in eine dahinterliegende Kammer, die durch eine Brandschutztür abgetrennt war. Aus der Kammer heraus schob Artem an jeden Arm jeweils ein Fahrrad. Es waren Marken, die mir etwas sagten, und sie waren beide in einen offensichtlich passablen Zustand.

„Ach, Artem, du bist ein Engel“, entfuhr es mir in Anbetracht seiner Lebensleistung. Ich konnte ihn eigentlich gar nicht genügend rühmen für seine Wandelbarkeit, für den vorbildlichen Aufbau einer Existenz in einem fremden Land, nachdem er die Strapazen der Radanreise aus seiner Heimat hinter sich gebracht hatte. Nach Deutschland zu kommen und sich dann auch noch auf ein sozial engagiertes Projekt einzulassen, fabelhaft!

Artems Miene verfinsterte, er schien verärgert oder beleidigt. Ich wusste nicht, was ich augenblicklich falsch gemacht hatte, dabei sagte er: „Du weißt noch gar nicht, wie viel ich für die Räder verlange.“

Ich musterte ausgiebig seine Blicke. Daraufhin prustete er vor Lachen, klopfte mir mehrmals auf die Schulter und bestand, ohne seine Scherze mit dem einen oder anderen Kunden könne er nicht leben. „Komm, nimm dir das Rad, das du willst, mit beiden könntest du sofort losfahren. Gib mir dafür einen Hunderter.“

Dass das kein Wucher sein würde, erkannte ich selbst als Laie. Obwohl ich seine Dienste für mein ausgesuchtes Rad seither so gut wie nie benötige, besuche ich Artem regelmäßig, rede mir ihm manchmal tiefgründig und gelegentlich thematisiere ich am Rande seinen Witz, der unser freundschaftliches Verhältnis wohl überhaupt erst ermöglicht hat. Und immer geht es in unseren Unterhaltungen auch darum, ob ich abends Zeit hätte, mit Felix das Kino zu besuchen. Denn er mag alles, was über die Leinwand flimmert. Wahrscheinlich bräuchte er noch nicht einmal das. Felix möchte einfach nur mein Freund sein, weil er so sein will wie sein Vorbild und Lehrmeister Artem. Artem und ich übertreffen uns mittlerweile in den gemeinsamen Kinobesuchen mit Felix. Man kann sagen, über mein defektes Fahrrad sind wir zur Dreierclique geworden.

Oliver Fahn, *geboren 1980, Pfaffenhofen an der Ilm, Deutschland, Heilerziehungspfleger, verheiratet, zwei Kinder.*

Das rote Teufelstier

Dass ich mich
Mit meinem Fahrrad
Auf Kriegsfuß befinde,
sollte wohl keinen mehr wundern!
Immerhin passierte es
Nicht nur einmal,
dass ich damit
versehentlich etwas kaputtmachte:

Es begann mit meiner
Damaligen Lieblingsjeans.
Sie verfing sich in der Kette
Und ist sogleich gerissen.

Weiter ging es
Mit dem Auto des Bürgermeisters,
welches ich versehentlich rammte
und dabei kläglich zerschrammte.
Meine Eltern werden nicht müde,
mir dies vorzuhalten,
wenn ich mich heute
mit dem Moped auf die Straße wage.

Zum krönenden Abschluss
Knallte ich im Urlaub
Mit meinem verhassten Drahtesel
Nochmals frontal
Gegen eine Straßenlaterne.

Seitdem lasse ich
das rote Teufelstier
lieber in unserem Schuppen stehen,
um mit meiner himmelblauen Schwalbe
auf Tour zu gehen.

Catharina Luisa Ilg, *Baujahr 2005, geboren und aufgewachsen im wunderschönen Erzgebirge, wo sie auch weiterhin lebt.*

Das Rad der Zeit

Klingeling, Klingeling hier kommt der Drahtesel. *Klingeling!* Das wäre vielleicht ein Satz für einen begeisterten Vielfahrradfahrer. Bei mir ist diese Leidenschaft etwas kurz gekommen. Warum? Hm ... Radfahren steckt voller Erinnerungen.

Als ich klein war, hatten wir ein Blumengeschäft und haben sehr viele Touren gemacht. Wir verreisten vier Mal im Jahr mit dem Flugzeug. So habe ich früh die Kanaren gesehen oder Länder wie Ägypten. Das Reisefieber packte mich eigentlich bereits, als ich jung war. Unterwegs besichtigten wir zu Fuß, mit dem Auto, mit dem Esel, mit dem Pferd, mit dem Raftingboot, mit der Sportjacht und auch mit dem Fahrrad. Ich erinnere mich zu gut daran, dass wir, wenn wir unsere Jacht in Stevensweert in den Niederlanden aufsuchten, mit dieser häufig größere, aber auch kleinere Touren machten. Hatte ich Sommerferien, so kam es vor, dass wir drei Wochen davon unterwegs waren. Wir fuhren nach Frankreich, aber auch zum IJsselmeer.

Die letztere Tour habe ich schlecht in Erinnerung, weil wir bei echtem Seewetter dort waren und unser Schiff einem höheren Wellengang ausgesetzt war. Es war das erste Mal im Leben, dass ich auf dem Wasser Angst hatte. Ich hatte davor nicht einmal Angst, als ein Schleusenwächter einer Schleuse zu schnell Wasser einließ, die dadurch entstandenen stärkeren Strömungen das Boot eines Ehepaares von dem Poller wegriss und dieses so für einige Minuten ohne Antrieb in der Schleuse unterwegs war, bis das Pärchen den Motor anwarf. In dieser Zeit drohte das Boot gegen unser Boot zu rammen, aber es ging noch einmal gut aus. Letzten Endes hat das Pärchen es geschafft, den Motor rechtzeitig wieder in Betrieb zu setzen und das Boot in Zaum zu halten und abzuwenden, nicht auf andere Schiffe zuzusteuern, die sich an den Seiten der Schleusen befanden, und mit dem Schwimmpoller, an dem man ein Seil befestigte, mit dem auftreibenden Wasser in der Schleuse, mit nach oben getragen wurden. Den Schleusenwärter verklagte man, soweit ich diese Geschichte in Erinnerung habe, doch ob er seinen Job danach noch behalten durfte oder nicht, kann ich nicht sagen. Es ist schon ein kleines Risiko, wenn Schleusenwärter das Wasser der Schleusen zu schnell ein- oder ablassen. Einmal miterleben reicht. Wohl war es auch das einzige Erlebnis dieser Art und das sitzt lange nachhaltig im Kopf. So wie das schlechte Wetter des IJsselmeers. Ich muss kein zweites Mal unbedingt noch einmal dahin.

Auf unseren Touren ... Maas rauf und runter ... und andere Flussläufe auf und abwärts, hatten wir immer unsere niederländischen Klappräder dabei. Insgesamt drei. Hinter ihnen baumelte mein kleines Motorboot. Es war ein Kinderspiel, die Räder aus ihrem Gestell zu entfernen, wenn wir in irgendeinem Hafen anlegten und Touren machen wollten. Wir klappten einfach die Räder zusammen und fuhren auf Erkundungstour. Ich erinnere mich noch gut daran, dass wir einmal an einem Strand Halt machten, ich in meinem knallgelben Kleid auf unserem Strandtuch saß und den Tag nur halbwegs genießen konnte, weil ich dauernd von irgendwelchen fliegenden Viechern genervt wurde. Ich war froh, als wir wieder weiterfuhren und in Fahrt waren. Dann ließen mich die Fliegen oder was es auch war, das mein Kleid scheinbar für eine Blume hielt, in Ruhe. Meine Mutter liebte es damals, mir bunte Kleider anzuziehen. Ich mochte es nicht. Ratet mal, warum? Wegen der Krabbelviecher oder fliegenden Kleintiere, die die knallbunten Farben oft anzogen. Irgendwann war die Zeit der Kleider vorbei und somit konnten Radtouren auch von mir genossen werden.

Vater war derjenige, der am wenigsten aus dem Geschäft herauszubekommen war. Er liebte seine Arbeit über alles und verbrachte, wenn wir ihn nicht zu den paar möglichen Reisen überredeten, viel Zeit bei der Arbeit.

An dem ein oder anderem Wochenendtag war ich mit meiner Mutter und unseren Fahrrädern alleine unterwegs. Manchmal liehen wir uns einen kleinen Sprinter aus und fuhren nach Köln. Der Picknickkorb wurde eingepackt und so, wie uns danach war, machten wir Pausen, packten eine Decke aus und genossen unsere mitgenommenen Speisen.

Köln ist eine riesige Stadt, sag ich euch. Dort kann man viel entdecken. Früher mit dem Rad, heute erwandern mein Wanderbuddy und ich Köln zu Fuß. Wir waren schon auf einigen Etappen des Kölnpfads und des Grüngürtelwanderwegs unterwegs. Beide nur zu empfehlen.

Es gibt die unterschiedlichsten Streckenzusammensetzungen und un-

terschiedlich viele Seiten von Köln zu sehen. Außerdem hat Köln viele
kleinere Parks, die man manchmal gar nicht mal unbedingt in dieser
riesigen Stadt vermutet. Mit dem Fahrrad sind wir damals auch schon
mal über eine Fähre über den Rhein auf die andere Seite gefahren. Beim
Wandern machen wir das nicht. Wir suchen uns eine Rheinbrücke und
überqueren diese. So sind wir nicht an Zeiten von Überfahrten gebunden.

Und was ist aus den ganzen Fahrradtouren geworden? Leider sind
die Familienfahrradtouren eingeschränkt. Meine Mutter ist aufgrund
einer Titanschraube im Fuß nicht mehr so sportlich unterwegs, wie sie
es früher einmal war, und leider etwas eingeschränkt. Ich vermisse die
alten Zeiten. Sie hat einfach alles mitgemacht. Auch war sie bei der ein
oder anderen Wandertour hin und wieder dabei.

Heute bin ich froh, dass wir noch kleine Touren mit dem Rad nach
Obermaubach machen. Es ist ein Stausee in unserer Nähe. Er ist ein
schönes Ausflugsziel, weil man hier entweder in einem Kiosk, einem
Café oder einem Restaurant einkehren und die Aussicht auf den See
bewundern kann. Bei strahlendem Sonnenschein liebe ich es, wie das
Glitzern der Sonnenstrahlen auf dem Wasser reflektiert wird. Ich könn-
te stundenlang zusehen. Das sind für mich erdende und kraftgebende,
positive Momente im Leben. Die schönen Seiten der Natur bewundern
und sich über kleine Dinge freuen können, wie halt das Glitzern der
Sonne auf dem Wasser. Mehr brauche ich nicht, um glücklich zu sein.
Auch ist es herrlich, wenn man eine Entenfamilie zusammen auf dem
Wasser sehen kann. Oder andere Wasservögel. Habt ihr schon einmal
Haubentaucher beobachtet? Wie lange kann dieser unter Wasser bleiben? Zählt mal mit.

Bemerkt ihr etwas, wenn ich über diese Erinnerungen schreibe? Vielleicht einen kleinen Hauch von Melancholie?

Wenn nicht, dann ist es mir vielleicht gut gelungen, diesen zu ver-
bergen. Ich würde im Hier und Jetzt gerne wesentlich mehr Zeit mit
meiner Mutter unterwegs verbringen. Manche Leute erfahren vielleicht
nie, wie es ist, eingeschränkt zu sein. Seid froh, wenn dem nicht so ist,
und ich hoffe, ihr wisst es zu schätzen, wenn ihr alles machen könnt,
wann ihr wollt und was ihr wollt. Manche erfahren Einschränkungen
mit der Zeit – im Alter. Andere vielleicht durch einen Unfall. Ich wünsche es keinem. Wenn man einmal so etwas wie eine Einschränkung
mitgemacht hat, zum Beispiel eine kurze Quarantänezeit zu Corona,

dann weiß man einfach umso mehr zu schätzen, dass man jederzeit Aktivitäten nachgehen kann. Momentan bin ich glücklich, wenn ich mit meiner Mutter kleine Radtouren machen kann und wir hinterher mit Freunden darüber austauschen können.

Denn das Leben, finde ich, spielt sich unterwegs ab. Die Eindrücke, die man gewinnt, die nimmt einen keiner mehr weg. Und letztlich schreibt vielleicht der ein oder die andere eine Geschichte über Erlebnisse. So wie wir Autoren. Wir teilen unsere Erfahrungen mit euch Lesern. Und wenn wir nichts erleben würden, stünden hier vielleicht nur leere Seiten. Und das wäre schade. Oder?

Vanessa Boecking: *Autorin verschiedener Genres. „Damian, der Zauberer", Fantasy/Märchen. „Osiris, die Supermumie", Fantasy/Manga.*

Wie eine Königin

kein Weg ist zu steil, keine Straße zu lang
der Himmel wirft Wolkenküsse
auf dem Rad flink daher, fülle ich ihn mit Gesang
die Eichhörnchen sammeln schon Nüsse
die Sonne spiegelt sich im blanken See
Kühe, Enten und Katzen schauen friedlich
ich sause weiter, weil ich sie gut versteh
Hunde und Schafe liegen da gemütlich
Hoppla, ihr Pferde, schaut mein Esel ist schneller
so sause ich am Hof vorbei und ab durch den Wald
fühle mich glücklich, das Herz wird heller
Vögel zwitschern süß bis ihr Ruf verhallt
der Boden wird holperig, ich klammere mich fest
bin wie der Wind unschlagbar und frei
da finde ich mich plötzlich mitten im Geäst
mein Rad ist verbogen und bricht fast entzwei
die Hose hängt an den Knien in hundert Fetzen
mein Schatz sagt dazu: „Aus dem Alter bist du raus."

Egal, aufs Rad werde ich mich immer setzen
es bringt mich stolz wie eine Königin nach Haus

Regina Berger, geboren in Hagen/Westfalen, aufgewachsen mit sieben Geschwistern in einem kleinen Dorf. Studium in Münster, arbeitet danach als Diplom-Sozialpädagogin und freie Autorin in Wuppertal, zahlreiche Lyrik und Prosa Beiträge sowie Märchen und Krimis sind in Anthologien zu finden. Träumt manchmal vom Leben in der Pfalz, um dem Himmel noch ein Stückchen näher zu sein. 2019 erste Buchveröffentlichung beim Herzsprung Verlag „Elvis auf der Himmelsleiter".

Einer für alle

Durchstarten, die Konkurrenz abhängen, Etappenziele einfahren. Das sind die ehrgeizigen Ziele meines neuen Chefs. Er schwört auf Social Media, scheucht mich zu Weiterbildungsseminaren, Coachings und Teamsitzungen. Abends kann ich kaum noch abschalten, so sehr bestimmen Content-Marketing, Crossmedialität und Key Performance Indicators mittlerweile mein Denken. In Kürze wird noch KI dazukommen. Und nicht nur das. Der Typ schwört auch noch auf interne Communitybildung, glaubt allen Ernstes, durch spezielle Events den Teamgeist stärken zu müssen, um so Reibungsverluste zu minimieren.

Heute steht anstatt eines feucht-fröhlichen und lustigen Betriebsausflugs ein Sport-Event an. Eine Fahrradtour der besonderen Art. *Cycling around* nennt er das, und Norddeutschland sei ohnehin das Eldorado des Fahrradtourismus. Mehr hat uns Mister Wichtig nicht verraten. Management by surprise eben.

Die Wettervorhersage scheint es richtig gut mit unserer Community zu meinen. Der Morgen ist sonnig und klar. Schade, denn insgeheim hatte ich auf Sturmböen, Gewitter mit Hagel gehofft.

Mit gemischten Gefühlen fahre ich auf meinem alten Hollandrad zum vereinbarten Treffpunkt. Mist, warum habe ich das Rad nicht noch mal aufgepumpt? Ich komme nur langsam voran.

Als ich den Bahnhof endlich erreiche, staune ich nicht schlecht. Vor mir steht ein regelrechtes Radlerteam in Trikots, Radlerhosen und Funktionsjacken. Ich erkenne meine Kollegen, die ich normalerweise nur im Business-Outfit sehe, unter den Fahrradhelmen erst auf den zweiten Blick.

„Moin, Frau Lange. An Ihrem Zeitmanagement müssen wir aber noch arbeiten. Sie sind siebeneinhalb Minuten zu spät", begrüßt mich Mister Wichtig neben einem todschicken, feuerroten Rennrad.

Immer noch japsend murmele ich eine Entschuldigung. Ich schlucke, habe das Gefühl, mit meinen Jeans und meinem rostigen Drahtesel im falschen Film gelandet zu sein. Das hier ist doch nicht der Livestream der Tour de France.

Der Kollege aus der Personalabteilung, nein, der Human Resources, reißt mich aus meinen Gedanken. „Wo wollen Sie sich denn umziehen? Im Zug?", fragt er.

„Ich dachte eigentlich, wir machen eine gemütliche Radtour", stammele ich. „Ich habe nichts zum Wechseln dabei."

„Mens sana in corpore sano", predigt jetzt Mister Wichtig. „Ein gesunder Geist in einem gesunden Körper. Erst geht es heute mit dem Zug ans Meer. Dort werden wir einige Kilometer an der Küste radeln, bevor eine Wattwanderung auf dem Programm steht. Nach dem Mittagessen fahren wir mit den Rädern weiter, setzen mit der Fähre über, danach machen wir gemeinsam noch eine Seestadt unsicher. Einer für alle, alle für einen!"

„Einer für alle, alles im Eimer", denke ich sofort. Und Schlick ist mir schon immer zuwider gewesen. Nichts als glitschiger Matsch, Wattwürmer, stinkende Algen. Und überhaupt: Das alles klingt für mich eher nach einem halben Wochenendprogramm als nach einem chilligen Tagesausflug.

Als wir endlich im Zug sitzen, bete ich still zu Petrus, dass er ein Einsehen mit mir haben und mich von dieser Folter erlösen möge. Er muss mich komplett falsch verstehen und mit dem Satan eine Homo-Ehe eingegangen sein. Denn je weiter wir in den Norden kommen, desto besser wird das Wetter.

„Juchu", freut sich unsere Azubine. „Das wird ein megageiler Tag. Sommer, Sonne, Strand. Ich hab es doch gewusst."

Ganz so urlaubsmäßig wird es dann doch erst mal nicht. Der Bahnhof, an dem wir aussteigen, wirkt jedenfalls total abgewrackt. Dilettantische Graffitis, leere Schnapsflaschen, ein Meer von Zigarettenkippen. Reputationsmanagement sieht anders aus.

„Der Ruhrpott des Nordens", meint unser Buchhalter nüchtern. „In den Siebzigerjahren sind hier die Kühe auf den Weiden reihenweise tot umgefallen. Ich sage nur Blei, Zink, Schwefeldioxid und Fluor."

Wow, der Jansen kennt sich ja echt aus. Das hätte ich ihm mit seiner spitzen Buchhalternase gar nicht zugetraut.

Zum Glück lassen wir bald den trostlosen Bahnhof hinter uns und cruisen durch die Stadt, die eigentlich ganz nett ist. Wir erreichen eine Bundesstraße, überqueren sie und ab jetzt grünt es bis zum Abwinken. Und die vielen Kühe und Schafe, die hier grasen, sehen eigentlich quietschlebendig aus. Landidylle pur!

Alles tritt auf einmal ordentlich in die Pedale, hängt sich an Mister Wichtig, der so vorlegt, als ob er das Gelbe Trikot holen will. Direkt hinter ihm sprintet sein Vertreter. Es ist der Wahnsinn. Der steigt sogar aus dem Sattel. Die beiden liefern sich ein knallhartes Duell. Im Mittelfeld liegen die Gravel-, Trekkingrad- und Mountainbikefahrer, die sich mehr und mehr von mir entfernen. Ich habe Mühe, nicht im Nirwana der Wiesen und Weiden verloren zu gehen.

Die Windböen, die mir entgegenschlagen, haben es in sich. Ich liege bald wie meine Kollegen flach über dem Lenker und gebe mein Bestes. Die anderen sind mittlerweile kaum noch zu erkennen. Es ist mir schnuppe. Völlig erschöpft lasse ich mich und meinen Drahtesel ins Gras fallen. Ich zittere am ganzen Körper, brauche einige Minuten, bis ich mich einigermaßen von dem Irrsinn erholt habe.

Hallo? Was hat das alles bitte schön mit Teambildung zu tun? Das mit der aktiven Steuerung von dynamischen Gruppenprozessen muss Mister Wichtig komplett in den falschen Hals bekommen haben. Der Typ ist doch so was von kaputt. K wie krank, A wie arrogant, P wie prestigegeil, U wie unausstehlich und Doppel-T wie total teamunfähig. Zugegeben, kaputt bin ich auch, aber das wirklich nur vom Radfahren.

In meiner grenzenlosen Wut überlege ich, einfach umzukehren und zum Bahnhof zurück zu radeln. Mit Rückenwind. Aber das bringe ich dann doch nicht. Also schwinge ich meinen Hintern wieder auf den Sattel und fahre gemächlich weiter.

Der Weg wird immer holpriger, ich komme nur im Schneckentempo voran, muss mich richtig konzentrieren, den Lenker mitunter mit aller Kraft festhalten. Umso überraschter bin ich, als ich hinter der übernächsten Kurve plötzlich meine Kollegen und sogar Mister Wichtig entdecke. Ich bin fast schon gerührt, dass sie doch noch auf mich gewartet haben. „Da sind Sie ja endlich", begrüßt mich dieser kaputte Typ. „Ich habe ein Ei im Vorderrad und kann definitiv nicht mehr weiterfahren. Die Straße ist die reinste Zumutung. Überall Risse im Asphalt und Schlaglöcher. Und das in einer Touristengegend."

„Das hier ist ja auch ein Wirtschaftsweg", entgegne ich. „Oder haben Sie bisher einen einzigen Touristen gesehen? Ich nicht."

Er ignoriert meinen Einwand, jammert, dass er mit seinem iPhone kein Taxi rufen kann, weil man hier keinen Empfang hat.

„Würden Sie Herrn Leitmeier auf Ihrem Gepäckträger mitnehmen? Ich könnte sein Rennrad nebenherführen", schaltet sich Herr Jansen ein. „Und ich pumpe jetzt auch erst mal Ihr Rad auf."

Sechzehn Augenpaare starren mich erwartungsvoll an. Ich nicke, obwohl ich mir weiß Gott Schöneres vorstellen kann, als meinen Chef durch die Gegend zu chauffieren.

„Es wird mir eine Ehre sein", lüge ich. Mit den Grundsätzen der Netiquette und den Guidelines bin ich bestens vertraut.

Mein Rad ist schnell aufgepumpt und es kann bald weitergehen. Zum Glück ist Mister Wichtig mit seinem BMI von neunzehn alles andere als übergewichtig. Er schwingt sich auf meinen Gepäckträger.

„Dann mal los!", meint er. „Wir haben viel zu viel Zeit verloren."

„Im Damensitz sitzt es sich definitiv bequemer", ermuntere ich meinen Chef.

„Ach, das geht schon so", murmelt er, während er sich kreideblass und krampfhaft an den Federn meines Sattels festhält.

In den nächsten Minuten macht mir dieser Ausflug richtig Spaß. Alle stellen sich auf mein Tempo ein, folgen mir wie eine Schafherde und unterhalten sich bald zwanglos während der Fahrt.

Nur Mister Wichtig hüllt sich in Schweigen. Auch, als ich absichtlich durch das eine oder andere Schlagloch fahre. Hinter mir vernehme ich jedes Mal ein leises Stöhnen, das mich zum Schmunzeln bringt. Aber eines muss ich meinem neuen Chef wirklich lassen. Er muss echt Muckis in seinen kurzen Beinen haben, denn er harrt tatsächlich sieben Kilometer in seiner unbequemen Haltung aus.

Unser Etappenziel erweist sich dann als richtig netter Ferienort. Sommer, Sonne, Strand satt, unsere Orakel-Azubine hat tatsächlich recht behalten. Weil wir aber viel zu spät dran sind, das mit dem Zeitmanagement muss Mister Wichtig wohl auch noch mal üben, fällt unsere Wattwanderung im wahrsten Sinne des Wortes ins Wasser. Und auch die Tour in die Seestadt.

Während Mister Wichtig im Ort vergeblich nach einem Fahrradladen sucht, der in der Mittagspause geöffnet hat und seine kaputte Rennmaschine reparieren kann, gehen einige von uns barfuß am Strand spazieren. Andere schlendern über die Promenade oder genießen die Sonne und den Seeblick auf einer der Bänke. Das hat schon fast was von Urlaub. Um uns herum genießen viele Familien das Sommerwetter.

„Ist das mega hier. Mensch, Frau Lange, ohne Ihre Hilfe säßen wir jetzt immer noch in der Pampa fest", meint die Azubine hinter ihrer gigantischen Sonnenbrille, als wir bald in einem der Fischrestaurants zu Mittag essen.

„Ja, wirklich", bestärkt sie Herr Jansen. „Ich hatte schon Schiss, dass ich auf dem Fahrrad einen Hungerast bekomme."

„Einen was?", fragt unsere Azubine ungläubig.

„Hungerast", wiederholt unser Buchhalter. „Kraftlosigkeit, Schweißausbrüche, Übelkeit und Schwindelattacken infolge von Unterzuckerung wegen körperlicher Überforderung. Der Chef hat aber auch ein Tempo vorgelegt. Nee, Frau Lange, Sie haben heute echt die komplette Mannschaft erlöst. Danke nochmals! Ich glaube, ich kann im Namen des gesamten Teams sprechen."

Alles nickt und lässt sich den Seefisch mit Bratkartoffeln und Salat schmecken. Die meisten haben Rotbarsch oder Scholle bestellt. Nur ich habe Krabben und unser Buchhalter hat sich für Labskaus entschieden.

Der Kollege zögert einen Augenblick und winkt den Kellner heran, der uns allen kurz darauf einen Friesengeist serviert. Der Platz unseres Chefs ist nach wie vor verwaist. Mister Wichtig wartet in einer Fahrradwerkstatt wohl immer noch auf sein repariertes Rennrad. Er taucht auch nicht auf, als Herr Jansen sich nach dem köstlichen Essen erhebt und mit dem Dessertlöffel gegen sein Schnapsglas klopft.

„Ich möchte kurz um die Aufmerksamkeit aller bitten und einen Toast auf unser neues Teammitglied aussprechen. Wenn wir Frau Lange heute nicht gehabt hätten, wäre unser Ausflug ein Desaster geworden. Auf unsere neue Kollegin, die unser Team garantiert noch oft bereichern wird! Die Runde geht übrigens auf mich."

Alles prostet mir zu.

„Wussten Sie eigentlich, was Team auch bedeuten kann?", frage ich lachend in die Runde.

Um mich herum bleibt es still, einige Kollegen schütteln den Kopf.

„Nichts anderes als: Toll, ein anderer machts", erkläre ich schmunzelnd.

Ulli Krebs: *1965 in Düsseldorf geboren, Studium Sozialarbeit, Journalismus und PR, als freie Redakteurin tätig, Hobbyautorin, Veröffentlichungen von Gedichten und Kurzgeschichten in verschiedenen Anthologien sowie Publikation eines Regionalkrimis.*

Fahrrad für zwei

Ich hasse Überraschungen. Egal ob so oder zum Geburtstag oder Weihnachten. Es macht mich einfach verrückt, etwas nicht zu wissen – und meistens trifft man eh nicht meinen Geschmack. Darum gibt es immer eine Liste von Dingen, die ich benötige oder möchte. Und normalerweise passt es auch, bis jetzt zumindest.

Wir frühstücken, heute ist mein Geburtstag und mein Ehemann meint auf einmal: „Ich habe eine Überraschung für dich."

„Jeff, du weißt, dass ich Überraschungen hasse."

„Ja, aber ich dachte mir, es ist mal wieder etwas anderes als das, was auf deinem Zettel steht."

„Und was ist es?", zische ich wütend durch die Zähne hindurch.

„Verrate ich nicht." Er strahlt mich an, als wäre das wirklich die beste Überraschung des Jahrhunderts. Ihm ist nicht aufgefallen, dass ich stinksauer bin.

„Ich …"

„Mir ist klar, dass du Überraschungen nicht magst. Aber da musst du jetzt einfach wieder durch."

Dieses *wieder* beschert mir Magengrummeln. Das letzte Mal war es der Heiratsantrag. Was kann da noch kommen?

Bis zum Nachmittag kann ich nichts aus ihm herausbringen, nicht einmal, als wir im Park spazieren gehen. Irgendwann kommt mir der Gedanke, dass mein Mann mich auf den Arm genommen hat. Wäre ja auch eine Überraschung, dass er versucht, lustig zu sein.

Doch als wir zurückkommen, führt unser Weg nicht zur Haustür, sondern zur Garage. Das Tor geht auf und er ruft: „Tada!"

Mein Blick geht hinter ihn – am liebsten würde ich schreien. Ein Fahrrad. Aber kein normales, sondern ein Tandem. Also ein Fahrrad für zwei. Da hilft es auch nicht, dass es in meiner Lieblingsfarbe Rot dort steht.

„Was soll ich damit?", frage ich und versuche, meine Wut und Enttäuschung zu unterdrücken. Hört mein Mann mir eigentlich auch einmal zu?

„So können wir beide zusammen Radtouren machen. Oder du mit deinen Freundinnen."

Irgendwie süß. Tief atme ich durch und reibe meine Schläfe. Toll. „Danke." Ich drehe mich ab.

„Was ist los?", will er wissen und hält mich fest.

„Ich mag Radfahren nicht und du weißt genau, warum das so ist."

„Aber …"

In dem Moment fährt meine Schwester mit ihrer Familie im Auto vor. Das Fenster geht runter. „Schau nicht so wie sieben Tage Regenwetter", ruft sie zu mir zu. „Du hast heute Geburtstag."

„Ach, wirklich? Mein Geburtstag?" Ich blicke über die Schulter zu meinem Mann.

„Jeff, was hast du angestellt?"

Ich befreie mich und geh hinein. Jeff ist kein schlechter Ehemann, er hat nur oft sehr komische Ansichten, die bei uns beiden zu Streitigkeiten führen. Ich stelle das Geschirr auf den Tisch. Plötzlich höre ich Kinderstimmen und kleine Arme legen sich um mich.

„Alles Gute zum Geburtstag, Tante Sissi", rufen die beiden Mädchen aus.

Mein Bruder ist also auch schon eingetroffen. „Danke euch zweien. Sagt mal, habt ihr Lust, die Muffins aus dem Hauswirtschaftsraum zu holen?"

„Ja", schreien sie zusammen wie aus einem Mund. Sie rasen los.

Der Kuchen kommt in die Mitte, die beiden Mädchen stellen die Teller mit den kleinen Kuchen daneben.

„Du sollst sie doch nicht so verwöhnen", höre ich meinen Bruder tadelnd.

„Ich verwöhne sie nicht. Komm lieber essen und mecker nicht." Ob ich jetzt zwei Kuchen mache oder für die Kinder den restlichen Teig in diese Papierformen gebe, ist total egal.

Er gibt mir einen Kuss auf die Wange. „Alles Gute. Und doch, tust du."

„Danke."

„Was ist euch über die Leber gelaufen?"

„Er hat mir ein Tandem geschenkt", brumme ich.

„Autsch."

Ich seufze und nicke.

Langsam kommen alle rein, gratulieren mir und setzen sich. Ich verteile Kaffee und meine Mama kommt zum guten Schluss.

„Setz dich", sage ich zu ihr. Zittrig legt sie ihre Hand auf meine und nimmt Platz. Meine Familie beginnt zu singen und ich denke mir, wie jedes Jahr, ich bin doch keine fünf mehr.

Mitten im Essen schüttelt auf einmal mein Bruder den Kopf. „Jeff, ein Tandem." Irgendwie war mir klar, dass ihn dieser Gedanke nicht in Ruhe lässt.

Mit roten Wangen blickt mein Mann kurz zu mir und anschließend zu meinem Bruder. Alle anderen schütteln seufzend den Kopf. „Ja, warum nicht?"

„Weil sie kein Fahrrad fahren kann", brummt meine Mutter nach einem Schluck Kaffee.

„Wie?" Er sagt es so, als wenn das jeder können müsste. Nur ich halt nicht.

„Sie hatte einen Unfall, als Papa es ihr beibringen wollte", erklärt mein Bruder weiter, „und ich weiß genau, dass du das wusstest. Das hat sie dir damals schon erzählt, als du eine Radtour machen wolltest."

Jetzt sind nicht nur seine Wangen rot, sondern sein ganzer Kopf. Er geht sich durch die Haare. „Hab ich wohl vergessen."

„Wie immer", murmel ich.

„Dann kaufen wir dir ein richtiges und ich bringe es dir bei." Mein Mann schluckt, als er meine eiserne Mimik sieht. Ich bin jetzt über dreißig, da will ich definitiv nicht wie ein Kind Fahrradfahren lernen.

„Also, wenn du willst."

„Ich will jetzt feiern." Damit ist das Thema Fahrrad erst mal vom Tisch.

Luna Day lebt mit ihrer Familie in Augsburg.

Fahrrad-Haiku

Fahrrad fahren
die Welt anders sehen
Pffff... – Rad platt.

Thomas Krieg geboren 1971 in Mainz, lebt in Erkelenz. Abitur in Krefeld. Studium der Naturwissenschaften (Biologie, Physik, Exp. Psychologie) in Heidelberg und Düsseldorf. Tätigkeit als Berufsberater. Beschäftigung mit Lyrik seit 2000, mit Malerei seit 1985. Mitglied „Die Gruppe 48 e. V.“

Ein Schatz
in der Alteisensammlung

Mit Grauen erwartete ich jedes Jahr die Bundesjugendspiele im Frühsommer. Plump, schwerfällig und viel zu langsam lief ich die vorgeschriebene Strecke, war immer die Letzte, versuchte, so gut wie möglich, in den Sand zu hüpfen, wusste, viele schauten zu, und fühlte mich jedes Mal schrecklich blamiert, weil ich wie ein nasser Sack in den Kasten plumpste, dass ich mir vornahm, mir im nächsten Jahr eine Ausrede einfallen zu lassen, um mich drücken zu können.

Erst viele Jahre später erfuhr ich, dass meine motorischen Einschränkungen durch Sauerstoffmangel bei meiner komplizierten Geburt verursacht wurden. Ich schämte mich deshalb nicht weniger, aber endlich kannte ich die Ursache meiner kindlichen Defizite. Denn schwer fiel mir lange auch das Radfahren. Ich sah anderen Kindern voller Bewunderung, aber auch ein wenig neidisch zu, wenn sie auf ihrem Rad an mir vorbeifuhren. Mein sehnlicher Wunsch, endlich auch Radfahren zu lernen wie meine Freundinnen, ließ mich am Abend im Bett lange nicht einschlafen.

Bei meinen Eltern stieß mein Wunsch auf taube Ohren. „Du bist noch viel zu klein! Du kannst doch noch gar nicht auf ein Fahrrad steigen.“

Heimlich probierte ich dennoch, auf Mamas Rad zu kommen, gab aber bald frustriert wieder auf. Es war viel zu hoch. „Papa, es gibt doch auch Kinderfahrräder, Helga hat eines!“, unternahm ich einen neuen Vorstoß, obwohl ich die Antwort schon im Voraus wusste.

„Dafür haben wir kein Geld!“

Denn auch für meine heiß ersehnte Puppenstube zu Weihnachten reichte das Geld nicht in den kargen Nachkriegsjahren. Auf ein Kinderfahrrad durfte ich also nicht hoffen.

Trotzdem ließ ich mich nicht entmutigen, stöberte einen ganzen langen Nachmittag im alten Schuppen in einem Berg alter Metall-, Eisen- und Werkstattutensilien, die vor Papa schon Opa gesammelt hatte, *weil mä jo alles amol widdä brauche koann,* und zog nach langem Suchen endlich hinter einem uralten, eisernen Kanonenofen ein altes, verbeultes Damenrad mit vielen Roststellen aus dem Schrott. Seine ursprüngliche Farbe ließ sich nur erahnen, es hatte keine Reifen und einen seltsam gebogenen Lenker, wohl aus der vorletzten Fahrradgeneration, und seine besten Jahre längst hinter sich. Dennoch war ich überglücklich. Ich hatte einen Schatz gefunden! Tagelang putzte ich ihn hingebungsvoll, schmirgelte die Speichen blank und befreite den Lenker notdürftig vom Rost. Papa schüttelte nur stumm den Kopf. Aber nach vielem Bitten und Betteln versorgte er es mit alten Reifen, die er in einer Ecke unter vielen anderen in der Werkstatt fand und mit geflickten Schläuchen. Er ölte sogar die rostige Kette und richtete notdürftig das verbeulte Schutzblech. Nun war ich nach der Schule im Hof damit beschäftigt, die abgeplatzte Farbe und die Roststellen sorgfältig mit einer silbrig glitzernden Farbe zu überstreichen. Die Dose mit dem Schutz für die Ofenrohre der Küchenherde stibitze ich aus Papas Werkstatt.

Jetzt konnte ich endlich üben, aber nur im Hof, wo mich meine Freundinnen hoffentlich nicht sehen konnten. Unermüdlich versuchte ich aufzusteigen, in die Pedalen zu treten und die Balance zu halten. Stehend hing ich zwischen Lenker und Sattel, weil er zum Sitzen viel zu hoch war, und lag gleich darauf samt Fahrrad wieder auf dem Boden. Doch entmutigen ließ ich mich nicht. Am Abend verpflasterte Mama die aufgeschürften Stellen an den Knien, den Ellbogen und Händen. Sie meinte jedes Mal nur lapidar, wenn ich wieder mal blutend ins Haus kam: „Du bisd hoald oafach dappisch."

Während mir die Tränen über die Wangen kullerten, weil das Jod, mit dem sie meine Wunde versorgte, furchtbar brannte, tröstete mich ihr Lied: „Heile, heile Gensje, es wäddball widdä guut. Es Kätzje hoada Schwenzje, es wäddball widdä guut. Heile, heile Mausespägg, in hunnäd Joar iss alles wägg. "

Seit das Christkind an Weihnachten mir die so heiß ersehnte Puppenstube nicht gebracht hatte, holte ich mir meine imaginäre Puppenstube hervor, sobald Mama mit mir das Nachtgebet gesprochen und das Licht ausgemacht hatte. Diese, in meiner Fantasie erschaffene Puppenstube war genauso prächtig ausgestattet, wie ich sie mir gewünscht hatte. Ich lebte im dunklen Zimmer mit meiner Puppenfamilie, und wenn sie müde wurde und in ihren Betten lag, schliefen wir miteinander selig ein.

Jetzt drehte sich aber plötzlich alles um das Radfahren und die Puppenstube war schnell vergessen. Vergessen war aber nicht das Spiel in meiner Fantasiewelt. Und so, wie ich mich bisher Abend für Abend in die imaginäre Puppenstube vertieft hatte, war es nun das Fahrrad. Ich schloss die Augen und sah es rechts von mir an der Wand stehen, griff nach dem verschnörkelten Lenker, schob es ein Stück, bis die linke Pedale unten war, stieg mit meinem rechten Fuß auf die rechte Pedale, das Rad bewegte sich ein wenig vorwärts und wackelte bedenklich hin und her. Aber ich setzte rasch den linken Fuß auf die andere Pedale und meine Füße wussten, wie sie im Rhythmus treten mussten, um das Rad im Gleichgewicht zu halten. Obwohl ich im Fahrrad stand, fuhr ich durch den Hof, bewegte vorsichtig den Lenker und radelte jauchzend durch das offene Scheunentor bis auf den Weg zur dahinterliegenden Wiese.

Am nächsten Tag stand Mama am Fenster und sah mir staunend zu, als ich unermüdlich ins Rad stieg und immerhin etwa einen Meter vorwärtskam, bis ich kurz vorm Umkippen geschickt heraushüpfte und wieder von vorn begann. Und am Abend im Bett fuhr ich auf meinem imaginären Fahrrad bereits wie die anderen Kinder auf der Straße. Als es mir nach und nach immer besser gelang, durfte ich tatsächlich auf der Straße üben. Papa stabilisierte mit seinen Händen das Rad hinten am Gepäckträger und – obwohl ich stehend zwischen Lenker und dem hohen Sattel balancieren musste – radelte ich los und schaffte es sogar noch einige Meter weiter, als Papa seine Hände schon weggenommen hatte. Ich war überglücklich!

Und ich war mächtig stolz auf mein wunderschönes Fahrrad, keine meiner Freundinnen hatte ein ähnliches. Täglich schmückte ich es mit frischen Blumen, die gerade auf der Wiese hinter der Scheune blühten, bevor ich losradelte. Das leere Lampengehäuse vor dem Lenker funktionierte ich um zur Vase – die allerdings nicht wasserdicht war – und steckte die Blumen in die Öffnung, in der sich früher ein Drehknopf zum Einschalten des Lichtes befunden hatte. Mein silbernes Fahrrad, das in der Sonne magisch glitzerte mit einem Strauß weißer Margeriten, gelber Butterblumen und fliederfarbenem Wiesenschaumkraut vor dem Lenker, bestaunten sogar die Erwachsenen. Doch wenn ich die anderen Kinder sah, die auf dem Sattel saßen – wenn sie die Straße herunterkamen – weil sie größer waren, beneidete ich sie noch immer. Mein Po kam einfach nicht auf den Sattel, aber mein Ehrgeiz packte mich. Ich fuhr, so schnell ich konnte, mit meinem Rad aus dem Hof, trat kräftig in die Pedalen, keuchte, dass mir die Lunge wehtat, und überholte sie nicht nur, ich fuhr ihnen sogar davon.

Fahrtwind in den Ohren – der bunte Tellerrock flatterte bis zum Kinn – Jubel über Jubel in mir! In diesem Augenblick gab es nichts, was mich hätte glücklicher machen können.

Gabrielle Jesberger *ist nach 30-jährigem Unterrichten in einer kaufmännischen Schule heute Yogalehrerin und Autorin und glückliche Oma von neun Enkelkindern. Sie ist in Unterfranken geboren und lebt in einem Drei-Generationen-Haus am Hochrhein. Ihre Leserinnen und Leser möchte sie zum Miterleben bewegen und Worte finden für das, was uns Menschen seit Gedenken antreibt und in unserer tiefsten Sehnsucht anspricht. Nach ihrem Debüt „Liebes Leben" folgten „Mary und das geheimnisvolle Gemälde", „Glaube, Irrglaube und die Macht der Liebe", „Das Leben ist kurz – brechen wir die Regeln" und „Die Traumtänzerin". Außerdem beteiligt sie sich an Anthologieprojekten des Herzsprung und Papierfresserchen MTM-Verlags.*

Ein Montagsrad lernt Marathon

Zweifelnd sah Mila ihren Freund David an. „Meinst du wirklich, das ist so eine tolle Idee?", fragte sie skeptisch und hielt das Fahrrad am Lenker fest. Es war ein Herrenrad und eigentlich eine Nummer zu groß.

„Zum Ausprobieren? Warum denn nicht?", gab David zurück und drückte ihr den Helm auf den Kopf. „Versuch es doch einfach mal. Was hast du zu verlieren?"

„Ich könnte mir den Hals brechen."

David lachte. „Das schaffst du auch ohne Fahrrad."

„Darüber lässt sich streiten."

Mila schloss das Band des Helms und schwang sich unsicher auf das Rad ihres Freundes. Er hatte sich ein neues geholt, das einen verstärkten Rahmen hatte, weil er anders darauf saß. Das Rad, das jetzt seine Freundin fuhr, hatte er zum Testen gekauft. Er wollte sich sportlich mehr betätigen und die täglichen 16 Kilometer zur Arbeit mit dem Rad zurücklegen. Da er nicht wusste, was er mit dem anderen machen sollte, hatte er Mila überredet, es zu versuchen. Sie war Jahre nicht mehr gefahren und demnach verunsichert.

Zum Glück war Düsseldorf eine fahrradfreundliche Stadt und so fanden die beiden schnell eine Strecke, die ruhig und frei war. Zu Beginn fuhr Mila recht langsam und wackelig, doch je mehr Meter sie hinter sich brachte, desto besser wurde es. Schlussendlich hatte sie sogar richtig Spaß an der Tour.

„Dann kannst du ja jetzt jeden Tag ein bisschen fahren", sagte David grinsend, als sie zu Hause waren und die Fahrräder unter den Planen eindeckten.

„Schauen wir mal", wich Mila aus und lächelte. So ganz sicher war sie sich noch nicht.

Im Laufe der nächsten Wochen entwickelte Mila immer mehr Ehrgeiz und verlängerte die Strecken. Ihre liebste Tour war am Rhein entlang. Das Trekkingrad stellte sich als zuverlässigen Partner heraus und bekam schnell einen Namen. Monty. Sie gab allem, was ihr etwas bedeutete, einen Namen. Und dieses Fahrrad gab ihr im Laufe der Zeit immer mehr Lebensfreude zurück.

So gingen der Sommer und Herbst ins Land. Inzwischen fuhr sie fast jeden Tag bei Wind und Wetter ihre Kilometer und hatte David bezüglich der Fitness und Schnelligkeit schon lange überholt.

Im Winter kam sie nach einer verregneten Tour mit einem Grinsen nach Hause. Ihr Freund sah auf, er saß gerade am Schreibtisch und arbeitete. „Es scheint ja schön gewesen zu sein, so gut gelaunt, wie du bist", bemerkte er.

„Joar, schon." Die Schuhe landeten vor der Heizung und sie zog sich die völlig durchnässte Jacke aus. „Was hältst du davon, wenn Monty und ich nächstes Jahr einen Marathon mitfahren? So was gibt es wohl auch für Amateure. Ich habe ein wenig gegoogelt."

Einen Moment sah er sie mit großen Augen an. Doch dann lachte er. „Warte mal, wer wollte nur ein bisschen fahren?"

„Das waren deine Worte. Ich habe das nie gesagt."

„Auch wahr. Aber ja, erkundige dich, wo einer stattfindet, und dann mach das. Ich bringe euch hin." Er war froh, dass Mila wieder einen Sport gefunden hatte, der ihr Spaß machte. Nachdem sie das Reiten nach 35 Jahren aufgegeben hatte, war sie in ein tiefes Loch gefallen.

Ende März starteten die beiden mit den Rädern bei schönstem Nieselregen. Der Fahrrad-Marathon fand in Ratingen statt, der direkten Nachbarstadt von Düsseldorf. Es waren lediglich fünf Grad Außentemperatur.

„Gib mir mal die Adresse des Veranstaltungsortes", bat David. Mila nannte sie ihm und er fing schallend an zu lachen.

„Was ist denn nun los?", fragte sie verwundert.

„Fünf Kilometer", wiederholte er ihre zuvor getroffene Aussage von vor ein paar Tagen. „Eine Strecke sind 17 Kilometer, Mila."

„Oh."

„Mein orientierungsloses Eichhörnchen", schüttelte er den Kopf. „Willst du trotzdem fahren? Das sind dann heute wirklich ordentlich Kilometer, die wir dann abreißen."

„Ja, sicher. Im Notfall nehmen wir zurück den Bus. Es ist Sonntag, da sollten wir mit den Rädern kein Problem haben."

Die beiden fuhren los. Schon als sie am Veranstaltungsort ankamen, waren sie nass bis auf die Knochen. Doch weder Mila noch David hatte die gute Laune verloren. Sie holten sich ihre Startberechtigung, zahlten die Startgebühr und starteten. Die Strecke war hervorragend ausgeschildert und an den Checkpoints waren die Leute vom Radverein sehr freundlich und zuvorkommend. Es gab Getränke, Energieriegel und Obst.

Landschaftlich war der Weg unschlagbar. Es ging zwischen Feldern und Wiesen sowie zum Teil auch durch Wald entlang. Ratingen zeigte sich von seiner schönsten Seite. Lediglich das Wetter war ihnen nicht gut gesonnen.

Nach zweieinhalb Stunden waren sie wieder am Ausgangspunkt. Der Veranstalter hatte sich im hiesigen Sportverein für den Tag einquartiert. Für Essen und heiße Getränke war gesorgt. So wärmten sich die beiden erst einmal auf. Die Stimmung war toll und es gab schöne Gespräche unter Radbegeisterten. Eine ältere Dame mit dem Namen Kathlyn warb für ihren Verein.

David hob lachend und abwehrend die Hände. „Da musst du Mila für begeistern. Ich brauche das wirklich nicht öfter. Mila fährt extrem viel und hat die Sache mit dem Marathon heute angestoßen."

Sofort vertieften sich die Frauen in ein entsprechendes Gespräch.

„Brauche ich dafür nicht ein anderes Rad?", fragte Mila zweifelnd. „Ich habe nur ein Trekkingrad. Eigentlich war es gar nicht dafür gedacht, Marathon zu fahren."

„Natürlich! Wir fahren ohnehin nicht schnell, sondern eher auf Kilometer. Demnach hättest du mit deinem Rad keine Probleme. Und hinterher kann man ja sonst immer noch schauen, ob wir ein anderes für dich finden", erklärte Kathlyn.

„Ich denke mal darüber nach. Reizen würde es mich schon."

Schließlich fuhren Mila und David doch mit den Rädern nach Hause. Nass waren sie ohnehin. Statt sich nicht zu bewegen, erschien es ihnen sinnvoller, warm zu bleiben. Aber die 17 Kilometer zogen sich dieses Mal. Beiden tat die Sitzfläche weh.

„Ich spüre meine Hände nicht mehr", brüllte David gegen Regen und Wind an.

„Pack meine Füße dazu."

„Zu Hause brauchen wir erst mal eine sehr lange Dusche."

„Und was Heißes zu trinken."

Sie kamen völlig durchgefroren und nass bis auf die Knochen zu Hause an. Nur mit großer Mühe schafften sie es, die Räder noch abzuspritzen, sodass der größte Dreck herunterging und die Folie darauf zu packen.

„Die mache ich nächste Woche richtig sauber", meinte Mila.

„Heute wirklich nicht mehr", bestätigte David.

Bibbernd gingen sie rein und zogen sich die Kleidung vom Leib. Nach einer langen Dusche legten sie sich ins Bett, um sich aufzuwärmen. Beide froren noch immer. Mila hatte zuvor den Eintopf vom Vortag warm gemacht.

Sie grinste David an. „Ich hätte nicht gedacht, dass du wirklich mitfährst und durchhältst. Das waren ja doch ein paar Kilometer heute."

Er lachte. „Das war aber auch der erste und letzte Marathon. Mir wird die nächsten Tage alles wehtun. Aber es war eine tolle Erfahrung. Nur besseres Wetter wäre schön gewesen."

„Das stimmt. Der Regen hat der Landschaft aber keinen Abbruch getan."

„Die war wirklich schön."

„Und wann fährst du deinen nächsten?"

„Ende Mai."

„Ernsthaft?", fragte er sie mit entsetztem Blick.

„Definitiv! Ich habe Spaß daran. Und außerdem ist Monty nun ein Marathonrad."

David schüttelte schmunzelnd den Kopf. „Dafür, dass es eigentlich nur ein günstiges Rad und zudem noch ein Montagsrad zum Ausprobieren war ..."

„... ist er nun ein Amateur-Sportrad."

Beccy Charlatan wurde 1982 in Wuppertal geboren und wuchs dort auf. Mittlerweile hat es sie mit ihrem Lebensgefährten etwas weiter an den Rhein verschlagen, ins schöne Düsseldorf. Schon von Kindesbeinen an schrieb sie gern, geht der Liebe zu den Buchstaben jedoch erst seit ca. vier Jahren nach. Sie schreibt unter anderem im Bereich Fantasy. Im Jahr 2021 sind die ersten drei Kurzgeschichten in einer Anthologie erschienen.

Suses Platten

„Komm rein! Ich habe schon Kaffee gerichtet!", sage ich zu meiner Freundin und bitte sie ins Wohnzimmer.

„Ich bin ja schon so gespannt, was du von eurem Urlaub zu berichten hast", setze ich fort, während ich den Kuchenteller von der Küchenanrichte hole und auf dem kleinen Couchtisch platziere, wo auch schon die Tassen darauf warten, mit der schwarzen Flüssigkeit gefüllt zu werden.

Anne nimmt Platz, lächelt und beobachtet mich, wie ich aus der italienischen Espressomaschine Kaffee einschenke. Das kleine Kännchen mit Milch habe ich schon zuvor am Tisch gestellt, Zucker nehmen wir beide nicht.

„Tja, diesmal gibt es sogar etwas Lustiges zu erzählen", beginnt Anne. Ich bin gespannt und freue mich auf ihre Schilderungen.

„Wie du weißt, waren wir wieder in Kroatien, und zwar auf einer kleinen Insel in der Nähe von Zadar. Wir hatten diesmal unsere Fahrräder dabei, denn wir waren schon im Vorjahr dort und haben damals erkannt, dass man viele Radtouren von unserem Standort aus unternehmen kann!" Anne nippt an ihrem Kaffee und ich schaufle ein Stück des Apfelstrudels auf einen kleinen Teller und überreiche ihn ihr.

„Was meinst du mit Standort? Ihr wart sicher in einem Hotel, oder?", erkundige ich mich.

Anne lächelt. „Nein, wir waren in einer Wohnwagenkolonie!"

Ich rolle mit den Augen. „Wie kann ich mir das vorstellen? Ihr habt doch keinen Wohnwagen!", frage ich neugierig.

„Das ist ein riesengroßer Park, in dem fixe Trailer stehen, die man mieten kann. Du hast eine Küche, ein Schlafzimmer, Nassräume und eine große Terrasse und dein Auto steht in unmittelbarer Nähe. Es gibt zwei Shops, wo man alles bekommt, was man benötigt, um sich selbst zu versorgen, und es gibt auch drei Restaurants. Das heißt, du kannst kochen, musst aber nicht. Eine Werkstatt für kleinere Autoreparaturen ist ebenfalls vorhanden und der Betreiber kümmert sich auch immer um die Gasflaschen für die einzelnen Bungalows!“

Ich höre andächtig zu und betrachte das Foto, das Anne mir auf ihrem Handy zeigt. „Sieht richtig schön aus!“, stelle ich fest.

„Wir haben jeden Tag eine Radtour gemacht und waren nachmittags dann im Meer baden. Zum Strand muss man nämlich von unserer Behausung aus nur ein paar Meter laufen!“, erzählt sie weiter. „Um uns herum sind mehrere solche Häuschen. Man kennt die Urlauber vom Sehen, grüßt sich, wünscht einander einen schönen Tag und wechselt ein paar belanglose Worte. Irgendwie habe ich das Gefühl, dass die Leute dort immer aufeinander aufpassen.“

Während ich meine Tasse zum Mund führe, setzt sie fort.

„Wir machen also wieder eine kleine Radtour von ungefähr sechs Kilometer. Ben sagt noch, ich könne mein Handy ruhig zu Hause lassen, denn er hat ohnehin seines mit. Gut, habe ich nichts dabei, das ich verlieren könnte! Ich schwinge mich auf meine alte Suse – so habe ich mein Fahrrad seinerzeit genannt – und wir radeln mit unseren Drahteseln los. Nach einer halben Stunde landen wir in einem kleinen Ort und stärken uns in einem winzigen Straßencafé!“

Ich nicke und warte, wie es weitergeht.

Nachdem Anne ein Stück meines Apfelstrudels gekostet hat, setzt sie fort. „Wir wollen zur Rückfahrt antreten, da bemerke ich, dass ich auf Suses Hinterrad einen Platten habe!“

Ich reiße die Augen auf und bin entsetzt. „Und?“, frage ich gebannt.

„Ben schlug vor, ich solle langsam mein Fahrrad auf der schmalen Dorfstraße, auf der wir gekommen sind, zurückschieben, er hingegen würde rasch zurückradeln und mit dem Auto wiederkommen, um mich und Suse zu holen, gab aber zu bedenken, dass es eine Zeit dauern werde, denn er müsse erst den Radständer am Auto montieren, den wir nach Ankunft im Wohnpark abgenommen hatten. Ehe er auf sein Fahrrad stieg, meinte er noch mit verschmitzter Miene, dass ich ja in kein fremdes Auto einsteigen solle, sobald er unterwegs wäre!“

Ich kann nicht glauben, was Anne erzählt, und fange lauthals zu lachen an.

Anne stimmt mit ein.

„Das war ein Scherz? Oder?“, frage ich, während meine Freundin nur nickt.

„Ben ist dann losgefahren, ich ließ mir Zeit, denn es war sehr warm.

Leider habe ich vergessen, gleich auf die Uhr zu schauen, aber irgendwie kam es mir schon sehr lange vor, seit wir uns getrennt hatten. Erst schob ich meine Suse ein Stück, doch dann setzte ich mich auf einen Baumstrunk am Straßenrand. Ich hatte doch kein Handy dabei, sonst hätte ich anrufen können!"

Ich nicke und bin gespannt, wie die Geschichte weitergeht.

„Jetzt habe ich erst einen Blick auf meine Armbanduhr geworfen. Ich wartete und wartete, aber es passierte nichts!"

Vorsichtig frage ich, ob Ben vielleicht einen Unfall hatte. Anne schüttelt aber verneinend den Kopf.

„Nach gut zwei Stunden fuhr ein silberfarbener Mercedes im Schritttempo die Straße entlang. Da fiel mir wieder ein, dass ich in kein fremdes Auto einsteigen sollte. Der Wagen fuhr an mir vorbei und wendete an einer kleinen Lichtung. Jetzt kam er auf mich zu. Irgendwie war ich plötzlich nervös. Der Mercedes hatte ein Münchner Kennzeichen. Wollte der Fahrer mich vielleicht nach dem Weg fragen? Ich hielt mich an meinem geliebten Drahtesel fest und setzte einen bösen Blick auf!"

Jetzt pruste ich los, denn Anne und ein böser Blick ist unvorstellbar. Das ist wie Schneefall im Hochsommer.

„Lach nicht! Der Fahrer mit Sportkappe und Sonnenbrille fuhr nun ganz langsam auf mich zu und deutete mir, in seinen Wagen zu steigen. Mir wurde richtig mulmig und ich blieb, wie zur Salzsäule erstarrt, auf meinem Baumstrunk sitzen und klammerte mich an meine Suse. Plötzlich hatte ich Angst!"

Ich schlucke, denn mir wäre es in ihrer Situation nicht anders ergangen.

„Jetzt stellte der Fahrer den Motor ab und stieg aus. Mensch, Nachbarin!", rief er mir zu. „Dein Mann hat eine Autopanne und daher bin ich da, um dich abzuholen!"

Meine Augen werden immer größer.

„Jetzt erst erkannte ich den Mann, der tatsächlich im Nachbartrailer wohnte. Nur sein Auto war mir völlig fremd, und zwar deshalb, weil es immer im Schatten unter einer Pinie stand und mit einer mobilen Plastikgarage abgedeckt war. Ich hätte ihm die Ermahnung meines Mannes erzählen können, wollte mich aber nicht blamieren!"

„Was war mit eurem Auto?", will ich wissen.

„Vorerst muss ich dir noch erzählen, dass dieser Mercedes so sauber war, dass ich mein schmutziges Fahrrad gar nicht einladen wollte, aber er hat gemeint, er würde das schon wieder reinigen. Also verstauten wir Suse im Kofferraum des Luxusschlittens und fuhren zurück in den Wohnpark!"

Ich nicke zustimmend.

„Jetzt kann ich darüber lachen, aber damals hatte ich auch Angst wegen unseres Autos!", schildert Anne weiter. „Wir landeten wieder in der Parkanlage und hievten Suse aus dem Mercedes. Ich bot an, den Kofferraum zu säubern, aber der Münchner Urlauber wehrte lächelnd ab!"

„Puh, spannend, aber gut ausgegangen!", stelle ich fest.

„Bei unserem Auto hatte sich die Feststellbremse verklemmt und dadurch konnte Ben mich nicht holen. In seiner Hektik alarmierte er zuerst den Mechaniker vom Trailerpark und dachte, dass es nur eine Kleinigkeit sei. Erst als er merkte, dass es eine zeitaufwendige Reparatur werden würde, bat er den Nachbarn, mich mit Suse zu holen!", beendet sie die Story.

Ich atme erleichtert auf. „Ende gut, alles gut!", werfe ich ein.

„Den Platten hat dann ebenfalls der Münchner Nachbar repariert. Seit diesem Tag bin ich dann immer nur mehr mit Handy und Flickzeug für Suses Reifen unterwegs gewesen!"

Hannelore Futschek: Jahrgang 1951. Matura, Studium, Bankangestellte, Bestatterin, Gleichbehandlungsbeauftragte im Arbeitsmarktservice. Seit der Pensionierung schreibt sie ständig. Vier Bücher (Romane, Krimi,) sind im Self-Publishing Verlag veröffentlicht worden. Bei vielen Anthologien erfolgreich mitgewirkt. Bei Pauli Esposito Wettbewerb den 1. Platz erreicht. Auch die Acrylmalerei zählt zu ihren Hobbys.

Fahrradglück

Sie schlug die Augen auf. Die Sonne kitzelte ihr Gesicht und streichelte sanft ihre Wangen. Sie sah auf ihre Uhr, es war schon 9.00 Uhr. Oh, sie hatte lange geschlafen. Sie drehte sich zu ihm um, friedlich lag er da, tief in seine Decke gekuschelt, schlief er den erholsamen Schlaf, den er so dringend benötigte.

Sie schnappte sich ihr Handy. Auf leisen Sohlen stieg sie die Treppe hinunter. Ging in die Küche und bereitete sich einen starken Bohnenkaffee zu. Der laue Frühsommermorgen lockte mit herrlich blauem Himmel. Die Birke vorm Küchenfenster schwang leicht hin und her. Sie zeigte ihr an, dass es windig war, also der schon begonnene Tag nicht die brennend heiß glühende Luft verhieß. Ein perfekter Tag, um ihn an der frischen Luft zu verbringen.

Heute sollte es so weit sein. Sie war aufgeregt wie ein kleines Kind. Heute wollten sie zum ersten Mal gemeinsam Rennrad fahren. Nicht, dass sie nicht Fahrrad fahren konnte, schon als junges Mädchen war sie viel lieber Rad gefahren, als dass sie zur Schule zu Fuß gegangen wäre. Fast täglich stellte sie damals ihren persönlichen Radelgeschwindigkeitsrekord auf, waren es von ihr zu Hause bis zu ihrer Schule circa vier Kilometer, den es Tag für Tag zu unterbieten galt. Am Ende ihrer Schullaufbahn sprintete sie den Weg unter zehn Minuten, ohne vollkommen durchgeschwitzt und knallrot den Schulhof zu erreichen.

Sie erinnerte sich noch ganz genau an den Tag, als ihr Vater an einem 24. Dezember – nach den üblichen Geschenken ihrer Mutter – zu ihr sagte.

„Komm mit, meine Kleine. Ich zeige dir etwas."

Er führte sie aus dem Haus in die Garage und da stand es. Ein nagelneues, lilafarbenes Diamant-Fahrrad. Ein geborenes DDR-Kind, das sie war, wusste sie, dass es ein ganz besonderes Fahrrad war. Ihr Vater schenkte es ihr mit zwölf Jahren. Ihr schönstes Weihnachten bis dahin. Dieses Fahrrad begleitete sie nunmehr bis zum Abitur. Es erlebte diverse Ausflüge, nicht nur zur Schule, nein, es war stets verlässlicher Begleiter auf ihrem Weg zu den umliegenden Discos und zurück, die sie ab ihrem vierzehnten Lebensjahr in Wochenendritualen, gepaart mit ihrer besten Freundin, aufgekratzt und das Leben bejahend besuchte.

Das Fahrrad begleitete sie auch auf der Tour, die sie mit ihrem damaligen Freund an die Ostsee führte. Im Sommer 1986 ging es mit ihm und seiner Clique nach Rügen. Sie fuhren mit dem Zug nach Anklam und dann mit dem Fahrrad bis nach Glowe. Jeden Abend ein anderer Zeltplatz, andere Menschen, andere Partys, eine herrliche Jugendzeit.

Wie hatte ihr Freund ihr Fahrrad belächelt, dieses angeblich schwerfällig, ohne Gangschaltung. „Das schaffst du niemals nach Rügen mit diesem Gefährt", meinte er.

„Du wirst schon sehen", erwiderte sie trotzig.

Ihr treuer Wegbegleiter schaffte mühelos den gesamten Weg ohne Pannen und Schäden.

Stets begleitete das Fahrrad sie. Bis ihr im Alter von neunzehn Jahren ihr Vater, wieder Weihnachten, mittlerweile war aus der alten DDR die neue, sich zusammenwachsende Bundesrepublik Deutschland geworden, eine quietschgelbe Ente, einen Kindheitstraum, schenkte. Die stand nicht unterm Weihnachtsbaum, aber vor dem Tor, verziert mit einer riesigen Schleife. Es trennten sich die Wege zwischen dem Fahrrad und ihr. Sie nahm Abschied von ihrem lilafarbenen Wegbegleiter.

Warm lächelte sie bei diesem Gedanken in sich hinein. Fahrradfahren konnte sie, aber Rennrad auch? Sie hatte keine Sorgen vor den dünnen Reifen, vor der unbekannten Schaltung, vor der Schnelligkeit. Sorge bereitete ihr diese verdammten Schuhe, Klickschuhe, mit denen man sich an die Pedale des Rades festschnallte, um mit seinem fahrbaren Gefährt eins zu werden. Und dieses Einswerden bereitete ihr Sorgen. Was, wenn sie plötzlich anhalten musste? Kam sie schnell genug von den Pedalen los? Wie diesen Klickmechanismus so schnell im Gehirn konditionieren, dass Kopf, Fuß und Fahrrad zwar mechanisch miteinander verschmolzen, sich dann aber bei Gefahr und Bedarf, manuell von ihr ausgelöst, schnell wieder voneinander lösen?

Nun gut, sie würde sich dieser Aufgabe stellen. Sie wollte etwas Gemeinsames mit ihrem Freund finden, um ihre knapp bemessene Freizeit zu genießen. Da sie sich gern bewegte, gern an der frischen Luft atmete und lieber Fahrrad fuhr, als stundenlang durch die Gegend zu laufen, wollte sie es probieren.

Sie weckte ihn mit einem frischen Kaffee und Frühstück aufgeregt auf und etwas überdreht sagte sie zu ihm: „Komm, Schlafmütze, ich möchte mich bewegen. Lass uns nicht im Bett bleiben."

Wie immer gut gelaunt antwortete er: „Du bist ja ganz aufgeregt. Du kannst es kaum erwarten. Du bist ja ganz besessen vom Fahrradfahren, mein Liebes. Gut, ich gehe duschen und dann kann es losgehen."

Die Fahrradtasche hatten sie schon am gestrigen Abend gepackt. Er hatte ihr eine spezielle Fahrradhose gekauft, eine Hose am Hintern dick gepolstert, sodass Frau aussah wie frisch gewindelt oder – noch besser – wie ein Pavian-Weibchen mit runden, vollen Pobacken, die männliche Affen der Horde zur Vereinigung animierten. Diese Hose zog sie an, ungewohnt der Dicke an ihrem Hintern schaute sie in verlegen an.

„Du siehst fantastisch aus. Richtig erotisch", sagte er verschmitzt.

„Ach, hör auf, sie sitzt furchtbar", entgegnete sie. „Sie ist ziemlich albern."

„Du wirst schon merken, dass es gut ist, dass du sie trägst. Du wirst nachher glücklich sein, diese Hose angezogen zu haben. Der Schutz deines Hinterns ist heilig." Er tat es ihr gleich, binnen weniger Minuten war sein Popo verstärkt, die Klickschuhe, Fahrradhelme sowie Handschuhe und Jacken packten sie in die Tasche. Das Thermometer zeigte inzwischen 25 Grad.

„Liebling, das Wetter ist perfekt. Wir fahren nach Dahme, die beste Rennstrecke für Fahrradanfänger. Keine Autos, die Fahrradwege sind betoniert. Wir teilen uns die Fahrradstrecke nur mit anderen Fahrradkollegen*Innen und Inlineskater*Innen."

Er schnappte die Tasche und gemeinsam verließen sie seine Wohnung, in die sie vor wenigen Monaten mit eingezogen war und die nun ihre gemeinsame war.

Zwei Rennräder im Transporter verstaut, fuhren sie erst über die Autobahn, dann etliche Kilometer durchs Brandenburger Land. Sie durchquerten kleine Dörfer, fuhren an Wäldern und Wiesen vorbei. Sahen friedlich weidende Rinder und Schafe. Die Bauern hatten in diesem Jahr erstmals ihre Felder bestellt. Der Sommer mutete sich verheißungsvoll an.

Nach einer Stunde Fahrt hielten sie auf einem Parkplatz in Dahme. Er lud die Fahrräder aus. „So, mein Schatz, jetzt kann es gleich losgehen."

Sie komplettierten ihre Rennausrüstung mit Jacken, Handschuhe, Helme und Klickschuhen. Sie ging auf das von ihm bereitgestellte Fahrrad zu. Nahm es in die Hand, es wog höchstens vier Kilo, und setzte sich erst mal darauf. Ein nicht zu beschreibendes Gefühl, so spürte sie bis auf den harten Sattel des Fahrrads so gut wie nichts. Kein schwerer Rahmen, welcher ein Gegengewicht bot, federleicht lag der Lenker in ihren Händen. Sie versuchte die ersten Fahrbewegungen. Etwas wackelig fuhr sie eine kleine Runde. Es ging angenehm leicht und flüssig. Sie fuhr eine Kurve und hielt vor ihm an.

„Das ist ja schön, wie du das so super meisterst, aber du kommst jetzt nicht drumherum, die Klickies in die Pedale einzuknicken. Nur Mut, nicht schlimm", ermunterte er sie.

Die ersten Versuche scheiterten kläglich. Mit einem Bein stand sie auf dem Boden, krampfhaft versuchend, den rechten beschuhten Fuß ins Pedal einzuklicken. Irgendwann schaffe sie es.

„So, jetzt musst du losfahren und während der Fahrt lege den anderen Fuß auf die Pedale und klicke den Schuh ein. Dabei immer das Treten nicht vergessen, sonst kippst du um."

„Ach, du je", dachte sie, „jetzt ist der Moment gekommen, vor dem ich Angst verspürte."

Es funktionierte erstaunlich gut. Sie radelte los und wie von selbst stellte sich der linke Fuß auf die Pedale. *Ritsch-Ratsch*, zweimal rauf auf die Pedale und der Schuh war eingeklickt. Sie fuhr ohne Schwierigkeiten weiter. „Komm, folge mir", rief sie beschwingt.

Er war bereits neben ihr. „Wir fahren erst mal etwas langsam voran, damit du ein Gefühl für das Fahrrad bekommst", rief er.

Vor ihnen zeigte sich ein langer, gerader Fahrradweg, der an Feldern vorbeiführte. Beschwingt fuhren sie.

„Schalte mal. Probiere nach oben, nach unten zu schalten, damit du spürst, ob sich dein Gefährt schwerer oder leichter tritt." Gekonnt führte er sie so in die Kunst des Rennradfahrens ein. Auch das funktionierte vorzüglich.

„Wovor habe ich nur Angst gehabt?", dachte sie. „Das war ein Kinderspiel."

„Schatz, ich habe dir einen Tacho angebracht, jetzt siehst du, wie viele Kilometer wir fahren." Er hatte an alles gedacht, um sie positiv zu motivieren.

Sie schaute auf die Kilometeranzeige. Sie waren tatsächlich schon zwei Kilometer gefahren und es fühlte sich wie nichts an. So ein Rennrad war ein fantastisches Gefährt. Er überholte sie und deutete mit der

Hand an, wenn eine Kurve kam oder sie eine Straße überquerten. Sie genoss den leichten Sommerwind. Sie fuhren jetzt durch ein kleines Dorf an einer Kirche vorbei. Kleine Fachwerkhäuser säumten die Straße. Seine Hand zeigte die rechte Fahrtrichtung an.

„Schatz, wir fahren jetzt noch circa zwei Kilometer geradeaus, dann kommt mein schönster Streckenabschnitt des Weges. Wir fahren zehn Kilometer durch den Wald. Vergiss bitte nicht zu schalten, es geht für Brandenburger Verhältnisse hügelig hinauf", warnte er sie.

Da erblickte sie ihn. Vor ihr lag ein Kiefernwald, typisch für ihre Heimat. „Gut", dachte sie, „dass ich vorhin die Jacke angezogen habe."

Die Bäume spendeten so viel Schatten, dass es fühlbar kühler wurde. Sie strampelte die erste Erhöhung hinauf. Es war enorm anstrengend. Wütend dachte sie „Was mache ich hier? Meine Kondition ist schlecht. Ich rauche eindeutig zu viel, trinke zu viel Wein. Jetzt dieses Desaster."

Er war schon weit voraus und sie strampelte und strampelte. Nicht mal die Erhöhung in den Berggang half. Da sah sie ihn endlich wieder. Er wartete auf sie.

„Fahr in meinem Windschatten, dann geht es besser."

„Das traue ich mir nicht zu, so eng an deinem Fahrrad. Wenn du bremsen muss, fahre ich in dich hinein", antwortete sie.

„Dann schieb ich dich jetzt." Er lachte auf. „Schatz, ich fahre so viele Jahre schon Fahrrad. Du fährst nicht in mich hinein."

„Nein, auf keinen Fall möchte ich diesen geringen Abstand zu dir, zumindest nicht per pedes."

„Ja, ich weiß", entgegnete er ihr, „du schaffst alles allein."

„Jawohl." Mehr konnte sie ihm nicht antworten, voll darauf konzentriert, ihn nicht mit ihrem Fahrradreifen zu streifen. Außerdem wollte sie im auf keinen Fall ihre konditionelle Schwäche zeigen.

„Bitte fahr schon vor. Warte mit dem Radeln nicht auf mich. Du hast ja gesagt, wir fahren immer geradeaus durch den Wald. Ich komme auf jeden Fall nach. Ich kann hier nicht abbiegen oder mich verfahren. Lass mich mein eigenes Tempo finden", keuchte sie nun schon stark. Ihr fielen die Worte aufgrund der Anstrengung und der nicht endenden Steigung des Fahrradweges immer schwerer.

„Schatz, wir wollten etwas gemeinsam tun. Das heißt, gemeinsam fahren. Ich mag nicht allein."

„Bitte, tu mir doch den Gefallen. So kannst du dich etwas auspowern und ich quäle mich dir nach", versuchte sie gequält zu lachen.

Mit einem Augenzwinkern antwortete er: „Nun gut, dein Wille geschehe.", und brauste davon.

Sie versuchte, dem Fahrrad noch einen Berg Gang abzuluchsen, sich dabei ganz fest vornehmend, ab sofort mehr Sport zu treiben. Schließlich fand sie ihren eigenen Rhythmus. Sie schaute sie sich um. Der Wald verströmte einen herrlichen Duft. Es hatte schon wochenlang nicht mehr geregnet. Der Fahrradweg gesprenkelt von trockenem Sand. Das Grün des Moses längst nicht mehr so grün, wie sie es von ihren Spaziergängen von früher her kannte. Hohe Kiefern wechselten sich mit kleinen Lichtungen ab. Sie fuhr an einer Waldlichtung vorbei, die mit Hunderten von kleinen Weihnachtsbäumen bepflanzt war. Jedenfalls sahen sie so aus, dass sie irgendwann einmal große, stattliche Bäume werden wollten, um geschmückt mit Weihnachtskugeln, Weihnachtslichtern und Lametta die Herzen von Kindern und ihren Eltern zu erfreuen.

Die Steigung des Weges hatte nachgelassen und sie fuhr nun kontinuierlich wieder hinab. Stolz überholte sie Fahrradfahrer*Innen, welche das wunderbare Wetter ausnutzen, genüsslich den Frühsommer zu genießen. Pärchen mit Inlinern kamen ihr entgegen, Eltern mit ihren Kindern, die sich an dieser Sportart erfreuten. Die Kühle des Waldes, der herrliche Geruch, ihr an die Geschwindigkeit gewöhnender Körper bereiteten ihr Freude und Genugtuung.

Plötzlich am Wegesrand ein Schild mit der Aufschrift:

Achtung starkes Gefälle. Vorsicht!

Ihr flauer Magen meldete sich. Kurz überlegte sie, ob sie absteigen sollte. Diese neue Herausforderung überraschte sie. Sollte sie sich dieser stellen? Sie mochte keine extremen Geschwindigkeiten. Sie wusste nicht genau, wie ihr Fahrrad auf schnelles oder abruptes Bremsen reagieren würde. Jedoch wollte sie sich auch keine Blöße geben. Sie verspürte zwar Angst, aber sie stellte den entsprechenden Gang ein und versuchte, gefühlvoll zu bremsen.

Sie bekam ein Gespür für ihr Fahrrad, die Bremse fest im Dauergriff, fuhr sie, wie von einem Fallschirm im Rücken gehalten, den Hang hinunter, um nur nach wenigen Sekunden zu erkennen, dass sie besser nicht hätte bremsen sollen. Vor ihr lag eine 20-prozentige Steigung. Ihr blieb nichts anderes übrig, als wiederum den höchsten Berggang einzulegen und zu strampeln, was das Zeug hielt, um ein Absteigen zu verhindern. Es funktionierte.

Er wartete bereits. Hochrot im Gesicht, keuchend, kam sie bei ihm an, nur um der nächsten Schwierigkeit ausgesetzt zu sein. Irgendwie musste das Rad zum Stillstand gebracht werden, vorher war zumindest ein angeschnallter Fuß vom Pedal zu lösen. Nach all den Anstrengungen der letzten Minuten war dieses Problem eines zu viel. Sie schaffte es zwar, den rechten Fuß vom Pedal zu lösen, um nur kurz später den linken nicht rechtzeitig aus der Pedale zu bekommen. Sie kippte nach links um. Da lag sie vor ihm. Das Fahrrad auf ihr. Peinlich berührt schaute sie ihn an.

„Liebling, hast du dir wehgetan?", rief er erschrocken aus.

Ungehalten und unwirsch rief sie: „So ein Mist! Warum passiert mir das? Ich werde nie eine feine Dame." Sie zeigte auf ihr linkes Knie. Dieses zierte eine dicke Schürfwunde. Sie war wütend auf sich.

„Warte hier. Ich hole das Auto. Wir fahren nach Hause", schlug er vor.

„Nein", sagte sie. „Deshalb gebe ich noch lange nicht auf. Es ist doch nur eine Schürfwunde. Ich habe schon Schlimmeres erlebt. Wir fahren weiter. Gib mir fünf Minuten."

„Mit dem Fahrrad scheint alles in Ordnung zu sein", untersuchte er das Rad. „Wie du meinst, aber wenn du Schmerzen bekommst, sagst du bitte Bescheid."

Sie lächelte etwas gequält. Doch wie der Schreck gekommen war, verflog er auch wieder. Ein Blick auf den Tachometer verriet ihr, sie waren schon zwanzig Kilometer gefahren. Diese waren wie im Flug verflogen. Sie nahm den Helm ab. Ihre Haare klitschnass geschwitzt.

Anzüglich sah er zu ihr. „Du siehst zum Anbeißen aus, meine Rennfahrerbraut."

„Du bist aber auch nicht von schlechten Eltern", erwiderte sie dankbar für dieses Kompliment. Auch wenn sie sich nicht vorstellen konnte, attraktiv, geschweige denn sexuell anregend auszusehen, wirkte der Ansporn. Der Helm fand wieder seinen Platz auf ihrem Kopf. Sie kontrollierte ihre Schuhe. Alles in Ordnung. Und als ob sie nie etwas anderes getan hatte, klickten ihre Schuhe in die Pedale ein und sie radelte los.

„Nun komm schon. Was bist du so langsam? Du hast mir doch einen kleinen See versprochen und in unserem Rucksack ist ein kleines Picknick. Ich habe Hunger", rief sie aus.

Ihr Weg führte sie nun kurvenreich an diversen Bauernhöfen vorbei. Sie sahen Pferde, Hunde bellten, Hühner scharrten, eine Erinnerung ihrer Kindheit, die Filme von Pipi Langstrumpf. Es war erstaunlich, ihre Heimat von einer ganz anderen Seite aus zu betrachten. Wie liebevoll die Bewohner der kleinen Gemeinden ihre Dorfschaften pflegten, alles sauber und ordentlich. Die Gärten zierten Frühsommerblumen. In ihnen Obstbäume, die Obstblüte schon abgeklungen, zeigten kleine Knospen heranwachsender Apfel, Kirschen und Pflaumen. Die Steigungen und die Gefälle waren auf diesem Teil der Strecke nicht mehr so ausgeprägt. Sie kamen zügig voran. Der Tacho zeigte zehn Kilometer in einer halben Stunde.

„Da vorne, da ist es", rief er ihr zu.

Sie fuhren geradewegs auf einem Weiher zu. Sie stiegen mühelos von den Rädern ab. Selten hatte sie so etwas Romantisches gesehen. Ein Weiher mitten im Dorf. Frösche quakten. Mannshohes Schilf umspielte das ausgefranste Ufer. Eine Bank, wie für sie gemacht, lud zum Verweilen ein. Ein liebevoll restauriertes Gemeindehaus hinter der Bank spendete Schatten. Er nahm den Rucksack ab und packte genüsslich Äpfel, Beeren, Schinkenknacker und Schüttelbrot aus. Die Vesper schmeckte ihnen vorzüglich.

„Danke." Sie schaute ihn tief und innig in die Augen. „Danke für dieses wundervolle Erlebnis. Es ist wunderschön hier."

Und um der Romantik noch eine Haube aufzusetzen, schlug die Kirchenglocke viermal an. Auf der anderen Seite des kleinen Weihers saßen drei Jungs mit ihren Angeln. Ein Motorrad knatterte vorbei. Auf dem Wasser lümmelten sich zwei Entenpaare friedlich und badeten in der Sonne. Ruhig und beschaulich war es.

Sie streckte ihre Füße aus. Besah sich ihre Wunde auf dem Knie und meinte zu ihm: „Da muss ich wohl noch etwas üben."

„Also ich finde für dein allererstes Mal Rennrad machst du das richtig perfekt." Er konnte sie unwahrscheinlich gut aufbauen.

Sie wandte ihr Gesicht zu ihm und küsste ihn lange.

Verschmitzt meinte er: „Wow, bekomme ich nachher noch eine riesige Überraschung von dir?"

„Vielleicht?", neckte sie ihn.

„So, jetzt auf zur nächsten Lieblingsstrecke. Noch gute zwanzig Kilometer und dann haben wir unser Tageswerk vollbracht."

Es schreckte sie nicht. Gut gelaunt nahmen sie ihre Fahrräder. Er vorneweg, sie hinter ihm her, fuhren sie weiter. Sie staunte, wie sich die Landschaft innerhalb von wenigen Kilometern so verändern konnte. War der erste Teil der Strecke durchzogen von Hügeln und Kurven, bot sich der letzte Abschnitt ihres Weges flach und gerade an. Sie durchquerten noch zwei weitere kleine Dörfer, um dann in eine weite Feldlandschaft zu münden. Der Fahrradweg quadratisch angelegt, freies Land, kein Schutz der Bäume mehr. Sie kämpfte nicht mehr mit Steigungen und Abhängen, ihr Gegner nunmehr der Wind. Dieser blies aus allen Richtungen. Welche Naturphänomene sich ihr heute boten. Der Wind war stetig da. Egal ob sie rechts oder links auf diesem Feldquadrat abbog, permanent blies eine steife Brise ihr ins Gesicht. Dachte sie bis eben noch, das Schlimmste wäre vorbei, schwanden ihre Kräfte wieder. Sie fuhr immer langsamer. Aber aufgeben war für sie keine Option.

„Es ist nicht mehr lange, dann haben wir diese Landschaft durchquert und wir fahren durch eine wunderschöne Allee“, brüllte er gegen den Wind. „Diese wird dich bezaubern, vertraue mir.“

Er sollte recht behalten. Den folgenden Wegabschnitt säumte eine wie an einer Perlenkette aufgereihte wunderschöne Baumallee. Die Baumreihen perfekt angelegt. Sie entschädigte für die Mühen des offenen Feldes, des starken Windes. Die Bäume spendeten Schatten und verhinderten einen Luftzug, dennoch war es nicht so kühl wie im Wald. Es duftete nach Blumenwiesen, nach Gras und Korn. Sie fuhren an Windrädern vorbei, die leise aus der Ferne stetige Geräusche von sich gaben. In regelmäßigen Abständen waren liebevoll kleine Bänke aufgestellt.

„Möchtest du anhalten?“, fragte er sie.

„Nein, auf keinen Fall. Es geht mir gut. Es geht mir wirklich gut. Lass uns unbedingt weiterfahren“, sagte sie zu ihm.

Zu schön die Umgebung, die vielen Eindrücke. Neue Kraft durchströmte sie, der Schalter umgelegt. Sie fühlte sich plötzlich sehr lebendig, kraftvoll, vor Energie strotzend. Ihre Beine bewegten sich automatisch. Sie war inzwischen eins mit ihrem Rad geworden. Diese innere Energie hatte sie schon lange nicht mehr gespürt. Ihr Kopf frei, keine trübsinnigen Gedankenwolken schossen durchs Gehirn. Sie genoss ihre Vereinigung mit Rad und Natur. Sie genoss den Duft. Sie zog die Luft tief in sich hinein, spürte, welche Lebendigkeit von dieser Natur ausging. Diese Lebendigkeit durchflutete sie und machte sie glücklich. Das wollte sie noch ganz oft erleben.

„Liebling, wir kommen gleich an meinem Lieblingshaus vorbei. Wenn ich irgendwann mal ein Haus haben möchte, dann wäre es genau eines wie dieses.“

Gespannt radelte sie seinem Traum entgegen. Hinten auf der linken Seite des Fahrradweges erblickte sie es. Sie verlangsamte ihr Tempo und verstand, was er meinte. Ein kleiner Vierseitenhof, liebevoll restauriert. Backstein mit Holz verziert, ein kleiner Springbrunnen stand vor dem Haus. Den Garten zierte eine Schaukel, die Kinderlachen versprach. Das Haus sah friedlich aus, nach nach Hause kommen. Die Bewohner des Kleinods wussten zu leben. Diese Bewohner wussten, was es hieß, zufrieden zu sein. Es war wunderschön.

„Ja, du hast recht, ein Traumhaus, ein Traumhof“, lachte sie ihn an. „Ich liebe dich“, sagte sie in Gedanken zu ihm. „Ich danke dir für dein dich Öffnen, dass du mir einen Traum zeigst.“

Weiter ging die Fahrt. Jetzt wurde der Fahrradweg holprig. Die alten Obstbäume, die ihn säumten, zeigten mit ihren dicken, flachen Wurzeln ihre Stärke. Sie schoben den Beton des Fahrradweges hoch, sodass sie bei jeder Überquerung dieser Wurzeln immens ihren Popo spürte und begriff, warum sie diese gepolsterte Hose trug. Ein leichter Schmerz zwickte sie. Das gehörte wohl auch zu ihrer heutigen Reise dazu. Kurz entschlossen hob sie deshalb bei jeder Wurzelüberquerung ihren Hintern und streckte ihn ihm genüsslich entgegen. Sie spürte seinen Blick, er, welcher nun hinter ihr fuhr. Sie radelte mit erhobenen Hintern einer stolzen Frau, der die Unwägbarkeiten des Weges nichts anhaben konnten.

Vor ihnen erblickten sie Dahme. Sahen im Zentrum den Kirchturm. Die kleine Altstadt wurde von Vorhäusern begrüßt. Die Stadt, am Sonntagnachmittag gut gefüllt von Menschen, die in ihren Gärten so mancherlei Werk taten. Freundlich begrüßten sie sie. Sie grüßten zurück. Es überraschte sie, kannte sie ihre Landsmänner*Innen eher unfreundlich. Diese hier waren ausgesprochen aufgeschlossen.

Gut gelaunt ging es durch die Altstadt. Inzwischen war sie so versiert, dass sie wohlweislich ihren linken Klickschuh schon aus der Pedale löste, die rechte gab Halt. So konnte sie im Notfall schnell anhalten. Das Kopfsteinpflaster war ihr zu gefährlich, wollte sie einen weiteren Sturz vermeiden.

Kurz vor ihrem Ziel fuhren sie am Kirchturm vorbei, an alten Villen, auf einem Park zu. Dieser liebevoll angelegt, Spielplätze wechselten sich mit schattigen Plätzen zu Ausruhen ab. Es folgte ein kleiner Wildpark, stoisch stehende Rehe und Hirsche schauten sie an.

„Hallo, ihr Tiere", rief sie den Zaunstehern zu. „Stellt euch vor, ich bin heute fast 50 Kilometer Fahrrad gefahren."

Schnell war der Park durchquert und sie fuhren an einer Tennishalle vorbei, den Parkplatz fest im Blick. Da wartete der weiße Transporter auf sie. Glücklich strahlend, körperlich vollkommen ermattet, aber selig zufrieden stieg sie vom Fahrrad und schaute ihn verliebt an.

„Na, mein Schatz, wie war es?", fragte er sie.

Mit Worten nicht so gut umgehen könnend, antwortete sie nur: „Es war wirklich gut. Das sollten wir jetzt unbedingt öfter machen."

„Wusste ich doch, dass das Fahrradfahren etwas für dich ist."

„Du kennst mich halt. Du kannst mich einschätzen." Sie gab ihm einen dicken Kuss auf die Wange. Befreit von Fahrradhelmen, Klickschuhen und Fahrräder, diese verstaut im Transporter, fuhren sie zurück.

„So mein Liebling, da ich dir unser neues, gemeinsames Hobby aufgezeigt habe, ist die riesige Überraschung verdient, oder?"

„Unbedingt", antwortete sie. Ihr Fahrradglück war perfekt.

Anke Schneider, Jahrgang 1969, lebt mit ihrem Partner am Rande Berlins. Ihre beiden Söhne wohnen in der Nähe. Frau Schneider ist heilkundliche Psychotherapeutin und arbeitet als Managerin im Bildungswesen. Seit Jahren verfasst sie Konzepte für den Bildungssektor und erarbeitete verschiedene Curricula. Das Schreiben war schon immer ihr Hobby, ihren ersten Roman jedoch vollendete sie erst Anfang des Jahres 2023. In dem Roman arbeitet sie ihre Lebensgeschichte biografisch auf und möchte damit den Frauen Mut geben, festgefahrene Strukturen zu durchbrechen und keine Angst vorm eigenen Ich zu haben. Sie schreibt diverse Kurzgeschichten, eine Sammlung enthält Geschichten über das Thema Glück, deren eine Kurzgeschichte für diesen Wettbewerb entnommen ist. Die Geschichtensammlung schrieb sie für ihren Lebenspartner und wurden nicht veröffentlicht. Frau Schneider ist neben ihrer Tätigkeit als Managerin in unterschiedlichen Projekten tätig. So entwickelt sie zurzeit mit einem internationalen Team eine Therapiebegleitung für an einer Depression erkrankte Menschen. Neben ihrer beruflichen Beschäftigung geht sie gerne mit Familienhund Yoda und den Söhnen spazieren, fährt mit ihrem Partner Rennrad und besucht regelmäßig ihre beste mütterliche Freundin in Krems in der Wachau, wo sie immer wieder ihre Auszeiten findet und Energie tankt.

Popcorn, der Held der Straße

Janice liebt Popcorn, den Hund ihrer Schulfreundin Amelie. Beide Mädchen wohnen in der gleichen Straße und so darf Janice den Hund ab und zu ausführen. Besonders heute ist Amelie froh, dass Janice ihr den Hund abnimmt, denn sie hat noch jede Menge Hausaufgaben zu erledigen.

Draußen auf der Straße zerrt Popcorn sofort an der Leine, weil er dringend muss. So leint Janice ihn ab, damit er in Ruhe sein kleines Geschäft erledigen kann. Plötzlich blickt Popcorn auf, dann rennt er wie von der Tarantel gestochen die lange Straße entlang. Auch die Rufe von Janice, die vollkommen überrascht ist, können den Hund nicht aufhalten. Sie sieht noch, wie er am Ende der Straße rechts abbiegt, dann ist er verschwunden.

Frau Mahlke aus dem Nachbarhaus ärgern die lauten Rufe von Janice. Forsch sagt sie, dass es hier kein Popcorn gebe und sie deswegen ins Kino gehen, aber nicht herumbrüllen soll.

„Aber ich meine doch nicht das richtige Popcorn", stellt Janice verzweifelt klar, „ich meine den Hund von Amelie. Der heißt Popcorn. Weil er so weiß und braun aussieht und so lebendig springt wie Popcorn. Und nun ist er mir weggelaufen!"

Frau Mahlke, die erst seit einer Woche in der Straße wohnt, konnte das alles nicht wissen und entschuldigt sich bei dem Mädchen.

Plötzlich ist auch die Mama von Felix, dem fünf Jahre alten Nachbarjungen, da und sieht ebenso verzweifelt aus wie Janice.

„Hast du Felix gesehen?", fragt sie das Mädchen. „Er sollte mit seinem Fahrrad hier vor unserem Grundstück fahren. Wahrscheinlich ist er weiter weggefahren und hat sich nun vielleicht verirrt. Er kann ja noch nicht einmal lesen! Um Himmels willen, wo ist Felix bloß geblieben?"

Neugierig geworden, kommen immer mehr Menschen aus den Nachbarhäusern. Sie beraten kurz, dann helfen alle mit, Felix und Popcorn zu suchen. Sie schwärmen in alle Richtungen aus und laufen „Fe...lix! Pop...corn!", rufend durch die Straßen. Doch von den beiden fehlt jede Spur.

Gerade als Felix' Mutter die Polizei zu Hilfe rufen will, taucht am Ende der Straße Popcorn auf – gefolgt von Felix! Die Mutter rennt ihrem Sohn entgegen und allen fällt ein Stein vom Herzen. Auch Felix ist glücklich, wieder zu Hause zu sein. Er hatte sich tatsächlich verfahren. Die Angst steht ihm noch im Gesicht geschrieben.

Zum Glück hatte Popcorn bemerkt, dass der kleine Felix davonradelt, und war ihm nachgelaufen.

„Ich wusste nicht mehr, wo ich bin", beginnt Felix unter Tränen zu erzählen. „Ich war bis zu der großen Straße gefahren, wo so viele Autos sind. Aber dann wusste ich nicht mehr, wie es nach Hause geht. Da kam Popcorn, der hat gebellt und mich wieder zurückgebracht."

Felix' Mama nimmt ihn in die Arme und drückt ihn lange an sich. „Wichtig ist doch, dass du wieder da bist, mein Schatz."

Und Felix verspricht ihr, nie wieder so weit weg zu radeln.

Auch Popcorn wird gestreichelt und geknuddelt. Zum Dank für die Rettung von Felix bekommt er gleich ein besonderes Leckerli und einen Napf Wasser.

Popcorn ist jetzt so berühmt in seiner Straße, dass alle Kinder ihn ausführen wollen. Aber ihren Helden der Straße geben Amelie und Janice nicht her!

Charlie Hagist wurde 1947 in Berlin-Steglitz geboren. Nach Grund- und Oberschule absolvierte er eine Ausbildung zum Bankkaufmann. Während seiner Tätigkeit in der Personalabteilung des Hauses bildete er sich zusätzlich zum Personalfachkaufmann (IHK) weiter. Ehrenamtlich war er als Richter am Amtsgericht Berlin-Tiergarten, am Sozialgericht Berlin und danach am Landessozialgericht Berlin tätig. Charlie Hagist ist verheiratet, hat einen Sohn.

Ausgetauscht

Dünn, klapprig, rostig mit Flecken und langsam noch dazu. Die Gangschaltung hat ihre besten Jahre hinter sich und auch die Kette ruckelt so vor sich hin. Mr. Articus Bike steht unangekündigt vor meiner Haustür. Direkt vor meinen Augen. An seinem Platz abgestellt, als wäre er nie weggewesen. Dabei waren es jetzt rund zehn Jahre ohne ihn. Zehn Jahre der Ungewissheit. Zehn Jahre des Grübelns und Kopfzerbrechens. Wo er wohl all die Jahre war? Unvorstellbar, was während seiner Abwesenheit passiert sein mag. Entführt? Gefoltert? Rumgereicht wie eine 1-Euromünze? Verbannt und allein zurückgelassen?

Je mehr ich darüber nachdenke, desto übler wird mir. Er hat früher so gute Dienste geleistet. Er war immer da, brachte einen überall hin, hatte dabei stets niedrige Ansprüche. Er funktionierte ohne Murren, gab keine Widerworte und hörte einem gespannt und aufmerksam zu. Er war mein bester Freund, mein ständiger Begleiter.

Ich bin wie im Glücksrausch und kann es kaum fassen. Endlich habe ich ihn wieder. Nach einigen Sekunden, in denen meine volle Aufmerksamkeit auf Articus gerichtet war, erscheint mein Vater auf der Bildfläche, stellt sich neben Articus und fängt an zu grinsen. Seine Worte verrauschen in meinem Ohr, aber als er Articus' Nachfolgerin, Ms. Brie Bicycle, daneben stellt, wird mir bewusst, wo Articus sich all die Jahre aufgehalten hatte. Es überkommt mich ein Gefühl, das ich nicht so recht einordnen kann. Vielleicht eine Art schlechtes Gewissen, Reue und Scham? Hatte ich meinen besten Freund vergessen und im Stich gelassen? Ich blicke zu meinem Vater und hinter ihm entdecke ich eine glänzende, imposante Gestalt. Mein Vater tritt einen Schritt zur Seite und das Erste, was mir daraufhin ins Auge springt, ist eine riesengroße, rote Schleife, die um ein Fahrrad gewickelt ist. Das vorherige, überwiegend schlechte Gefühl ist wie weggeblasen. Pure Freude kommt hoch. Ich renne auf das Fahrrad zu, springe auf den Sattel und trampel los. Mein neues Fahrrad, mein neuer treuer Begleiter, mein neuer bester

Freund. So schnell und frei habe ich mich lange nicht gefühlt. So unterstützend wie dieser war kein anderer. So mühelos, wie es mit diesem ist, war es noch nie.

Mein Blick geht erneut rüber zu meinem Vater. Er packt Articus mit seiner linken und Brie mit seiner rechten Hand am Lenkrad und führt beide fort. Articus wird weitere Jahre an dem Ort verbringen, an dem er die letzten zehn Jahre war, aber dieses Mal ist er wenigstens nicht allein. Brie wird ihm Gesellschaft leisten. Ich werde Articus und Brie so schnell nicht wiedersehen, auch die Erinnerungen an die gemeinsame Zeit verblassen schon. Meine Gedanken sind schon längst weitergezogen. Ich fahre meine Wege weiter – in Begleitung von Mr. Emil E-Bike.

__Nina Steinborn__ hat bislang noch nicht veröffentlich. Sie hat einfach Lust am Schreiben und daran, Neues auszuprobieren.

Die Herausforderungen des Lebens

Mein erstes Fahrrad hatte Stützräder. Viel zu lange schon, befand mein Vater und montierte sie ab. Angst und Selbstzweifel als Zeichen von Schwäche waren verpönt, also wurde ab jetzt richtig gefahren! Schließlich wäre ich alt genug!

Aufsitzen, ein Schubs und los!

Unter der Häme meiner jüngeren Schwester versuchte ich verzweifelt, die Balance zu finden, was mir aber nicht gelang, ich fiel und rutschte seitlich in das Auto unseres Nachbarn. Den Schürfwunden und dem Schreck folgten Schläge, weil das Fahrzeug beim Aufprall Beule und Schrammen davongetragen hatte.

„Selbst zum Fahrradfahren zu blöde."

Ich habe mich nie wieder auf diesen Fahrradsattel getraut. Zudem waren Spott und Hohn noch lange meine Begleiter.

Einer Grundschullehrerin und ihrer hartnäckigen Überzeugungsarbeit verdankte ich den Besuch des Gymnasiums. Der Erfolgsdruck war groß. Ein kleines Fahrrad sollte für den Kunstunterricht mittels Drahtes und Zangen gebastelt werde.

Mein Vater unterbrach genervt meine ersten Biegeversuche – Draht war teuer genug, Verschwendung unerwünscht – und fertigte die Arbeit selbst. Allerdings so perfekt, dass der Kunstlehrer meine Eigenleistung zurecht in Zweifel ziehen und mit einer schlechten Note honorieren musste. Zurück blieben das Gefühl von Unvermögen und die Scham.

Die Oberstufe, wechselnde Stundenpläne und unzureichende Busverbindungen erforderten Flexibilität. Vom Ersparten aus Ferienjobeinkünften kaufte ich mir ein Fahrrad, ein wirklich cooles Alu-Rennrad.

„Bei deinem Talent kommst du nicht mal bis zur Dorfkirche."

Anfänglich verunsichert durch die harsche Prognose überwand ich mit jedem Kilometer ein kleines Stückchen Angst, bis sich eines Tages die Prophezeiung bewahrheiten sollte. Kurz vor der Dorfkirche erwischte das Vorderrad die Bordsteinkante und eine Acht im Reifen beendete die Fahrt abrupt und uncool kopfüber im Freiflug über den Lenker. Somit wuchs die Unsicherheit ins Unermessliche und mein Fahrrad mutierte zum Standrad.

Zwei Jahre später kamen dann die Schmerzen. Am ganzen Körper, in den Beinen, in den Armen, bleiern und schwer. Das Treten in die Pedale wurde zur Höllenqual und das Fahrrad mein Endgegner. Fibromyalgie nennt man die chronische Schmerzerkrankung. Sie ist unheilbar und man muss damit leben lernen. Ich übe mich seit jetzt 45 Jahren darin.

Mal gelingt es besser, mal schlechter.

Wehmütig beobachtete ich im Sommerurlaub auf Amrum wie jedes Jahr die Radfahrer. Wie schön wäre es, die Insel bei einer frischen Meeresbrise zu erkunden, durch die Dünen, Waldwege und am Strand zu radeln, so wie das Gros der Feriengäste auch. Längere Strecken fuhr ich Bus, kürzere ging ich spazieren.

Selbst Karin, meine 72-jährige Nachbarin in der kleinen Ferienwohnung in Norddorf, hatte sich ein himbeerrotes City Rad mit Körbchen und Blumengirlande gemietet. Man sah sie oft auf dem Radweg zum Strand oder zum Bio-Bauern mit Leichtigkeit in die Pedale treten. Das geblümte Sommerkleid flatterte im Wind sowie ihre langen Haare auch und vermittelten ein Gefühl von Freiheit und Unbeschwertheit.

Sie und nicht zuletzt auch Josef, mein lieb gewonnener Strandkorbnachbar, der auf einem Dreirad seiner Behinderung trotzte, gaben letztendlich den Ausschlag für meinen längst überfälligen Besuch im Fahrradverleih.

Wenn man Sehnsucht verspürt, sollte man dem Ruf des Herzens folgen, auch wenn es beschwerlich werden könnte. Bedeutet Leben nicht auch, Grenzen zu überwinden?

Ein sehr netter, junger Mitarbeiter des Norddorfer Fahrradverleihs nahm sich viel Zeit für mich und die Auswahl eines geeigneten Hollandrades mit niedrigem Einstieg und extrabreiten Reifen.

Nach 45 Jahren wieder im Sattel!

Holprig und mühsam, aber auch ein kleines bisschen stolz. Ein paar Meter fahren, bis die Schwere und die Kraftlosigkeit in den Beinen überhandnahmen, dann wieder schieben. Oft erntete ich Spott und verletzende Sprüche sportiverer Zeitgenossen, was mich zu der Trauer über die eigenen Defizite zusätzlich noch deprimierte, aber ich fuhr und schob weiter. Vielleicht sollten wir alle weniger werten, ohne die Hintergründe zu kennen, und mehr bei uns selber bleiben.

Die Welt wäre ein freundlicherer Ort.

Zu meinem 60. Geburtstag habe ich dann ein Fahrrad geschenkt bekommen – als Herausforderung. Es steht mittlerweile rostend als Monument des Scheiterns an der Hauswand gelehnt. Einige Fahrversuche endeten kläglich und dumme Kommentare über meine körperliche Konstitution und deren vermeintlicher Ursächlichkeit führten zur endgültigen Resignation.

Beim Schreiben merke ich jedoch, dass die Geschichte noch nicht abgeschlossen ist. Geschichten sollten nie bitter enden.

Vielleicht gelingt es, den Blickwinkel zu ändern, sich selbst so anzunehmen, wie man ist – mit allen Schwächen und Begrenzungen.

Milde und Nachsicht üben, sich nicht mit anderen vergleichen.

Es ist, wie es ist.

Mach das Beste draus.

Gib nicht auf.

Ist doch egal, was die Leute reden. Es steht ihnen doch gar nicht zu!

Sich kleine, erreichbare Ziele stecken, stolz sein auf die Meter, die man zurücklegt, beim Fahrradfahren wie im Leben auch.

Deshalb möchte ich uns beiden, meinem Drahtesel und mir, noch mal eine Chance geben – wir haben beide eine wohlwollendere Sichtweise verdient. Dabei denke ich an Josef, der unbeirrt trotz abschätziger Blicke auf dem Dreirad seine Runden über die Insel zog. Leicht fiel es ihm auch nicht, das konnte man seinen angespannten Gesichtszügen entnehmen, aber er machte es trotzdem.

Die Tour de France werden wir sicher nicht mehr gewinnen, die überlassen wir gerne den Ambitionierten, denen, die es können.

Man muss nicht alles können. Keiner kann alles. Aber weitermachen und Ziele haben, über sich selbst und seine Grenzen hinauswachsen – das ist Leben. Nicht aufgeben, lautet die Devise. Wenn man hinfällt, aufstehen, Krönchen richten und weiter gehts. Jeder gefahrene Meter zählt. Unsere gemeinsame Geschichte sollte ein versöhnliches Ende finden. Wir arbeiten dran, versprochen! Daher habe ich uns beiden eine neue Klingel gegönnt, eine große, weiße, mit einem lustigen, fahrradfahrenden Esel drauf – ein Anfang vielleicht. Im Frühjahr, wenn es wieder wärmer wird, soll es weitergehen.

Carmen Glässer, *62 Jahre, ist seit einer Netzhautablösung berufsunfähig. Das Schreiben hilft ihr, mit dem Leben Frieden zu schließen.*

Italien gegen Brasilien: eins zu eins

An dem Tag, als ich zu Boden ging, lag mein Fahrrad auf mir wie ein eiserner Mantel. Zweihundert Meter vor der Arbeitsstelle. Es nieselte. Nur noch drei Tage bis zum Urlaub. Daraus wurde nichts. Zwei ältere Damen – Hut, langes Kleid und wehender Schal – hatten es eilig gehabt, die Straße zu queren. Der Stadtbus auf der anderen Straßenseite fuhr gerade in die Haltstelle vor der Löwen-Apotheke ein. Beide Frauen hatten ihr eigenes Ziel vor Augen. Mich hatten sie nicht vor Augen. Ich bremste scharf und ließ die Passantinnen vorbeirauschen. Mein Rad war ins Schleudern gekommen und geriet … nicht aus den Fugen, es überstand den Unfall unbeschadet, aber in eine Fuge, in eine aus der Straßenbahnzeit übrig gebliebene Schienenrille, ein historisches Relikt, das der auf Sparsamkeit bedachte Magistrat vernachlässigt hatte.

Umgeben von Moorwiesen und Kleingartenanlagen staffelten sich am Stadtrand Siedlungshäuser wie an einer Schnur aufgezogen. Rote und gelbe Riemchenfassaden markierten die Unterschiede individueller Gestaltungswünsche. Zwei Schaufenster hellten auf: eine Bäckerei und ein Fahrradladen. Kleine Brötchen und Lust auf Abenteuer mit dem Rad winkten. Im Laufschritt joggten Uwe und ich auf unserem üblichen Rundweg zwischen Moor und Heide. Vor dem Fahrradladen machten wir Halt. Ein Bike strahlte in den Farben Brasiliens: gelbe Raute auf grünem Grund. Das stach in die Augen.

„Uwe, was hältst du von dem Brasilianer?", fragte ich.

„Muss genauer unter die Lupe genommen werden. Bei Gelegenheit können wir das zusammen machen", bot Uwe an.

Uwe kannte sich aus. Er fuhr bei jedem Wetter Fahrrad. Ausflüge mit dem Rennrad auf dem flachen Land krönten seine Wochenenden, Alpenpassagen seine Ferien.

Ich erinnerte mich an Uwes Einladung zu einem Fahrrad-Abenteuer: Kanada zu durchqueren, von Vancouver bis Ottawa, über die Rocky Mountains und durch die unendliche Prärie. Er habe zu mir Vertrauen,

sagte er mir. Kein anderer als ich käme infrage. Ich traute mich nicht.
Uwe fuhr allein … und hatte Pech. Er stürzte über eine versteckte
Schwelle und verletzte sich am Schlüsselbein. Aus Saskatchewan rief er
bei mir an. Er wollte einfach nur reden. Ich war nicht erreichbar. Uwe
biss die Zähne zusammen und schleppte sich zum Ziel, wochenlang.

„Tut mir leid, dass ich nicht für dich da war", erklärte ich ihm später.

Der Stadtbus setzte sich in Bewegung. Ich konnte mich nicht bewegen, nicht ohne Hilfe aufstehen und gehen. Ich registrierte, dass die
Damen, die mir beinahe vors Rad gelaufen wären, einen Fensterplatz
eingenommen hatten. Sie sahen weg, als wäre nichts passiert. Die Löwen-Apothekerin war Zeugin des Unfalls gewesen. Sie sah nicht weg.
Sie setzte einen Notruf ab, hob mein Fahrrad auf und brachte es ins
Trockene, in die verschlungenen Hinterzimmer-Gänge der Apotheke.
Zwischen trocken gelagerten Heilmitteln atmete mein Fahrrad Me-
dizinluft. Die Löwen-Apothekerin hob auch mich auf, hakte sich ein
und führte mich von der Straße weg. Ein Bein aufgesetzt humpelte
ich – Arm in Arm mit meiner Retterin. Die Polizei ließ nicht lange auf
sich warten. Ein Beamter redete von Behinderung … der Passantinnen,
von Fahrlässigkeit, von Strafanzeige. Vor meinen Augen verschwamm
alles. Ich wurde blass, zitterte, atmete schnell, Kaltschweiß nässte meine
Kleidung. Die Verdächtigung des Beamten erschien mir absurd. Aber
sagen konnte ich nichts. Die Löwen-Apothekerin gab an meiner Stelle
Auskunft und rettete mich nochmals. Der Beamte ließ seine Unter-
stellungen fallen.

Unaufgerufen erschien ein Taxifahrer. Er bot sich an, mich in das
nächste Krankenhaus zu fahren. Der Versuch, mich auf den Autositz
zu quälen, scheiterte. Sitzen ging nicht, nur Stehen und Liegen. Als
Liegendtransport wurde ich von Rettungssanitätern in der Klinik ein-
geliefert. Diagnose: dreifache Fraktur des Acetabulums – der Hüftge-
lenkspfanne.

„Sieht aus wie ein Mercedesstern", meinte der Chirurg scherzen zu
müssen.

Sechs Wochen verbrachte ich im Streckverband. Die Knochenbrüche
mussten wieder eingerichtet und das Gelenk entlastet werden. Sechs
weitere Wochen brauchte ich, um das Laufen zu üben. Bis mein Fahrrad und ich wieder zusammenkamen, vergingen Monate.

Sarah stand am Krankenbett. Die junge Frau hatte einmal zu mir auf-
gesehen, als sie nach ihrem Weg ins Berufsleben suchte. Ich fühlte mich

als väterlicher Ratgeber. Sarah schüttelte ihre langen, schwarzen Haare, beugte sich vor, räusperte sich und flüsterte mir direkt ins Ohr: „Da ist einer wie du vom hohen Ross gefallen."

„Das ist das letzte Mal, dass wir uns gesehen haben", ging mir durch den Kopf.

„Wenn du Hilfe brauchst, bin ich für dich da", ergänzte Sarah und drehte mir den Rücken zu.

Ich wurde rot. Mein Körper verspannte sich. Krampfhaft suchte ich nach einem Wort, das ich ihr hinterherrufen könnte. Niente – nichts.

Ich sah mich als gefallener Engel. Sarah hatte mich auf ein Podest gesetzt. Hatte sie das? Oder war ich zu sehr von mir eingenommen gewesen? Jetzt, da ich krank und verletzlich war, auf Normalmaß gestutzt, war ihr Vertrauen in mich auf der Strecke geblieben.

Der Brasilianer war mein erstes Fahrrad seit Kindheits- und Jugendtagen. Für mein Auto, einen roten Fiat 500, hatte ich einen Käufer gefunden: einen Mann aus Mailand, nach Norddeutschland hatte es ihn verschlagen. Er war der Einzige, der nicht versuchte, den Preis zu drücken. Mit dem Erlös konnte ich das Fahrrad bezahlen.

„Nie wieder mit dem Auto zur Arbeit. Nie wieder ein Ausflug ohne Fahrrad, egal wohin", war ich entschlossen. Ich atmete tief durch und fühlte mich frei. „Freie Fahrt für freie Radler", rief ich in den Morgen.

Ich googelte Brasilien im Internet. In Minas Gerais, Rio und São Paulo gab es traumhafte Radtouren mit spektakulären Aussichten. Die Estrada Real – königliche Straße – zum Beispiel, 1.630 Kilometer lang. Im 17. Jahrhundert wurde sie als Transportweg für Gold und Diamanten gebaut. Wer auf dieser Route radelt, den erwarten grüne Hügel, Landhäuser aus dem 18. Jahrhundert sowie Wasserfälle und Höhlenmalereien. Verführerisch, diese Idee einer exotischen Radtour, fand ich. In einem Land wie Brasilien ist die Verkehrsinfrastruktur vermutlich insgesamt nicht fahrradfreundlich. Radfahrer müssen wahrscheinlich mit einem Mangel an Radwegen, der Aggressivität der Autofahrer und oft mit Diebstahl rechnen. Also in der Seestadt ist das vielleicht … nicht anders. Den Traum von Brasilien habe ich nicht verwirklicht. Entdeckungstouren vor der Haustür lagen mir näher.

Als ich mein Auto für ein Fahrrad stehen ließ, hörte ich Fahrradaktivisten eine bessere Verkehrsplanung fordern. Das Fahrrad solle als gleichberechtigtes Verkehrsmittel anerkannt und geschützt werden. Ich stellte mich hinter diese Aktion. Aber es roch nach Streit:

„Die Seestadt muss Klimastadt sein", waren sich (fast) alle Parteien einig, außer den Parteien, die immer gegen alles sind. In der Tourismuswerbung passt Gutes tun prima aufs Aushängeschild.

„Die Seestadt muss Fahrradstadt werden. So wie Kopenhagen vielleicht. Ein großer Wurf in die Zukunft", verlangten die Grünen. Sie malten aus, wie die lang gestreckte Stadt am Weserfluss neue Gestalt annehmen könnte: fahrradtaugliche Deichwege, autofreie Verbindung von Norden nach Süden, Weser-Radweg-Querung durch die Innenstadt.

„Die Seestadt muss Autostadt bleiben, sechsspurig am Hafenrand, alles bleibt beim Alten", entschieden die Christdemokraten.

Die Kaimauern am Fluss waren zunehmend marode geworden. Die Freidemokraten, einmal mit einem Baudezernenten in den Magistrat gewählt, wollten sparen. Das gehörte zu ihrem Programm. An einsturzgefährdeten Uferwegen ließ der Baudezernent Sperrzäune aufstellen. Fahrrad- und Wanderwege wurden zur Sperrzone. Für meine freie Fahrt als Radfahrer wurde es holprig.

Nach meinem Unfall holte Uwe das Rad aus der Apotheke ab und stellte es bei mir zu Hause unter. Dort stand es, verstaubte, setzte Rost an, Spinnenweben durchzogen die Speichen. Das Frühjahr kam, ich putzte, ölte, prüfte Bremsen und Licht. Der Brasilianer leuchtete fast wie am ersten Tag.

Zwanzig Jahre später zog ich in die Innenstadt. Das Rad schaffte ich zum Überwintern in den Fahrradkeller und fieberte auf den nächsten Frühling, auf die erste Gelegenheit zum Ausritt auf meinem Drahtesel, meinem langjährigen Begleiter. Nichts sollte uns, mit Abenteuern älter Gewordene, noch trennen, nahm ich mir vor: aus Liebe zum Fahrrad.

Horst-Volkmar Trepte, Jahrgang 1947, hat Psychologie studiert, lebt in der Seestadt Bremerhaven und in Thiéfosse (Vogesen, Frankreich), schreibt Gedichte und Kurzgeschichten, hat in Anthologien und literarischen Zeitschriften veröffentlicht, mag den salzigen Duft und den unerbittlichen Gegenwind am Deich an der Nordseeküste, wie auch die unzähligen unterschiedlichen Ansichten, die sich bei Bergwanderungen eröffnen.

Fahrräder

Gesattelt im Eck
ein Drahtesel mit Plattfuß
kriegt keine Luft mehr

bald wieder Almauftrieb
mein alter Drahtesel
noch im Winterquartier

Frühlingswanderung
Ausflügler auf Rädern
auf der Überholspur

zu steil der Anstieg
das Kreuz des Fahrradfahrers
der Helm Dornenkrone

heiße Fahrradtour
frontal kühlender Fahrtwind
kommt kaum hinterher

Anstieg des Rückwegs
prachtumringter Widerstand
Kreislauf auf Hochtour

Fahrrad, herrenlos
an Ständer festgekettet
Anschluss gefunden

Wolfgang Rödig *aus Mitterfels. Er hat seit 2003 mehr als 700 belletristische Kurztexte in Anthologien, Zeitschriften, Kalendern … veröffentlicht.*

Das dritte Rad

Stöhnend drehe ich mich auf den Rücken, fahre mit der gesunden Hand durch mein volles, dunkles Haar und gucke auf meine verschwitzten Finger, an denen einzelne Haare kleben.

Leo, mein alter Freund aus Kindertagen, sitzt neben meinem Bett. „War wohl doch 'n bisschen stressig für dich, was?"

Es kostet mich viel Kraft, Leo mit blutverkrustetem Gesicht anzulächeln und zu sprechen.

„Aber das Rumdrehen geht doch schon mal, 'ne?"

Ich greife zum Glas auf dem Nachttisch und trinke einen großen Schluck Wasser. „Also, Leo, wann machen wir es?"

Der zeigt mit dem Finger auf seine Schläfe. „Du spinnst wohl, Julian?" Er setzt sich auf den Bettrand. „Erhol dich erst mal!"

Ich lege meine Hand auf seine. „In sechs Wochen?" Ich sehe Leos zusammengezogene Augenbrauen und setze nach: „Du, da haben wir doch beide Urlaub."

Leo klopft auf meinen Gipsarm. „Duuu?", sagt er gedehnt. „Mal ganz langsam. Zu Hause fängst du zuerst an mit deinem Hometrainer."

„Und du lässt mein Fahrrad reparieren?"

„Natürlich", sagt er beim Hinausgehen.

Ich muss die Kurve kriegen.

Meine Augen hängen sich an den wandernden Sonnenstrahl auf der gegenüberliegenden Wand.

Ja, die Kurve damals. Lange habe ich nicht mehr an sie gedacht. Wir waren wohl so um die zwölf Jahre alt.

Da ist sie wieder, diese Bergstraße zwischen den Häusern. Und unten die Linkskurve.

Leo fährt zuerst.

„Brems ab!", schreie ich.

Er schleudert in die Kurve. Die Bremsen quietschen. Er fliegt über das Rad und kopfüber auf den Rasen der Nachbarn. Die sind, Gott sei Dank, in Urlaub. Ich halte die Luft an. Auf dem Bauch liegt Leo wie in den Boden gerammt. Blonde Haare in grünem Gras fällt mir ein.

Plötzlich steht er auf, als wäre nichts gewesen. Und schreit zu mir hoch: „Und jetzt du!"

Ich schwinge mich auf mein lädiertes, hellblaues Kinderrad, atme ganz tief ein und aus und stoße mich vom Boden ab. Kurz drauf bin ich schon an der Kurve, bremse zweimal leicht ab und lege mich etwas auf die Seite, denke noch: „Diesmal schaff ich's!" Da merk ich schon, wie die Straße mir immer näher kommt. Mit Wucht krache ich samt Fahrrad dem nächsten Nachbarn in den Zaun.

Der ist leider da, schreit Arme fuchtelnd um mich herum. Ich lande im Krankenhaus mit Schürfwunden und Gehirnerschütterung. Mein Fahrrad ist nun endgültig Schrott.

„Au, au, auuuuu!" Schreien höre ich mich so laut, dass mir der Kopf dröhnt. Warum liege ich auf dem Boden neben dem Bett? Jetzt tut mir auch die andere Seite weh. Und hoch komme ich nicht alleine.

Die Tür fliegt auf und schon ist Schwester Mary bei mir. Ihre großen, dunklen Augen durchbohren mich. „Hat Ihnen der Zusammenprall mit dem Stromkasten nicht gereicht, Herr Borde?"

Warum muss sie mich jetzt daran erinnern? Nur weil ich fasziniert war von dem Mann, der beim Ausrutschen so verdreht gefallen war, kam meinem Fahrrad der Stromkasten in den Weg. Und wie!

Die herbe, laute Stimme, dazu ihr Schweißgeruch. Das hat etwas Betäubendes. Sie drückt auf die Klingel und Pfleger Sven kommt gelaufen. Zusammen ziehen sie mich ins Bett.

„Ich gebe Ihnen gleich was zur Beruhigung", sagt Sven im Rausgehen.

Hinter meinen Augen dreht sich ein Karussell. Mir ist kotzübel. Gerade erreiche ich noch die Brechschale. Kranksein ist so anstrengend. Mein lautes Stöhnen geht mir selbst auf die Nerven.

Vielleicht kommt Leo bald wieder vorbei. Ich habe Glück, dass er auch hier in den Norden gezogen ist mit seiner Familie. Außer ihm ist ja keiner da, nur die Kollegen der Firma.

Es ist mein zweites Rad, hellblau, für Erwachsene, mit Querstange. Ich habe es schon jahrelang.

Nach dem Baden im See fahre ich über Land, halte an einer Straße.

Ich will auf die andere Seite. Den linken Fuß auf dem Boden, den rechten auf dem Pedal, warte ich am Rand. Üppiger Verkehr.

Links ist etwas frei, rechts kommt ein Bus. Der hält! Und die Autos nach ihm. Der Busfahrer winkt mir zu, die Straße zu überqueren. Schon im Anfahren bedanke ich mich kopfnickend, den Blick auf die andere Seite gerichtet.

Ein Schlag trifft mich am linken Bein. Durchdringendes Quietschen! In einem Glasregen stürze ich von einem Auto auf Asphalt.

Was war das? Müsste mir nicht was wehtun?

Vor mir stillstehende Autos und drängende Menschen, die mit großen Augen und offenen Mündern auf mich herabschauen. Neben mir mein hellblaues Fahrrad, nur leicht verbogen.

Ein Mann beugt sich zu mir herunter. „Können's aufsteh'n?"

Ein Bayer vermutlich. Er reicht mir die Hand zum Aufstehen. Es rieselt Glassplitter. Beim Humpeln spüre ich die Schmerzen an Hintern und Hüfte. An der Stirn fühle ich eine Beule.

„Koa Bolizei!", bittet er. „Mir san in Ualaub."

Benommen folge ich ihm zu seiner Frau und ihren zwei halbwüchsigen Kindern am Straßenrand. Wir tauschen Adressen aus. Beim Lesen wird mir schwindelig. Ich sacke zusammen. Ein Mann fährt mich ins Krankenhaus. Nach einem Tag Beobachtung erhole ich mich zu Hause.

Mein Fahrrad wird repariert, bekommt neue Reifen und einen frischen hellblauen Anstrich.

Der Bayer schickt die Rechnung für die Autoscheibe und schreibt dazu:

Dank Sicherheitsglas ist es für uns alle noch glimpflich verlaufen.
Pfüati!

Und dank meines guten Lohnes in meinem Maurerjob kann ich es auch verschmerzen.

Wie erleichtert ich bin! Ich höre mich ausatmen, einatmen und dann einen ganz tiefen Schnaufer.

„Es geht dir wohl besser, Julian?"

Leo sitzt ruhig neben meinem Bett, in der Hand einen Flyer.

Die Hügel kenne ich doch. Das Lipperland!

„Wann fahren wir, Leo?"

„Sobald du fit bist und ein neues Fahrrad hast.“

„Waaas? Nichts mehr zu machen mit meinem alten?“

Er schüttelt seine blonde Mähne. „Ich kann ja schon mal gucken für dich, ja?“

„Mein drittes Rad, Leo. – Damit müsste es doch klappen!“

Es dauert Wochen, bis wir beide loskommen. Wir fahren im Zug mit den Rädern. Hellblau ist auch mein neues, in Erinnerung an alte Zeiten. Schon etliche Kilometer habe ich darauf verbracht. Und ich kann es kaum erwarten, an die bergigen Straßen unserer Kindheit zu kommen, um endlich diese eine Kurve zu kriegen.

Und da sind wir, an einem hellen Sommernachmittag, an der Stelle, die mich jahrelang in Träumen verfolgt hat. Es hat sich nichts verändert. Wir stehen oben auf der menschenleeren Bergstraße zwischen den Häusern bereit, setzen unsere Helme auf.

Ich gucke ihn an. „Wir machen’s wie damals, ja?“

„Wie sonst, Julian?“

Er geht voll in die Pedale. In Windeseile ist er unten, bremst so scharf, dass sich das Hinterrad hebt. Mir stoppt der Atem. Schon ist er aus der Kurve, streift den Bordstein und fällt mit seinem Rad in ein blühendes Vorgartenbeet. Sein roter Helm ist ein aufregender Farbtupfer in den gelben und blauen Pflanzen. Rundherum ist alles ruhig. Berufszeit oder Ferien oder Mittagsschlaf in Lippe? Schon steht Leo wieder, lacht mir zu: „Und jetzt du!“

„Wie damals“, denke ich und trete in die Pedale. Im Nu bin ich unten, bremse kurz und noch mal, lege mich nur leicht zur Seite – und bin um die Kurve!„Geschafft, Leo!“, schreie ich und streife den Bordstein, wo er steht. Er springt zur Seite. Mein Rad bleibt hängen. Im hohen Bogen falle ich darüber und lande im selben Beet wie er vorher.

„Dein grüner Helm macht sich gut in den Blumen“, sagt er.

Ich hebe meinen Kopf aus der Erde, sehe sein verschmiertes Gesicht und er meines. Dann können wir uns vor Lachen nicht mehr halten. Dieses Mal kommt kein Mensch aus der Tür und schimpft. Keiner von uns beiden kommt ins Krankenhaus. Und die Fahrräder sind auch noch zu gebrauchen.

__Beate Rola,__ geboren 1948, Pfarrerin im Ruhestand, wohnhaft in Bremerhaven. Seit vielen Jahren Hang zum Schreiben.

Der Rote Blitz

Ich erinnere mich noch gut daran, dass ich ein Geschenk zu Pauls sechstem Geburtstag war. Er strahlte und bewunderte meine leuchtend rote Farbe. Ich bekam sogar einen Namen von ihm. Er nannte mich *Roter Blitz*. Wenn er in meine Pedale trat, flatterten die bunten Plastikbänder, die an beiden Seiten des Lenkers herabhingen, übermütig im Fahrtwind. Die glänzende Klingel ertönte hell und klar, um allen anzuzeigen, dass wir vorbeifuhren. Ich, der Rote Blitz, und Paul waren ein unzertrennliches Team.

Leider gehören diese schönen Zeiten der Vergangenheit an. Ich wurde im Laufe der Jahre durch verschiedene Fahrräder, mit denen ich nicht konkurrieren konnte, ersetzt. Jetzt bin ich nur noch ein altes Kinderrad, das in der hintersten Ecke eines Schuppens lebt und leise vor sich hindämmert. Mein Rot ist im Laufe der Zeit verblasst, auf meinem Lenker sitzen ein paar Rostflecken, die wie Sommersprossen aussehen. Ich habe ein paar Plastikbänder verloren, die Farben der noch vorhandenen sind verblichen, von der Klingel fehlt der Deckel und die Überreste des Gepäckträgers, auf den Paul früher seinen Fußball schnallte, stehen wirr von mir ab. Das ist einfach trostlos.

„Verfluchter Mist!" Paul verfolgt den Flug des Schraubenziehers, den er wütend in die Garagenecke gepfeffert hat. Vor ihm liegt ein ausgebautes Vorderrad, dessen Reifen er von der Felge lösen wollte. Wahrscheinlich hat er mit dem Schraubenzieher die falsche Werkzeugwahl getroffen und eine Delle in die Felge fabriziert. Gut, dass seine Eltern nicht zu Hause sind. Da bleibt ihm der Standardsatz seines Vaters, dem Alleskönner, erspart. „Du bist mit deinen 16 Jahren zu nichts zu gebrauchen."

Sein Handy meldet sich. Genervt zieht er es aus der Hosentasche. „Was?"

„Paul, du musst mir helfen. Ich bin gestürzt."

Dann leiser: „Mein Bein, mein Bein."

Paul schnappt nach Luft. „Oma? Wo bist du, Oma?" Er drückt das Handy fester an sein Ohr.

„Im Wald. An der dicken Eiche. Hilf mir!"

Er ruft ihren Namen, aber es kommt keine Antwort mehr. Nur ein paar Vögel zwitschern im Hintergrund. Paul kennt die dicke Eiche gut. Als er noch ein kleiner Junge war, hatten seine Oma und er den Baum als Ziel ihrer Ausflüge genommen. Was soll er tun? Sein demontiertes Fahrrad ist ihm keine Hilfe. Seine Augen suchen hektisch nach einer Lösung.

Die Tür fliegt auf. Ich bin erschrocken, als Paul mich plötzlich aus meiner Ecke zerrt. Er schiebt mich aus dem Schuppen in das helle Tageslicht. Er prüft mit seinem mir vertrauten Kennerblick den Reifendruck. Vorsichtig steigt er auf. Seine Beine sind länger geworden. Zu Anfang quietscht mein Körper, aber er bringt mich langsam in Schwung und nimmt dann Fahrt auf. Wir biegen in den breiten Waldweg ein und verschmelzen nach und nach wieder zu einer Einheit. Der Rote Blitz und Paul! Die Erinnerung beflügelt mich. Bäume sausen an uns vorbei, der Wind lässt die verblichenen Bänder am Lenker flattern. Das ist einfach herrlich.

Paul bindet mit zitternden Fingern sein T-Shirt um die blutende Wunde an Omas Bein und setzt dann mit dem Handy einen Notruf ab.

Sie stöhnt leise.

„Bleib ganz ruhig, Oma. Der Krankenwagen kommt bestimmt sofort." Paul starrt auf das Blut am Boden und dann in ihr blasses Gesicht.

„Du hast alles richtiggemacht, Junge."

Der Notarzt hat Oma fürs Erste versorgt, und die Sanitäter sind mit ihr auf dem Weg ins Krankenhaus. Durch den Sturz ist eine Krampfader in Omas Bein geplatzt und Paul hat ihr vermutlich das Leben gerettet, weil er so schnell am Unfallort war.

„Du kannst sie bestimmt heute Abend schon besuchen."

Paul atmet die angehaltene Luft langsam aus und reibt sich die feuchten Hände an der Hose ab. Vielleicht ist er doch zu etwas zu gebrauchen.

Der freundliche Arzt schaut ihn an. „Soll ich dich nach Hause bringen?"

Paul sieht zur dicken Eiche hinüber, an der ein verrostetes Kinderrad lehnt. „Nein, danke. Nach Hause komme ich mit jemand ganz Besonderem."

Ich bin noch ein wenig außer Atem. Genussvoll denke ich an die rasante Fahrt. Zum Glück habe ich durchgehalten.

Der Heimweg verläuft ruhiger. Mein Reifendruck lässt etwas nach, aber das tut meinem Glücksgefühl keinen Abbruch. Ich weiß nicht, was genau passiert ist, aber ich wurde gebraucht und spüre, wie stolz Paul auf uns beide ist. Auf sich und mich, den – nicht mehr ganz so – Roten Blitz.

Marion Aßmann, *Pensionärin, drei Kinder, zwei Enkel, hat schon in mehreren Anthologien veröffentlicht.*

Radfahren in Berlin – Also früher mal, obwohl ...

Du magst Individualverkehr?

Dann fahr Fahrrad!

Du willst Berlin näher kennenlernen? Dann fahr Fahrrad.

Du kannst dir den Luxus eines BVG-Tickets nicht leisten?

Dann weißt du, was zu tun ist.

Übrigens ist ein ganz ordentlicher Vorteil: Solange du trittst, kannst du nicht runterfallen. Gleichgültig, welche Promillezahl sich in dir staut. Also greif dir deinen Jolly Jumper und ...

Oh, warte! Ich muss dich darauf hinweisen, dass der Vorschlag nicht ganz kostenlos ist. Was ist das schon in dieser Welt? Als Gegenleistung darfst / sollst / kannst / musst / wirst [Zutreffendes ankreuzen] du dir nun die alten Kamellen von anno dazumal reinziehen.

Das Fahrradfahren ist überall gleich. Es bestehen aber Nuancen im teuflischen Detail. Wie das Gefühl des Fahrtwinds im Gesicht und eine lauwarme Prise küsst dich auf den Mund. In Berlin bedeutet das, dass man hinter einem anfahrenden Diesel-Lkw steht. Und das passiert nicht selten, aber gewöhnlich sind es die Abgase ganz normaler Fahrzeuge, die in abartigen Mengen deine Lunge füllen. Es wurde mir zugetragen, dass man aber dennoch gesünder lebt, als würde man im Auto sitzen. Trotzdem? Ehrlich? Und die Fachperson im Fernsehen so: „Ja.“ Plus die Bewegung. Plus die Kostenersparnis. Plus den diskutierbaren Spaß. Plus die Krankschreibungen. Ich glaube, ich halte den Rekord an Brüchen auf dem Rad in Berlin.

Egal, von wo man startet, spätestens nach einer Stunde Radeln bist du in Friedrichshain-Kreuzberg! Also innerhalb der persönlichen Tarifzone A. Auf dem Rücken des Bocks sah ich ein belustigendes, ein originelles und ein dreckiges Berlin, das zu Fuß außerhalb der Reichweite und mit einem motorisierten Reichweitenverstärker unzugänglich war! In Berlin habe ich mindestens eine Weltumrundung zurückgelegt. Wenigstens ein Drittel des Feinstaubs, der Logik und Weltkenntnis Dieter

Nuhrs zufolge, stammt von meinen Fahrradreifen. Wenn man alle Reifen in meinem Leben aufeinanderstapelt, da kommt ein Haufen raus, der reicht mir bis ans Knie. Es wären weniger gewesen, wenn nicht so viele Scherben meinen Weg kreuzten … schnitten. So zwei, drei Platten gab es pro Jahr zu flicken. Wie oft schon sank ich darnieder und schrie mit bebender Stimme gen Himmel: „Halleluja, die Götter haben uns Antiplatt gebracht!"

Eines Tages fuhr ich, wie das manchmal halt so ist, nach Hause. Der Weg, die Danziger Straße runter, schien frei, doch kurz bevor es den Prenzlauer *Berg* runterging, fuhr ich mir irgendwas ein. Es klackte bei jeder Umdrehung des Mantels auf der Straße. Es nervte. Es klackte, es klackte und je schneller ich fuhr, desto mehr Klacks pro Minute. Wie konnte ich die Fahrt genießen? Also abbremsen und checken. Es war zu meiner Überraschung kein Stein, sondern ein Stück Kunststoff. Bei näherer Betrachtung überkam mich die Ernüchterung: Es war ein Reißnagel mit bunter Kappe. Ich bin ja nicht blöde, ich überlegte kurz: „Wenn ich den jetzt rausziehe, dann wird die Luft sehr wahrscheinlich entweichen. Aber ich war auch hoffnungsvoll: Oder womöglich geht es einfach gut und ich fahre ohne ein Klacken weiter. Was habe ich getan? Was würden vermutlich alle tun?" Es machte *Pffff* und ich war selbstverständlich Kapitän Plattfuß mit der Erkenntnis der wahren Bedeutung von Naivität.

Wie bereits in einem anderen Text (musst halt alle lesen, kann ich jetzt auch nichts machen) erwähnt, ist das Fahrrad die beste Möglichkeit, durch die Stadt zu kommen. Allerdings birgt es einen gewaltigen Nachteil, das ist die fehlende Knautschzone. Die braucht man in Berlin eigentlich schon. Vor allem wenn man die ruhigen Nebenstraßen in Ost-Berlin wie die Rigaer Straße mit dem rauen Pflaster im Westen verglich. Am Ku'damm hatte ich deutlich mehr Angst als Radfahrer im Vergleich zur Stralauer Allee, was auch kein Zuckerschlecken war. Aber das Befahren der Frankfurter Allee oder der Warschauer Straße war Grund für Flüche und die Todesangst, vor allem wenn das Hosenbein vorm überholenden Auto schlottert. Was heute kaum noch vorstellbar ist, aber in der Rigaer Straße herrschte nie ein Mangel an Parkplätzen. Die vier, fünf Hände, die ein Fahrzeug steuerten, konnten immer direkt vor der Tür parken.

Dagegen sprach die Infrastruktur der Radwege in ganz Berlin eine wenig elaborierte, aber signifikante Sprache, nämlich: „Fuck off!"

Ein Beispiel ist heute noch zu sehen und war bis vor Kurzem bittere Realität. Ich spreche selbstverständlich vom Radweg auf der Frankfurter Allee Höhe U-Bahnhof Samariterstraße. Der Radstreifen verlief auf dem Fußweg und führte direkt am Ausgang der U-Bahn vorbei. An seinem Nadelöhrstellchen maß der Radweg sagenhafte 30 Zentimeter (geschätzt!). Lass es 35 Zentimeter sein. Von den gleichfalls geschätzten 15 Metern pro Fahrtrichtung der Frankfurter Allee stand die Verkehrsplanung dem Fahrrad einen Anteil von 30 Zentimetern zu. Um das Bild deutlicher zu malen: Das sind 0,2 Prozent. Gut, nur an einer Stelle. Aber mach das mal mit dem Auto … Und die Frankfurter Allee war, was Fahrradwege angeht, schon weit vorne. Die meisten Radwege in der Zeit waren gedachte Linien auf dem Asphalt. Dafür hatte die Oberbaumbrücke schon eingebaute Schienen, die dann doch nicht mehr genutzt wurden. Nach derselben Logik verbaute man auch Glasfaserkabel in der Karl-Marx-Allee. In den 90er-Jahren war das die Zukunft. Doch in dieser Zukunft benötigte man Kupfer-Leitungen für das sogenannte DSL.

Es war auch noch vor dem Zeitalter der Arschkriminellsten – nein, nein, ich habe mich nicht vertippt. Die Arschkriminellsten, diese verkommenen Subjekte, die man in jenen Tagen des Fahrraddiebstahls bezichtigte. Obwohl der funktionierende Fuhrpark an Drahteseln in den 90er-Jahren aus der Marke Diamant bestand. Diese DDR-Marke war zwar wenig luxuriös, meist sogar ohne Schaltung, aber unzerstörbar. Wobei ich auch diese Herausforderung meisterte. Der Rahmen eines gebrauchten Fahrrads, das hatte ich mir in der Libauer Straße für 50 D-Mark geleistet, brach nach kurzer Zeit unterhalb des Sattels, sodass der Rahmen beim Treten etwas schwankte. Ich fuhr noch einige Kilometer damit, bevor mich ein Freund überzeugte, das Dingens zurückzugeben. Dort erstattete man mir entsetzterweise sofort das Geld. Ja, früher waren die Radläden noch von ihrer Ware überzeugt und zuckten bei Reklamationen nicht mit den Schultern, wenn sie den Kund*Innen deren Dummheit diagnostizierten: „Bei dem billigen Zeugs, da kann man ja nichts erwarten …"

Tatsächlich war mein Verbrauch an Rädern gar nicht mal so klein. Ich kaufte mir ein Rennrad, das nur drei Monate hielt. Ich kaufte dann ein Tourenrad, das mir geklaut wurde, und dann war es ein Tourenrad, dass ich fast fünf Jahre mein Eigen nennen konnte, bis es abermals geklaut wurde. Das Vorgängermodell lehrte mich aber eine wichtige Lektion über das Fahrradfahren in den 90er-Jahren: Never trust an Alu-Lenker. Der Weg führte vom Volkspark Friedrichshain, wo man sich dem Vorglühen ergab, in den nahe gelegenen Knaack-Club. Es war ein lauer Sommerabend und versprach die ganze Herrlichkeit, die Berlin in den 90er-Jahren im Sommer bot – die geilsten Partys, die die Menschheit jemals …

Doch so weit sollte es an jenem Abend nicht kommen. Der Weg entlang des Parks geht zunächst nach oben und fällt dann zum Ende, Ecke Am Friedrichshain ab. Dort gab es an jenem schicksalhaften Tag auch schon eine Ampel und die zeigte rot. Also griff ich nach der Bremse. Doch zu meiner Verwunderung löste sich der Lenker in meiner Hand vom Rest der Lenkstange ab. Und während ich in eine Schieflage geriet, wobei ich mit guten vier Metern pro Sekunde dem Aufprall auf dem Asphalt entgegensah, wunderte mich der Griff in meiner Hand am meisten. Wie kann es sein, dass der Lenker … [Aufschlag]. Auf die Idee, dennoch zu bremsen, kam ich in der Fülle an Gedanken nicht.

Als ich mir die Kiesel aus der Hand pulte, fiel mir auf, dass mein Arm nicht mehr die volle Beweglichkeit hatte. Mein Begleiter wollte mir zum Trost einen ausgeben, doch ich trat den Rückweg an. Mehr noch als die Bewegungsunfreiheit bemerkte ich die Unwucht im Vorderrad, das an einer Stelle so stark schliff, dass das Vorankommen mit jeden Meter einen beherzten Schub brauchte. Bis in die Rigaer Straße waren es wenige Kilometer, die wegen des Schocks gar nicht so schmerzhaft waren. Zumindest fehlt die Erinnerung daran.

Wie mir am nächsten Tag mitgeteilt wurde, traf ich einen Freund in jener Nacht vor meinem Haus, der mir versicherte, ich hätte drei Mal die Sätze: „Ich hatte einen Unfall. Ich gehe jetzt heim", wiederholte. Am nächsten Tag, die Schwellung war unübersehbar, ging ich zum Röntgen in die Grünberger Straße. Die Praxis war in einem Kellergeschoss und damit recht kühl im Gegensatz zum warmen Sommer dieser Tage. Die Aussicht auf warme und regenfreie Tage erheiterten das Gemüt. Es war diese Vorfreude, die alles überstrahlte. Wenngleich die kaum belichtete Souterrain-Praxis sich Mühe gab, daran zu knabbern. Eine Vorahnung womöglich?

Der Arzt war wohl auch vom sommerlichen Wohl berührt und pfiff so durch die inzwischen stille Praxis, in der alleine ein Telefon gelegentlich schellte und ich leichte Seufzer des Schmerzes von mir gab. Doch sein Pfeifen nahm ein abruptes Ende, als er mich im Wartezimmer sitzen sah. „Ach ja, Sie. Stimmt, da gab es ja noch etwas. Kommen Sie herein!" Er schob die Röntgenbilder in die Halterung und machte das Licht an. Er hob seine Brille und dokumentierte die Analyse mit Hmms, mit Ahhs und endete mit einem: „Okay." Er zeigte auf eine helle Stelle und doktorisierte über eine Fraktur im Knochen hier und da und überhaupt. „Sagen wir es mal so, Ihr Sommer ist vorbei."

Er sollte nicht unrecht haben. Der bandagierte Gips war mir der Spaßkeuschheitsgürtel für den Sommer. Dennoch gelang es mir, mit dem Fahrrad von A nach B zu fahren. Doch vorher erhielt ich einen neuen Lenker, der aus Edelstahl war. Denn, so die Weisheit über Alulenker aus den 90er-Jahren: „Einen Mikroriss sieht man nicht, aber Riss ist Riss und irgendwann bricht er ab."

Wenn meine Fahrräder hätten sprechen können, hätten sie mir bestimmt von etwas anderem berichtet. Vermutlich von der Geschichte, als ich aus Lichtenberg nach Friedrichshain reingepest bin. Es war schon spät, vielleicht so gegen 1 Uhr, als ich die Unterführung an der Frankfurter Allee passiere. Dort standen eine Weile die dummen Nazis herum, als würde sich jemand davon einschüchtern lassen. Offenbar suchten die beiden Dummköpfe ein Opfer – und da war ich auf dem Rad. Schon von einiger Entfernung konnte ich die beiden Gestalten unter der Laterne ausmachen, wenngleich mir der Sinn dieser Bewegungen nicht einleuchtete. Es würde nicht lange dauern, bis mich der Sinn in Form eines beherzten Tritts vom Fahrrad hauen sollte. Aber die physikalische Realität, die ihnen bei einem Schulbesuch vermutlich vermittelt worden wäre, war, dass ein Objekt mit einer Geschwindigkeit von rund 25 bis 30 Stundenkilometern mehr Energie bereithält, als es eine stehende Person mit einem Bein aushalten kann. Sein Fuß traf mich tatsächlich auf Brusthöhe, doch ich bemerkte nur einen kleinen Stupser, während der dumme Hund sich im Kreis auf seinem einen Bein drehte. Er traf nach der fast erfolgten Eigenumrundung seinen Kumpanen und die beiden Bomberjacken sanken zusammen hinab.

Und diese Geschwindigkeiten erreichte ich durchaus, vor allem auf den geraden Strecken. Dabei küsste ich auch schon mal eine Autotür von innen, als der Weg mich über den Prenzlauer Berg, also die Prenzlauer Allee, führte. Dort, wo der Radweg so rücksichtsvoll zwischen dem Gehweg und dem ruhenden Verkehr verlief. Dieser ruhende Verkehr bestand aus einem alten, etwas tiefergelegten Auto, dessen Tür genau vor mir aufging. Ich hätte bremsen können, nur meine alten V-Bremsen waren nicht für diese Geschwindigkeiten ausgelegt und der Bremsweg hielt über den Abstand zur Tür hinaus an. Ich hätte ausweichen können, aber der ältere Mann neben mir auf dem Rad sah weder mich noch die Gefahr der Kollision und unternahm folglich keine Anstalten, mir Platz zu machen. Es war dann noch ein Bruchteil einer Sekunde bis zur Begegnung mit dieser Autotür, die ich eigentlich gar nicht genau mitbekommen habe. Sehr wohl aber bemerkte ich die Konsequenz dessen: Ich flog über die Tür und landete nach einem nicht begonnenen Salto auf meinem Bauch. Ich konnte keinerlei Verletzungen feststellen. Aber ich grimmte die schockierte junge Frau auf dem Beifahrersitz an, die sich die Hand vor den Mund hielt. Ich checkte mein Rad, das erstaunlicherweise keinen Schaden davongetragen hatte, und fuhr weiter. Der Grund für meine hohe Geschwindigkeit lag denn in der Zeitnot.

Meine Fahrradgeschichten sind geprägt von Knochenbrüchen, so auch als ich einen Fußgänger überfahren habe, als ich gerade am Café Moskau vorbeifuhr. Ich brauste mit gewohnt hoher Geschwindigkeit die Karl-Marx-Allee hinab und auf der Höhe des Cafés Moskau führte der Radweg auf dem Gehweg hoch. Dort war auch eine Veranstaltung, sodass ich sowieso schon abbremste, da ich eine Gefahr natürlich von rechts fürchtete. Plötzlich stand er unvermittelt auf dem Radweg. Da ihn sein Weg durch hohe Autos mit abgedunkelten Scheiben führte, ploppte er gut einen Meter von mir entfernt auf. Sein schockierter Blick verriet mir auch aus seiner Perspektive die unausweichliche Begegnung der aufprallenden Art.

Was danach geschah, ist in meinem Datenspeicher nicht vermerkt. Offenbar aber übergab ich meine gesamte Bewegungsenergie an den jungen Mann, der vor mir auf dem Radweg lag. Er wurde bereits versorgt, es musste also etwas Zeit vergangen sein. Neben mir stand denn auch plötzlich ein Mann, der mir ein Taschentuch hinhielt. Mit besorgtem Blick erkundigte er sich nach meinem Befinden. Ein erster Check meiner Funktionen ergab keine Fehlermeldung.

„Es geht mir gut", sagte ich.

Der Mann riet mir, mich mal im Spiegel im Café zu prüfen. Schon als ich mich langsam dahin bewege, erspähe ich rote Flecken auf meinem T-Shirt. Mein Spiegelbild erzählt den blutigen Unfallhergang, als wäre ich ein Zombie aus der Serie *Walking Dead*. Ich wusch mich und erkannte erst allmählich das Ausmaß des Aufpralls, der meine Nase brach. Vor allem angesichts des Mannes, den ich umfuhr und der sich immer noch auf dem Boden befand. Der restlichen Geschichte Ende war eine Fahrt mit einem Krankenwagen ins Krankenhaus, wo ich genäht und mein Unfallgegner geschient wurde. Wie ich erst viel später herausfand, war meine Schutzblechhalterung, bestehend aus den Blechstäben, abgerissen und hatte sich mit Schmackes um die Achse nach vorne gedreht, wo es die Beine des Unfallgegners aufriss und sich bis auf den Knochen vorbohrte. Sein Name ist mir entfallen, aber eines späten Abends klingelte er an meiner Tür. Wir hatten für Fragen der Versicherung die Kontaktdaten ausgetauscht. Es war schon um 23 Uhr. Und mit einigem Bedenken drückte ich den Buzzer zum Türöffnen. In diesem Augenblick drängte sich mir die Frage auf: War das jetzt eine so gute Idee, meinen Unfallgegner hereinzulassen? Was würde ich tun, wenn er gar nicht alleine war? Das hätte ich mal vorher überlegen sollen! Ein Ton erklingt und der Fahrstuhl öffnet sich: Er war alleine.

Als er dann in der Küche saß, fragte er aufgebracht: „Hast du mich angezeigt?"

Ich wusste, es war ein Fehler gewesen, aufzumachen. Ich suchte die Küche bereits nach Verteidigungswerkzeugen ab, als er von einer Anzeige wegen Körperverletzung erzählte. Ich versicherte ihm, dass ich keine Anzeige gestellt hatte, und spekulierte, dass dies bei einem Unfall immer automatisch geschehe.

Seine Aufregung legte sich ganz plötzlich. „Da hast du vielleicht recht", sagte er und verschwand in derselben Minute. Noch im Gehen bot ich ihm, ganz der Gastgeber, ein Bier an. War ich denn noch zu retten? Bitte nachdenken, bevor ich man irgendetwas tat oder sagte! Er lehnte glücklicherweise ab.

Fahrradfahren in Berlin ist heute ein äußerst hartes Pflaster. Aber damals, machen wir uns nichts vor, war auch nicht alles Koks, was weiß war, und das Fahrradfahren war ein schmerzhaftes Los. In den Anfängen der Fahrradkuriere erzählte man sich in der Straßmannstraße die Geschichte des edlen Boten von hoher Gestalt und mutigem Herzen. Eine Freundin, die sich in der Bar *Drittes Ohr* verdingte, trug mir die Geschichte zu. Der groß gewachsene und kräftige Mann, der der deutschen Sprache nicht mächtig war, traf auf einen Nazi, der unseren schwarzhäutigen Helden beim Fahrradfahren rassistisch beleidigte. Der Bösewicht war ausgemacht und das Gute musste obsiegen. Er lenkte sein treues Gefährt zurück und trat wiederholt in die Pedale, bis die Muskeln schmerzten. Und mit geöffnetem Schloss, welches er zu Ehren der Göttin Securitas um den Hals trug, trafen die beiden wieder aufeinander.

Überhaupt sind Fahrradkuriere sehr solidarische Fahrradfahrende. So will ich mit dieser Geschichte fortfahren, die sich auf der Leipziger Straße an einer Ampel zugetragen hat. Ich wartete auf das grüne Licht, als ein Auto so dicht an mir vorbeifuhr, dass nur noch ein Finger zwischen seinen Reifen und meinen Schuh passte. Ich brachte meinen Unmut darüber zum Ausdruck, was der Autofahrer mit einem grinsenden Stinkefinger quittierte. Selbstverständlich quoll meine Wut weiter an und ja, ich brüllte auf das geschlossene Fenster zu. Der Mann ließ seinen Motor aufheulen und rangierte neben mir herum. Es war ein performatives Drohen mit den Autoreifen. Aus dem Augenwinkel erblickte ich eine sich nähernde Person. Es war ein Fahrradkurier. Er stellte sich auf die andere Seite des Wagens, wo der Fahrer saß. Mit kräftiger, aber ruhiger Stimme forderte er den Autofahrer auf, die Tür zu öffnen. Er wolle mal mit ihm reden.

„Jetzt bist du nicht mehr so mutig, oder?!“, brüllte der doch stattliche Mann auf den Fahrer ein, als dieser sich weigerte, sein Auto zu verlassen. Dann wurde es grün und der Wagen fuhr schnell an. An dieser Stelle noch mal ein Dankeschön, welches im Lärm der fast quietschenden Reifen des Randalierers unterging.

Abschließend möchte ich noch zum Ausdruck bringen, was für eine asoziale Idee es ist, Schwarzfahren als Straftat zu behandeln.

David Fluhr: Ein Autor, der über zehn Jahre im Friedrichshain lebte und die meisten Strecken auf dem Rücken des Drahtesels zurücklegte. Er veröffentlichte bereits mehrere Bücher als Selfpublisher. Er hat Sozialwissenschaften auf Diplom studiert und war auch im Bundestag tätig. David Fluhr arbeitet als selbstständiger Redakteur und Webmaster auf zahlreichen Seiten.

Sherpa, das fliegende Fahrrad

Sherpa mein Name, Sherpa Everest, für Freunde Sherp. Ich komme aus dem fernen Norwegen, und die Geschichte, wie ich hier wortwörtlich gelandet bin, führt so weit, dass ich sie unbedingt erzählen muss. Ich bin nämlich geflogen, joda, geflogen, ich, Sherpa, bin geflogen, obwohl ich doch – jeder sieht es, jeder weiß es, jeder muss es wissen – ein Fahrrad bin. Ein sykkel, mit anderen Worten.

Und zwar nicht irgendein Fahrrad, neida, ich bin ein Alubike mit Winterreifen, mit piggdekk, um genau zu sein. Ich habe ungeheuer viele Gänge, einen Gepäckträger und glänze silbern über dem gefrorenen Schnee. Meine Geschichte beginnt auf einem loppemarked, einem Flohmarkt, irgendeinem Flohmarkt irgendeines korpses, beklager, Musikvereins.

Noch ist das große Eisentor verschlossen. Die Menschen sammeln sich schon davor. Macht auf, macht schon auf, dann kann die Geschichte losgehen. Nicht irgendeine Geschichte – meine Geschichte. Min historie. Und sie beginnt im Oktober.

Es ist so weit. Die Zeit ist gekommen. Das Tor wird langsam und enorm quietschend geöffnet. Die Menschen stürmen auf den Hof vor dem Gebäude. Die Stille ist vorbei. Aufgemerkt, jetzt beginnt sie, jetzt beginnt meine Geschichte.

„Unnskyld, har du sykler? Jeg leter etter én", das fragt jemand, eine junge Dame mit deutlichem Akzent nicht weit von mir. Zu Deutsch heißt das: „Entschuldigung, haben Sie Fahrräder zu verkaufen? Ich suche eins."

Der Herr im Norwegerpullover nickt. „Ja, de er her. Men det er bare én som funker. Denne her."

Nur eins funktioniert. Und das bin ich! Da braucht man nicht mehr nicht vorhandene Fahrradreparaturkenntnisse zu strapazieren.

Die junge Dame sieht so aus, als käme ihr das gelegen. „Hvor mye koster den?"

„400 kroner. Kontant. Den har forresten piggdekk.“

Was habe ich? Ah ja, Winterreifen, ja, klar. Auf die bin ich besonders stolz.

Einige Geldscheine wechseln den Besitzer, schon bin ich verkauft und trete meine neue Stellung an. Und siehe da: Ich passe der jungen Dame wie angegossen.

„Los geht's, Sherp!“, raunt sie mir zu, irgendwo in Lenkergegend, und schon sind wir Freunde.

Los gehts. Über Berge und durch Täler, über Fahrradwege und eine rote Metallbrücke, månelysets bro, wie Chefin sie nennt, über der man den Mond so schön sehen kann, bis zu meinem neuen Domizil, dem sykkelstall – Fahrradstall – in einem ungeheuer großen Studentenwohnheim. Oha. Offenbar ist man Studentin. Ich rolle brav weiter und lasse sie ordentlich in die Pedale treten. Einer muss es tun.

Und so co-studiere ich eine Weile die Wege in der großen Stadt in Norwegen zusammen mit meiner Chefin, mal geht es aufwärts, mal abwärts, mal mit Blick auf den Fjord und seine Inseln, mal mit Winterreifen im in der Sonne glitzernden Schnee. Er knackt unter meinen Reifen und ich genieße die Kurven. Das Leben ist schön.

Ich fahre zu Abschlussprüfungen, ich fahre zur Arbeit, ich fahre überallhin. Ich fahre über Fahrradbrücken, an kleinen Bachläufen vorbei und mache vor imposanten Gebäuden fest. Ich erlebe Mitternachtssonne und Polarlichter, ich muss mich öfters sputen, denn meine Chefin hat es manchmal furchtbar eilig. Das gefällt mir nicht. Ist sie etwa eine notorische Zuspätkommerin? Und so fange ich hin und wieder an, zu bocken, wie es jeder anständige Drahtesel dann und wann tut.

„Los gehts, Sherp!“

Ich staune darüber, dass man am Polizeigebäude als Fahrrad außen herum bis nach oben fahren kann, und möchte es unbedingt ausprobieren. Das darf ich nicht. Dafür baue ich einen Kettenvorfall. Jetzt sind wir quitt.

Ich sehe Sonnenuntergänge über dem zugefrorenen Fjord und zähle Sterne, bis meine Chefin fertig ist, mich losmacht und wir weiterfahren. Vieles habe ich erzählt. Aber eines, eines habe ich noch nicht erzählt: Wie ich zum sagenhaften fliegenden Fahrrad wurde.

Jede Zeit geht einmal zu Ende – und das betrifft auch meine Zeit in der großen Stadt in Norwegen. Eines Tages ist sie vorbei und es geht los in Richtung unbekannt, in Richtung Fremde, in Richtung Abenteuer.

Offenbar wurde hier ein Auslandsstudium abgeschlossen und es geht wieder heim. Heim für meine Chefin, ins Ungewisse für mich.

Zum Fliegen braucht man Flügel, auch wenn man, wie ich, ein Alubike mit Gepäckträger, unwahrscheinlich vielen Gängen und Winterreifen ist. Meine Flügel sind riesig, denn sie gehören einem Flugzeug der Gesellschaft norwegian, ich darf in den Laderaum. Und noch weiter davor ist der flytoget, der Zug zum Flughafen. Ich verabschiede mich am Bahnhof von der großen Stadt. Der Fjord glitzert in der Sonne, die Inseln grünen am Horizont, es ist warm für Norwegen. Ha det, stor by. Ha det, Norge. Takk for meg. Tschüss, große Stadt. Tschüss, Norwegen. Danke.

Im unübersichtlichen Flughafen sind fliegende Fahrräder nichts Ungewöhnliches, in Norwegen ist das so üblich, zu fliegen, falls man ein Fahrrad ist. Ich checke also gemeinsam mit *meiner* Studentin ein. Man lässt mir die Luft ab. Mir geht die Puste aus. Da bin ich aber platt.

Ich werde in Plastik eingepackt – und schon geht es los in Richtung Gepäck, in Richtung Laderaum. Während Chefin sich durch den Dutyfree-Bereich müht und vergeblich versucht, nichts zu kaufen, kein farris bris (Sprudel), keine godterier (Süßigkeiten), bin ich schon an Bord. Los gehts, Sherp.

Das Flugzeug hebt ab, fliegt zu den Sternen, um wieder herabzusinken. Mit dem Flugzeug lande ich in einem anderen Land, meiner neuen Heimat, naturligvis.

An der Gepäckausgabe komme ich dann heraus, etwas zerknittert, luftleer, aber glücklich. Wer fliegen kann, weiß, wie das ist. Ich werde durch einen anderen Flughafen geschoben, bis zu einem großen Auto, das mich direkt zur Fahrradwerkstatt fährt. Endlich bekomme ich meine Luft wieder. Luft! Luft!

Jetzt habe ich eine neue Heimatstadt. Sie ist ebenfalls groß, geht auch bergauf und bergab. Wo der Fjord war, fahre ich jetzt auf Wälder zu oder an kleinen Bachläufen vorbei – und meine Winterreifen habe ich nicht mehr gebraucht. Die sind in Norwegen geblieben, leider, von dem Spind meiner Chefin in der Hochschule vom Hausmeister unabgesprochen ordentlich weggeräumt. Stattdessen wurden mir billige Sommerreifen aufgezogen, auf denen ich missgelaunt durch die Welt rattere.

Ich mache nun vor anderen imposanten Gebäuden fest und warte dort auf meine Chefin. Die studiert nicht mehr, die arbeitet, und wer arbeitet, braucht die Unterstützung eines treuen Drahtesels, so wie ich es bin, ganz klar. Einmal wurde mir dort in der neuen Umgebung der Sattel gestohlen, der schöne, silber-schwarze Sattel. Ich fühlte mich regelrecht enthauptet, um nicht zu sagen – kopflos. Aber das ist eine andere Geschichte.

Ein anderes Mal hatte ich einen – natürlich völlig unbeabsichtigten – Kettenvorfall und meine Chefin hat sich über und über mit Schmieröl verziert. Sie musste sich in einer Apotheke reinigen, denn sie hatte später einen Termin beim Ohrenarzt. Noch eine andere Geschichte.

Alles in allem – alt i alt – weiß ich jetzt genau: Fliegende Fahrräder gibt es. Ich bin zufällig eines davon.

Hilsen (Gruß),
Sherpa

Beatrix Bülte ist 33 Jahre alt, aber das schon seit mehr als einem Jahr. Sie lebt im Norden in der Nähe vom Meer. Veröffentlicht hat sie noch nicht viel (außer einem englisch-norwegischen Elchgedicht), Hobbys sind vor allem das Schreiben, das Musikmachen und ihr Co-Autor, ein Halbdackel mit weißen Füßen.

Die Susquehanna im Sommer

Keine Geschichte beginnt von Anfang an. Sie bewegt sich links, rückwärts, rechts, dreht sich und ich stehe schwindelig vor dem Rad und versuche, Halt zu finden. Das Rad, das im Sperrmüll liegt, ist ein grünes Schwinn-Fahrrad. Es katapultiert mich in meine Jugend.

Für schlappe 20 US-Dollar hatte ich meinen Führerschein bekommen. 20 Multiple-Choice-Fragen. Fünf Minuten Autofahrt und rückwärts einparken. Es war der Sommer 1991. Ende des Schuljahres. Ich war in der 11. Klasse. Ich brauchte zwei Dinge. Erstens ein Auto und zweitens einen Job. Für mein letztes Schuljahr wollte ich unbedingt ein Auto haben, um einen Job zu bekommen, um für mein Studium zu sparen. Arbeitsplätze sind rar in den Dörfern, die die Hügel zwischen den Catskill Mountains sprenkeln. Minimum wage Jobs für vier USD gab es in den Tankstellen und McDonalds. Teenager buhlten um die freien Stellen mit den Erwachsenen ohne Schulabschluss.

Ich hatte das Glück, dass ich für drei Dollar die Stunde babysittete. Der Vater der Kinder war Apotheker und er bot mir einen Sommerjob im Krankenhaus in Sidney, NY an. Mein Gehalt wären zehn Dollar pro Stunde, fünf Tage in der Woche, über den ganzen Sommer und jedes zweite Wochenende während meines letzten Schuljahres in der Highschool. Sidney ist zehn Kilometer von Unadilla entfernt. Eine Weltreise ohne Auto.

Ich versuchte den Weg des geringsten Widerstands. Meine Eltern waren geschieden. Ich rief meinen Vater an und fragte nach Geld für ein Auto. Er lachte und sagte, er würde mir Geld für ein Fahrrad senden. Damit könne ich zur Arbeit fahren. Sein Versprechen blieb so leer wie mein Konto. Meine Mutter erlaubte mir nicht, ihr Auto zu benutzen. Ich sei Fahranfängerin und die Versicherung sei unbezahlbar. Die Preise für Räder fingen bei 100 USD an. Die hatte ich nicht. Meine Mutter brauchte ich nicht fragen. Als Alleinerziehende mit zwei Kindern, einem Haus und Schulden auf Kreditkarten hatte sie kein Geld.

An einem Samstagmorgen kurz vor Anfang der Ferien weckte meine Mutter mich auf. Sie hatte von einem Arbeitskollegen ein Rad geschenkt bekommen. Ich rannte hinaus. Im Garten stand das hässlichste Fahrrad, das ich je gesehen hatte. Es war erbsengrün. Die Pedale und der Lenker waren verrostet. Dieses Rad war die haarige Warze auf der Wolke meiner Träume. Ich schluckte meinen Teenager-Zorn hinunter. Mit WD 40 ölte ich die Kette und fuhr das Rad dreimal um den Block. Es fuhr leichter mit jedem Tritt.

Es gab zwei Wege, um zum Krankenhaus zu kommen. Der erste Weg war per Bundesstraße. Es gab keinen Zentimeter Platz für ein Fahrrad. Obwohl das Tempolimit 120 Stundenkilometer war, wusste ich, dass die Autos schneller fuhren. Also die Landstraße. Etappenweise ging ich die Route in meinem Kopf durch. Ich würde einen Kilometer entlang der Hauptstraße fahren, die Susquehanna über die Brücke in Richtung Autobahn überqueren. Die sechs Kilometer lange Landstraße, River Street, lief parallel zum Fluss. Am Ende rechts abbiegen, kurz durch ein Wohngebiet und dann wäre ich am Krankenhaus angelangt. Auf dieser Strecke gab es keinen Platz für Räder, aber ich konnte auf das Feld neben der Straße ausweichen, wenn die Autos vorbeifuhren.

Die ersten Tage benötigte ich fast eine Stunde, um zur Arbeit zu kommen. Von Tag zu Tag wurde ich schneller. Nach zwei Wochen benötigte ich 45 Minuten. Ich fing an, das Fahrrad zu lieben. Es war mein Schlüssel zur Freiheit. Ich konnte mich frei zur Arbeit bewegen. Es war so hässlich, niemand wollte es stehlen.

Mein Lieblingsteil der Tour war die Überquerung der Brücke über die Susquehanna. Der erdige Geruch schlug mir jeden Morgen und Nachmittag entgegen. Vereinzelt winkte ich einsamen Paddlern in ihren Kanus zu.

Was ich damals nicht wusste, ist, dass die Susquehanna mich mit meinem Vater verband. 444 Meilen (ca. 715 km) von Cooperstown, NY, der Nachbarstadt, bis zum Chesapeake Bay, wo mein Vater wohnte.

Dieser Sommer war der regnerischste seit Langem. Ich hatte keine Regenhose oder Regenjacke. In meinem Rucksack die Wechselklamotten, eingewickelt in einer von den vielen weißen Plastiktüten vom Supermarkt.

An diesen Tagen war der Fluss angeschwollen und das braune Wasser strömte durch unser Dorf. Das Wasser reichte bis zum Ufer und flutete Keller. Am Krankenhaus angekommen, schob ich mein Rad immer in den hinteren Trakt. Der Umkleideraum der Krankenschwestern war so einladend wie eine verwahrloste Bahnhofshalle. Leer, kalt und grau. Ich hing meine nassen Kleider in einen Spind. Nachdem ich mich mit kaltem Wasser unter den Achseln gewaschen hatte, schmierte ich ordentlich Deo rauf.

Ich freute mich auf mein Wochenende an einem besonders regnerischen Freitagmorgen und machte mich auf den Weg. Bekleidet mit einem Sweatshirt und Jeans. Der Wind peitschte gegen mein Gesicht. Die kalten Regentropfen fühlten sich wie Nadelstiche an. Meine Wangen brannten. Ich erschrak, als ein Pkw hinter mir anfing zu hupen. Ein lautes, bellendes Geräusch. Ein schwarzes Auto fuhr haarscharf an mir vorbei. Winzige Kieselsteine wurden in die Luft geschleudert. Ich verlor die Kontrolle über mein Rad in der Matschrinne zwischen Feld und Straße und war auf dem Boden, bevor die roten Lampen des schwarzen Autos verschwanden.

Matsch bedeckt und heulend bewegte ich mich Richtung Krankenhaus. Meine Hose klebte wie Plastikfolie an meinen Beinen. Meine Schuhe rülpsten mit jeden Schritt. Das vordere Rad eierte traurig vor sich hin. Ich schrie hinter dem Arschloch her und schüttelte meine Faust in der Luft. Tränen der Wut vermischten sich mit den Regentropfen. Ein paar Autos fuhren an mir vorbei, ohne anzuhalten. Auch diese Fahrer wurden von mir beschimpft. Nach zehn Minuten hielt ein roter Ford, 4×4 Supercab Pick-up Truck an. Es war Dr. Hugh. Sein Gefährt war unverwechselbar. Es nahm drei Parkplätze in Anspruch. Es gingen diverse gemeine Witze über die Größe seines Autos und die seiner Männlichkeit im Krankenhaus herum.

„Willst du mitfahren?", fragte er.

Ich nickte.

Er hob mein Rad nach hinten ins Truckbett und ließ mich pitschnass auf seinen Ledersitz sitzen.

„Warum bist du bei diesem Wetter mit dem Rad unterwegs?"

„Ich habe kein Geld und brauche diesen Job, um welches zu bekommen." Ich schrie diesem Mann meine Wut entgegen. „Ich will aus diesem Kaff raus!"

„Ich höre."

Die Scheibenwischer schlugen im Takt hin und her.

Tatsächlich hörte er zu. In den zehn Minuten Autofahrt erzählte ich von meinen geschiedenen Eltern, Vater Scheiße, Mutter arm und ich, die studieren wollte. Am Krankenhaus angekommen sagte er: „Ich kümmere mich um dein Rad."

Als ich Feierabend hatte, stand ein neues Fahrrad vom hiesigen Kaufhaus vor der Apotheke. *Alles Gute für deine Zukunft* stand auf einem Stück Papier.

Dr. Hugh verließ kurz danach das Krankenhaus. Ich war froh, ihn nicht mehr zu sehen, das von mir Erzählte war mir zu persönlich und peinlich.

All das prasselt auf mich ein, während meine Hand über den verschlissenen Ledersitz gleitet. Ich lasse das Rad im Sperrmüllhaufen und gehe meinen Weg.

*Die Deutsch-Amerikanerin **Christine M. Bigley,** Jahrgang 1974, wurde in der Hafenstadt Bremerhaven geboren und wuchs im ländlichen Upstate New York auf. Die frische Küstenbrise hat sie zurück nach Norddeutschland geholt und dort lebt sie mit ihren Lieben und ihrer Liebe zum Geschriebenen. Zu finden ist sie entweder sitzend am Schreibtisch mit einer dampfenden Tasse Earl Grey Tee oder wandernd durch die vom Regen durchpeitschten Felder.*

Nicht füttern!

Eine Geschichte für Greta von Linda und Kämpfi

Stolz schob Greta ihr neues Fahrrad auf den Feldweg, der durch Weiden und Felder einen sanften Anstieg zu einer Höhe über dem beschaulichen Dorf Bühl nahm. Das Fahrrad war ihr größter Schatz: pink und weiß lackiert, mit einem kleinen Einkaufskorb am Lenker. Greta hatte Blumen gepflückt und sie in das Drahtgestell des Einkaufskorbs geflochten.

„Aber bleibt auf dem Feldweg vor dem Haus hinauf zum Altenfeldskopf! Keine anderen Wege! Und haltet euch von der Straße fern!" Oma Simone seufzte.

„Danke, Oma!", jubelte Greta.

Nachmittags, wenn der Kindergarten vorbei war, verbrachte sie ein paar Stunden bei der Oma, bis ihre Mama mit der Arbeit fertig war und sie abholte. Heute war ihr Kindergartenfreund Paul zu Besuch bei ihren Großeltern. Am Gepäckträger wippte eine Fahrradflagge mit einem pinkfarbenen Wimpel am oberen Ende. Das Beste war, dass das Fahrrad keine Stützräder mehr hatte. Mit ihren fünf Jahren war sie schließlich schon groß. Paul, dessen Fahrrad zu Hause in Alchen war, schnappte sich Gretas Roller. Die Kinder schnallten die Helme auf die Köpfe und winkten Oma Simone, die lächelnd vor der Haustür stand und zusah, wie Greta auf ihr Fahrrad stieg und einen wackligen Start hinlegte. Paul, der ein Jahr älter als Greta war, schob den Roller schwungvoll an. Vorbei ging die Fahrt entlang der Weide, auf der die Bisons friedlich das Gras rupften.

„Sieh mal, Greta! Was macht der Mann da vorne?" Paul zeigte auf einen Mann, der ein Stück weiter des Weges an der Kuhweide stand.

„Er füttert die Kühe." Greta war beunruhigt. „Das sind die Kühe vom Bauern Frank und er mag es nicht, wenn Fremde seine Kühe füttern." Frank war Gretas Erwachsenenfreund und er erlaubte ihr, die Tiere auf dem Biohof zu füttern und mit ihm auf dem Traktor zu fahren. Greta und Paul stoppten neben dem Mann, der aus seinem Rucksack einen Apfel hervorholte und ihn einer neugierigen Kuh vors Maul hielt.

Greta nahm ihren Mut zusammen. „Du darfst den Kühen keine Äpfel geben, das steht auch auf dem Schild da. Außerdem können Kühe ersticken, wenn sie einen ganzen Apfel fressen."

Der Mann sah die Kinder von oben herab an. „Verzieht euch, ihr Krümel! Was geht es euch an, was ich tue?"

Erschrocken fuhren Greta und Paul ein paar Meter weiter, bis sich der Feldweg gabelte. Bergan ging es zum Altenfeldskopf und der Weg ins Tal führte zum Biohof.

„So ein blöder Kerl!" Paul schaute grimmig zurück. „Schau, Greta, der füttert immer noch die Kühe mit Äpfeln!"

„Wir müssen Frank davon erzählen, damit er die Kühe rettet!", rief Greta.

„Aber du hast deiner Oma versprochen, dass wir den Feldweg zum Altenfeldskopf nicht verlassen! Außerdem liegt der Bauernhof auf der anderen Seite der Straße und wir dürfen da nicht hin." Paul blickte besorgt ins Tal.

Greta blickte unentschlossen zurück zum Haus der Großeltern und zu dem Mann. Was war wichtiger: der Oma zu gehorchen oder die Kühe zu retten?

„Die Kühe sind in Gefahr, Paul. Wir müssen etwas unternehmen!" Greta lenkte ihr Fahrrad hinunter ins Tal.

Seufzend fuhr Paul seiner Freundin hinterher. „Wenn das mal gut geht!"

In sanften Kurven schlängelte sich der Weg hinab ins Tal. Das Fahrrad nahm Geschwindigkeit auf. Noch eine Kurve, hui! Die Bäume entlang des Weges flogen vorbei.

„Nicht so schnell!", rief Paul, der mit seinem Roller zurückfiel. „Du musst bremsen!"

Immer schneller rollte das Rad und Greta zog entschlossen an beiden Bremshebeln. Das Rad bockte und rutschte unkontrolliert über den Wegesrand in einen flachen Graben, in dem ein kleiner Bach murmelnd ins Tal floss. Greta flog über den Lenker in den Graben.

„Ist dir etwas passiert? Hast du dir wehgetan?" Paul ließ den Roller ins Gras fallen und sprang in den Graben, in dem Greta benommen am schlammigen Rand des Bachlaufes lag.

Greta schüttelte den Kopf. „Mein Fahrrad ist kaputt", schluchzte sie. Der Fahrradlenker war verbogen und der Einkaufskorb hing ebenso schief wie die Flagge am Gepäckträger.

Paul reichte Greta die Hand und zog sie auf die Beine. „Wir schieben das Fahrrad, bis zum Biohof ist es nicht mehr weit."

An der Straße im Tal blickten sie aufmerksam nach links und rechts. Ein Linienbus kam brummend um die Ecke und nahm auf seinem Weg nach Alchen Fahrt auf.

„Jetzt können wir hinüber", sagte Paul, als der Linienbus vorbeigefahren war und kein weiteres Auto zu sehen war. Rasch schoben Greta und Paul das Fahrrad und den Roller auf die andere Seite.

Ein großer, grüner Traktor mit einem Anhänger stand vor der Scheune des Biohofes. Bauer Frank kam mit einem Futtereimer in seiner Hand aus dem Schweinestall, in dem Pippa und Grunz zufrieden schmatzten.

„Wie schön, dass ihr mich besucht!" Frank lächelte und schob mit seiner mächtigen Hand die Mütze ins Genick. „Aber warum sind deine Jacke und die Hose voller Schlamm, Greta?"

„Du musst die Kühe retten!" Gretas Stimme überschlug sich. „Und mein Fahrrad ist kaputt!" Es dauerte eine Weile, bis die Kinder die ganze Geschichte erzählt hatten.

„Wir fahren sofort zur Kuhweide!" Frank hob den Roller und das Fahrrad auf den Anhänger. „Einsteigen!" Frank half den Kindern dabei, in die Fahrerkabine zu klettern. Grollend erwachte der Motor zum Leben und Frank lenkte den Traktor vom Hof über die Straße auf den Weg zur Kuhweide. „Festhalten!" Frank gab Gas und die Kinder hüpften auf ihren Sitzen, wenn die großen Traktorreifen durch ein Schlagloch fuhren.

„Da ist der Mann!", schrie Paul gegen den Motorenlärm an und zeigte auf eine Gestalt, die am Zaun der Kuhweide stand.

Frank bog auf den Feldweg ein, der zum Haus von Gretas Großeltern führte. In Höhe der Kuhweide bremste er abrupt, der Traktor stand still. Schnell wie ein Blitz war Frank aus der Kabine geklettert. „Ihr bleibt hier!" Aufgeregt beobachteten die Kinder, wie Frank auf den Mann zustürmte, ihn an der Schulter packte und herumwirbelte. Der Mann erschrak.

„Was machen Sie da?", fragte Frank.

Der Mann hob seine Tasche auf und steckte einen Apfel zurück. „Also ...", sagte er.

„Sie wissen nicht, dass eine Kuh an einem Apfel ersticken kann?", klärte ihn Frank auf und wies auf das Schild *Füttern verboten*.

Der Mann gab Fersengeld, er lief eilig davon.

„Idiot!", schimpfte Frank und schrie ihm hinterher: „Und lass dich nie wieder blicken!" Er nahm wieder Platz in der Fahrerkabine.

„Jawoll!", brüllte nun auch Greta dem Mann hinterher. „Das sind Bühler Biokühe und uns geht sehr wohl an, was du tust!"

Gemächlich tuckerten sie zum Haus der Großeltern.

„Meine Oma wird mich ausschimpfen, weil ich nicht auf sie gehört habe." Greta war bange zumute. „Und das Fahrrad war ganz neu und nun ist es kaputt!"

„Das Fahrrad repariere ich", sagte Frank, „und mit Oma Simone werde ich reden. "

„Ich bringe dir zwei mutige Kinder", rief Frank, als Oma Simone vor die Haustür trat. Frank erzählte, was Greta und Paul getan hatten.

Erleichtert drückte sich Greta an ihre Oma. „Du bist nicht böse, weil wir zum Biohof gefahren sind?"

„Manchmal muss man entscheiden, was das Richtige ist", sagte Oma Simone und schloss Greta in die Arme. „Kommt alle rein, es gibt Kakao und Apfelkuchen."

Reinhard Kämpfer, Jahrgang 1959, im Ehrenamt engagiert in der Leseförderung im Kindergarten und Grundschulalter, Autor zahlreicher Kurzgeschichten für Kinder.

Auf dem Fahrrad vor mir ...

„Die Klingel muss weg", hörte ich den Sattel flüstern. „Sie nervt mich mit ihrem Gesang schon seit Wochen. Seit sie denkt, sie könnte diesen Songcontest gewinnen."

„Aaaah, erinnere mich nicht daran", entgegnete nun die Fahrradkette mit einem leisen Rattern. „Nicht an diese Stimme. Die Klingel trifft nicht einen Ton richtig. Wann sagt ihr das mal einer?"

Ich hatte schon lange den Verdacht, dass sie über mich, die scheinbar nervige Klingel, lästern würden, wenn ich ein Nickerchen hielt. Deshalb hatte ich mich schlafend gestellt und leise Atem- und Schnarchgeräusche von mir gegeben. Ich öffnete die Augen und linste in den Schuppen. War ja klar. Nachts, wenn das Fahrrad und seine Bewohner ruhten, trauten sie sich und tauschten sich aus. Am helllichten Tag sagten sie nichts. Feiglinge. Sie wussten, dass ich mich wehren würde. Das würde ich. Zur richtigen Zeit.

Ich wartete auf den nächsten Sonntag.

Ute, unsere Besitzerin, machte dann immer einen Ausflug mit ihrer Tochter Lea und uns, dem alten klapprigen Fahrrad inklusive aller Bestandteile. Ich genoss das, wie jede Woche. Seit Jahren freute ich mich auf diesen speziellen Tag in der Woche. Endlich kamen wir mal raus. Ich hatte jedes Wetter gefeiert. Mich gefreut, wenn der Regen an meinem mittlerweile matten Metall perlte. Mich den warmen Sonnenstrahlen entgegengestreckt. Mich vom eisig kalten Schnee kühlen lassen. Ich liebte das.

An diesem Sonntag ließ ich mir den Fahrtwind um die Ohren sausen, hielt den Klingelknopf in die Luft und schmetterte meinen Lieblingssong *Auf dem Fahrrad vor mir* aus vollster Kehle. *Rada, rada, radadadada, rada, rada, radadada.* Ich ließ meine Stimme rauchig klingen. Nach Reibeisen. Wie in dem Song, den Ute in ihrem alten Radio immer hörte. Für den Songcontest, der am Ende des Monats stattfinden würde, musste ich jede Sekunde nutzen, um zu üben.

Auf dem Fahrrad vor uns fährt ein junges Mädchen.[1] Ich musste bei Leas Anblick vor mir schmunzeln. Der Text stimmte sogar. Die blonden Locken von Utes Tochter hatten sich durch den Fahrtwind aus dem Haarband gelöst.

Sie fährt allein und sie scheint hübsch zu sein. Mmmh. Ihre Mutter war dabei. Lea war nicht allein. Meine Gedanken fuhren Fahrrad mit mir. Sollte ich das Lied noch einmal umtexten? Würde das bei der Jury ziehen? Vor dem Hightech-Navigationsgerät für Fahrräder, dem Beurteilungschef, hatten so manche Klingel Schiss. Das wusste ich von den Generalproben der letzten Wochen. Die kleine Tröte hätte bei seinem Anblick verlegen gequietscht.

Wir fuhren weiter, ich nahm einmal tief Luft und ließ meine Stimme tief klingen. *Ich weiß nicht ihren Namen ...*

Sollten Kollege Sattel und Fahrradkette von meiner Gesangskunst denken, was sie wollten. Ich musste es wenigstens versuchen. Ute schien davon nichts mitzubekommen. Sie trat rhythmisch in die Pedale, das Fahrrad schwankte leicht nach links und rechts. Wog mich in die eine, dann in die andere Richtung. Ich liebte das.

Rada, rada, radadadada, rada, rada, radadada.

„Hey, du da oben? Schalt mal einen Gang runter", motzte nun die Fahrradkette lauthals vor sich hin.

Aha, die wollten also doch Ärger. Konnten sie haben. „Einen Gang runterschalten kann ich nicht. Frag mal die Gangschaltung", rief ich frech nach unten und grinste.

Der Weg wurde holprig, entsprechend klang die nächste Zeile.

Rada, rada, radadadada, rada, rada, radadada.

Das Fahrrad hüpfte auf und ab, die Reifen gaben leicht nach. Ich hielt meinen Blick nach vorne gerichtet. Lea war schon vorgefahren. Nichts mehr vom Blondschopf in Sicht. Gleich würde eine Kurve kommen, das konnte ich sehen. Mehr nicht.

Im Wagen vor mir fährt ein junges Mädchen. Ich möchte gern wissen, was sie gerade denkt.

Ich war wie im Tunnel, obwohl wir uns nicht in einem befanden, sondern auf einem Ackerweg. Ich nahm Utes kühle Finger wie im Rausch wahr. Sie betätigte meinen Knopf. Ich sang weiter.

Rada, rada, radadada ...

Das Fahrrad machte eine ruckartige Drehung nach rechts, wir bogen ab.

Dann passierte es.

Auf einmal.

Ohne Vorwarnung.

Die Bremse bremste. Die Reifen quietschten. Die Fahrradkette und der Sattel kreischten im Duett.

Und ich?

Tat, was ich tun musste. Wofür ich da war. Ich schrie: „Klingelinge-lingelingeling!“ Ohne nachzudenken machte ich immer weiter: „Klin-gelingelingelingeling!“

Das Fahrrad blieb abrupt stehen.

„Na, endlich hat sie kapiert, was ihre Aufgabe ist“, schimpfte die Fahrradkette von unten.

„Du hättest eher was tun sollen“, entgegnete der Sattel.

„Du hättest eingreifen müssen. Du hättest ihr vorher schon sagen sollen, dass sie gefälligst …“

„Hätte, hätte, Fahrradkette“, äffte diese.

Darauf konnte ich mich gerade nur schwer konzentrieren. Denn vor mir stand eine Kuh. Direkt auf dem Ackerweg. Sie machte keine Anstalten, sich zu bewegen. Ihre dunklen Augen schienen mich anzu-starren. Fast schon herausfordernd. Wollte sie, dass ich singe? Würde sie sonst keinen Platz machen? Ich zitterte, aber nur leicht, was meine Klingel vibrieren ließ und einen merkwürdigen Ton von sich gab. Die Kuh machte einen Schritt auf mich zu. Hatte mich immer noch im Visier. Mist.

„Mach was“, ratterte die Fahrradkette und ich hörte die Angst deut-lich heraus.

Scheiße, was sollte ich tun? Ich dachte an den Songcontest. Vielleicht brauchte ich noch ein zweites Lied, falls ich in die nächste Runde kam. In den unmöglichsten Augenblicken kamen einem die unmöglichsten Gedanken, kam mir in den Sinn. Und es fallen einem die unmöglichs-ten Lieder ein.

„Nun mach schon“, presste der Sattel hervor. „Die walzt uns sonst platt. Rette uns“.

Ich nahm einmal tief Luft und sang, als ob mein Leben davon abhing.

Ei…ne Muh, ei…ne Mäh, eine Täteretäte.

Die Kuh machte einen Schritt auf mich zu. Dann noch einen.

Eine Tu…u…te, eine Ru…u…te. Ich ließ mich nicht abhalten.

Sie kam noch näher.

Eine Hopp...hopp...hopp...hopp, eine Diedledadeldum.

Noch ein Schritt. Die Augen waren jetzt direkt vor mir.

Weiter. Jetzt nicht aufgeben.

Eine Wau-wau-wau. Ratasching...daderatabum.

Die Kuh ging nun eng an mir vorbei und flüsterte: „Tolle Performance, das solltest du auf jeden Fall beim Contest vortragen, wenn du weiterkommst. Ich drücke dir meine Hufe." Sie zwinkerte mir zu und ging gemächlich an mir vorbei. Woher wusste sie das? Hatte sie mich vorhin schon gehört? Konnte sie Gedanken lesen? Was soll's.

Ich atmete erleichtert auf. Das Nächste, was ich hörte, war Applaus. Von der Gangschaltung, den Rädern, der Bremse, den Pedalen, dem Sattel, sogar der Fahrradkette.

„Das war suuuupper"

„Und so spontan. Ganz ohne üben."

„Viel Erfolg beim Contest."

Ihre Stimmen überschlugen sich nun.

Ich lächelte. Erfolg beim Songcontest?

Den hatte ich jetzt schon.

1 Text angelehnt an das Lied „Im Wagen vor mir" von Henri Valentino

Julia Nachtigall: *Eine Erdbeere beim Speeddating, ein griesgrämiger Wanderschuh, ein Kürbis, der in illegale Machenschaften verstrickt ist und die Flucht plant. Das sind die Charaktere, die man in den Geschichten von Julia Nachtigall findet. Die im Jahr 1982 geborene Autorin lebt mit ihrer Familie in Essen und arbeitet als Sekretärin an der Universität Duisburg-Essen. Ihre Leidenschaft für Bücher hat sie dazu bewogen, selbst Kurzgeschichten zu schreiben.*

Life is a ride

Ich habe viel gesehen, seit meine Wulstreifen das erste Mal die staubigen Straßen zwischen den Trümmern unserer Stadt entlanggerollt sind. Mein glänzend schwarzer Rahmen war immer mit einer grauen Schicht feiner Schuttpartikel bedeckt, die aus den Ruinen der zerbombten Häuser geweht wurden und sich mit dem Schmutz der Straße vermischten. Aber Elsa, meine Besitzerin, hat mich jeden Abend liebevoll sauber gerieben. Denn ich war wertvoll in jener Zeit. Nicht, dass ich das heute nicht mehr wäre. Mittlerweile bin ich schon ein Oldtimer. Das wissen heute leider nur die Wenigsten zu schätzen. Aber damals, nach dem großen Krieg, war ich heiß begehrt. Öffentliche Verkehrsmittel fuhren kaum in der zerstörten Stadt, und wer konnte sich damals schon ein Auto leisten. Wer kein Rad besaß, musste eben laufen, weit laufen. Aber Elsa fuhr mit mir schnell wie der Wind an all den müden Fußgängern vorbei und ergatterte so meist einen Platz ganz vorne in der Schlange vor den Ausgabestellen der wenigen Lebensmittel.

Jetzt stehe ich hier in einem alten Schuppen, der mal ein Schweinestall gewesen sein muss, jedenfalls dem Gestank nach zu urteilen. Verstaubt, von Spinnweben eingehüllt, nutzlos, vergessen. Meine Kette hängt schlaff herab, der Lack meines Rahmens ist hier und da abgeblättert, meine dicken Reifen sind platt. Tauben haben mit ihren ätzenden Hinterlassenschaften meinen schönen, schwarzen Schwingsattel verunstaltet. Ich weiß nicht, wie lange ich schon in diesem Zustand allmählich verrotte. Es ist eine Schande.

Dabei ist mein Leben aufregend gewesen. Zugegeben, es gab auch Phasen, in denen ich mich im Keller langweilte. Elsa hatte sich ein Auto gekauft, einen VW Käfer, der sich damals überall auf den Straßen breitmachte und uns Fahrräder mehr und mehr verdrängte. Der Mensch ist halt bequem. Er sitzt lieber im Auto und lässt sich fahren, als selber in die Pedale zu treten. Elsa holte mich nur selten aus meinem Kellerverlies, das ich mit zwei weiteren Rädern mit ähnlichem Schicksal teilte, um mit mir am Wochenende Ausflüge in die Umgebung zu machen. Ich erinnere mich an den Geruch von modrigem Wasser, frisch gemähtem Heu und dampfenden Misthaufen noch heute.

Das Gejammer meiner Leidensgenossen im Keller ging mir gewaltig auf die Nerven. Eines Tages waren sie verschwunden und an ihrer Stelle standen plötzlich zwei Klappräder, total modern, die ich nur selten zu Gesicht bekam. Sie ließen sich eins, zwei, drei im Auto verstauen und waren immer dabei, wohin ihre Besitzer auch fuhren. Aber wirklich ernst nehmen konnte ich die zwei nicht. Ich würde mich jedenfalls nicht verbiegen lassen, nur um mitgenommen zu werden. Man hat doch schließlich seinen Stolz.

Brauchte ich auch gar nicht. Denn dann kam Jule, Elsas Nichte. Sie sah mich und hat sich sofort in mich verliebt. In meine dicken Reifen und meinen bequemen Sattel. Es hat ihr gefallen, dass ich ein älteres Modell war. Denn sie liebte alles, was alt war und eine Geschichte hatte. Und als Elsa ihre glänzenden Augen sah, hat sie mich ihr geschenkt. Damit begann eine spannende Zeit. Ich war wieder on the road! Und wie. Sogar ins Ausland sind wir gefahren. Drei Tage waren wir bei Schnee unterwegs nach Schiermonnikoog. Auch wenn ich keine Gangschaltung hatte, haben wir manch anderen Radfahrer locker abgehängt. Und ich habe zum ersten Mal das Meer gesehen. Nur der Sand tat meiner Kette nicht gut. Aber was ist das gegen den Anblick des tosenden Ozeans!

Kommt da jemand? Oder habe ich vor lauter Einsamkeit schon Halluzinationen? Außer ein paar Ratten, die meinen Reifen bedrohlich nahe kamen, hatte ich lange keine Gesellschaft mehr.

Leider endete die schöne Zeit mit Jule abrupt – sie lieh mich einem Freund und der ließ mich vor dem Supermarkt stehen, ohne mich anzuschließen. Es kam, wie es kommen musste: Es dauerte keine fünf Minuten, da war ich weg – gekidnappt von einer zwielichtigen Gestalt, und meine kriminelle Karriere begann. Unfreiwillig, wie ich betonen möchte.

Wer ist da? Ich höre Schritte vor der Tür und Stimmen.

Der Mann, der mich einfach mitgenommen hatte, benutzte mich, um seine Drogen unter die Leute zu bringen. Mehr als einmal mussten wir vor der Polizei fliehen und er trat dabei so heftig in meine Pedalen, dass es mir fast die Kette herausgehauen hätte. Ich ächzte unter seinen schnellen Tritten. Doch Widerstand war zwecklos. Ich musste mich ergeben und bei diesem Spiel mitmachen. Eines Tages, als uns wieder einmal die Polizei auf den Fersen war, sprang der Kerl einfach ab, um zu Fuß zu fliehen, und warf mich achtlos in einen Graben.

Draußen ist jetzt alles still. Waren es nur Spaziergänger? Wer sollte sich auch schon hier in meinen verlassenen Schuppen verirren.

Da lag ich also in einem Graben, halb mit Wasser bedeckt, und es dauerte sehr lange – ich sah den Sommer kommen und gehen, der Schnee deckte mich mit einer weißen Decke zu – bis man mich endlich aus meiner misslichen Lage befreite. Mein Lack war von diesem Dauerbad arg in Mitleidenschaft gezogen worden, meine Kette und die Pedalen rosteten vor sich hin und auch mein Lenker hatte schon bessere Zeiten gesehen. Kurzum, ich landete im Keller eines Fundbüros.

Da stand ich nun mit einer ganzen Kompanie anderer Räder, schicke Citybikes, die sich etwas auf ihre vornehme Herkunft einbildeten, solide Tourenräder, die waren noch am umgänglichsten, und auch das eine oder andere Mountainbike, das von seinen Abenteuern schwadronierte. Aber machen wir uns doch nichts vor: Wir waren alle ungeliebt. Niemand vermisste uns. Aufgegeben, abgestellt, staubten wir vor uns hin, bis wir vielleicht eines Tages von jemandem ersteigert werden würden, der auf ein Schnäppchen hoffte. Auch ich hatte irgendwann das Glück, hier herausgeholt zu werden. Aber mein neuer Besitzer verlor bald die Lust am Fahrradfahren. Übergewichtig, wie er war, strengte es ihn zu sehr an und seine guten Vorsätze von mehr Bewegung schmolzen dahin wie ein Schneemann in der Sonne. Und so landete ich in diesem abgelegenen Stall, ausrangiert und vergessen.

Ich höre, wie ein Schlüssel im Schloss gedreht wird, es knarzt und quietscht. Schritte kommen näher. Oh Gott, jetzt holen sie mich, und ich lande endgültig in der Schrottpresse. Abgehalftert. Aussortiert. Weggeworfen. Was für ein Ende!

„Guck mal, Papa, da steht Opas altes Rad. Das ist ja total verrostet."
Kleine klebrige Finger fahren prüfend über meinen Rahmen.

„Lass mich mal schauen. Eine frische Lackierung, Kette und Lenker austauschen, dann ist es wieder wie neu. Schau, es hat noch richtige Wulstreifen. Und einen tollen, alten Schwingsattel."

Bewundernd tasten zwei große Männerhände über meinen mit Vogelmist verunstalteten Sattel. Ich halte ganz still. So lange hatte mich keiner mehr berührt.

Ehe ich mich versehe, werde ich, notdürftig von Staub und Spinnweben befreit, aus meinem jahrelangen Verlies getragen und vorsichtig auf der Ladefläche eines Autos verstaut. Zukunft, ich komme!

***Ulla Tesch** wurde 1955 in Bremen geboren und hat Deutsch, Darstellendes Spiel und Geschichte an einer Oberstufe in Bremerhaven unterrichtet. Davor war sie mehrere Jahre als Texterin tätig und hat Denkmalführer zu Bremer Sehenswürdigkeiten sowie ein Buch über Knoops Park in Bremen-Nord verfasst. Heute lebt und schreibt sie in Wien. Neben frühen Gedichtveröffentlichungen sind einige ihrer Prosatexte in verschiedenen Anthologien erschienen. Sie liebt es, in Literatur einzutauchen und selbst Geschichten zu schreiben. Wenn sie nicht mit ihrem Golden Retriever Maddox in der Natur spazieren gehe, flaniert sie durch die Straßen Wiens, sitzt in Cafés, spielt mit ihrem kleinen Enkel Mateo oder tanzt Zumba.*

Jingle all the way

Klingeling, klingeling. Der Klang der Glocke ist nur ganz leise zu hören. Doch plötzlich verstummen alle Gespräche. Stille legt sich über den Raum. – Ich mache eine gedankliche Notiz in mein Erste-Hilfe-für-Mütter-in-Not-Tagebuch: Leiser Glockenklang kann wirksamer sein als eine Trillerpfeife!

Die Kerzen an den winterdunklen Fenstern flackern auf.

„Mama, ich glaube, das Christkind war da", flüstert der Kleine und packt meine Hand. Vor lauter Aufregung verströmen seine Finger eine fiebrige Wärme. „Können wir jetzt bitte reinschauen?", fleht er mich an. Seine Augen glitzern vor Aufregung, während sein Blick sich immer wieder auf die verschlossene Tür der Stube richtet. Nur ein Lichthauch wagt es, durch den Türspalt zu blitzen.

Mein Mann nickt dem Großen zu. Dieser greift nach der Klinke und zieht die Tür auf. Das Stubenlicht fällt nun auf unsere Gesichter. Es enthüllt die Emotionen, die sich beim Anblick des Weihnachtsbaumes und der Gaben darunter, in unsere Herzen geschlichen haben.

Ich liebe Weihnachten!

Inmitten der Berge von Geschenkpapier und Keksresten lümmeln wir später in den Sofas. Okay, fast alle lümmeln. Ich selbst bin noch gespannt wie ein Flitzebogen. Die Geschenkeorgie des Abends hat alle mit einigen Kleinigkeiten bedacht. Nur ich habe kein Päckchen bekommen. Kein selbst gemaltes Bild, keinen Schal, keine Tasche. What-the-f…röhliche Weihnachten?

Ich liebe Geschenke!

Und das weiß auch meine Familie, denn ich erinnere sie gerne und häufig an diese Tatsache. Für dieses Weihnachtsfest haben sie sich anscheinend etwas ganz Besonderes ausgedacht. Doch ich kann kein Präsent mehr entdecken, das noch aufzureißen wäre.

Mein Bein wippt vor Aufregung schneller als der Takt der musikalischen Untermalung. *Parapapapum, parapapapum.* – Notiz ins Erste-

Hilfe-für-Mütter-in-Not Tagebuch: *Little Drummer Boy* in die Work-out-Playlist aufnehmen. Das sind bestimmt 436 BPM.

Mein Mann hat meine Aufregung bemerkt und ist bereit, mich aus den Qualen zu erlösen. „Du darfst Mama unser Geschenk geben", fordert er die Mittlere auf. Die freut sich über diese Ehre, wie ein Teenager sich eben freut. Langsam.

„Hier, Mama, das ist von uns allen zusammen." Sie wirft mir einen Umschlag auf die Knie.

Okay, ein Umschlag. Ein Geschenkeumschlag kann etwas wirklich Tolles sein. Er kann Bargeld bedeuten, eine Reise, eine Wellnessbehandlung oder einen Bücherscheck.

Meine Finger zittern, als sie die Karte aus dem Inneren ziehen. Meine Augen erfassen den Text mit einem Blick. Ein Gutschein aus Herberts Fahrradshop. Für einen Drahtesel meiner Wahl.

Heilige Sch…öne Feiertage!

„Und Mama?", will der Kleine wissen. „Was sagst du? Cool, oder?"

Auf die Gesichter meiner Lieben hat sich zum Kerzen- und Weihnachtsschein noch der Glanz einer gelungenen Überraschung gelegt. Haha, damit hat sie nicht gerechnet, die alte Mama. Geiles Geschenk! Schaut mal, wie sie sich freut. Ihre Mienen rufen mir zu: „Freu dich! Freu dich! Jetzt mal endlich!"

Also freue ich mich. So richtig. Mit echten Freudentränen. Ehrlich. Jahahahaaa.

Ich hasse Fahrradfahren!

Meine emotionale Haltung zum Radfahren kann nur verstehen, wer wie ich im Land der 1000 Berge aufgewachsen ist. In einem Haus am Hang. Mit einem Vater, dem das Rennrad am Arsch festgewachsen ist. Einer Mutter, die zur Übertragung der Tour de France kein Umschalten auf andere Programme zulässt. Einer Schwester, die schon mit vier Jahren freihändig fahren kann. Und dem selbst jegliche sportliche Ambition fehlt.

Meine Bestleistung beim Fahrradfahren war das Bestehen der Radfahrprüfung der 4. Klasse. Als Klassenbeste! Im theoretischen Teil konnte ich tatsächlich all meine Klassenkameraden hinter mir lassen. Beim praktischen Teil kam mir zugute, dass es nicht um Schnelligkeit ging. Und außerdem nicht gewertet wurde, dass ich den größten Teil des Weges mein Rad schob – regelkonform auf dem Gehweg.

Falls ich am Ende meiner Tage den Weg in die Hölle nehmen muss, werde ich dorthin auf einem Fahrrad fahren müssen. Auf einem harten Sattel. Mit platten Reifen. Bergauf.

Ich hasse Fahrradfahren wirklich!

Diese Gefühle habe ich gegenüber meiner Familie immer erfolgreich verborgen. „Oh nein, ich würde so gerne mit euch in den Bike-Park fahren, doch leider hat mich gerade eine Hexe in den Rücken geschossen! Oh wie schade … Jammerjammerschade."

Notiz in mein Erste-Hilfe-für-Mütter-in-Not-Tagebuch: Ab einem gewissen Alter können Kinder Übertreibung wahrnehmen. Dann sollte dieser Spruch nicht mehr angewendet werden!

Die Polizisten-Tochter-Ausrede funktioniert besonders gut bei Grundschulkindern. „Leider kann ich nicht mit euch den Sauerland-Radring fahren. Ihr wisst ja, mein Fahrrad ist nicht verkehrssicher. Viel Spa-ha-ha-ha-aß!"

Besonders gut zieht bei Teenagern die Entrüstungsmasche: „Ihr glaubt jawohl nicht, dass ich mit euch eine Fahrradtour mache, wo ihr hier so ein Chaos verbreitet habt / so schlechte Noten mit nach Hause bringt / die ganze Wäschetonne überquillt?"

Ach, das waren schöne, lauschige Nachmittage … Alleine mit einem Buch im Garten, während meine Lieben unterwegs auf ihren Mountain-City-Cross-Bikes über die Sauerländer Berge heizten.

Doch das schöne Leben ist mit diesem Weihnachtsfest vorbei!

Die Verkäuferin in Herberts Fahrradshop schaut mich mitleidig an, als ich frage, welche Produkte sie außer Fahrrädern noch im Angebot hat. Sie zeigt mir einen Aufsteller mit Fahrradklingeln und Schlössern sowie eine Stange mit Funktionskleidung. Ich überschlage im Kopf, wie viele Klingeln und Jacken ich kaufen müsste, um den Gegenwert des Weihnachtsgutscheines umzusetzen.

Ich bin so was von geliefert!

Innerhalb von kurzer Zeit bin ich Eigentümerin eines weihnachts-baumgrünen Fahrrades. Für den Kauf können mich nur der riesige, sofagleiche Sattel und die monstermäßige Fahrradklingel entschädigen. Sie kann zwei Lieder spielen. *Jingle-Bells* und *Little-Drummer-Boy"* *Klingeling* und *Parapapapum*. Ist das nicht schön? Das ist doch wirklich schön! Zum Heulen schön!

In Windeseile montieren mir Herberts Angestellte das Weihnachts-Gutschein-Fahrrad mit der Klingel und dem Sattel zusammen. Toll! Ich darf es schon heute mit nach Hause nehmen. Das ist ja wie drei

Wünsche auf einmal im Ü-Ei. Das geht nun wirklich nicht! Bitte nicht!

„Nach 500 gefahrenen Kilometern sollten Sie noch mal zurückkommen. Dann justieren wir alles nach", empfiehlt mir die Verkäuferin.

„Gerne. Vergeben Sie schon Termine für das Jahr 2033?", möchte ich von ihr wissen und breche lachend zwischen zwei Ständern mit Fahrradreifen zusammen. – Notiz in mein Erste-Hilfe-für-Mütter-in-Not-Tagebuch: Fahrradfahrer verstehen keinen Spaß.

Dieses Jahr im November wird sich unser Bücherladen über einen Megaumsatz freuen. Auf die Gesichter meiner lesemuffeligen Lieben bin ich schon jetzt gespannt. Es gibt eine Prinzenbiografie für meinen Mann, die Angelique-Reihe für den Großen, Hanni-und-Nanni 1-14 für die Mittlere und eine Kinderbibel für den Kleinen.

Ich liebe Weihnachten!

Anke Terrasi lebt und arbeitet im Land der 1000 Berge. Dass ein Leben ohne Fahrrad möglich ist, stellt sie jeden Tag unter Beweis. Bei ausgedehnten Spaziergängen hat sie die besten Ideen für ihre Kurzgeschichten, von denen schon einige in Anthologien erschienen sind.

Das Fahrrad

Berlin! Zu einer ganz anderen Zeit.

Der Bums hatte den Bunker erbeben und uns alle kräftig husten lassen. Die Luft war mit Staub geschwängert. Die Funzel an der Decke flackerte und all die frierenden Leute hier erschienen sehr verschreckt. Der Einschlag kann nicht sehr weit entfernt gewesen sein. Mutti strich mir beruhigend übers Haar.

Gestern Nacht waren wir auch schon im Bunker. Einige der Leute kannte ich. Rentner und Versehrte. Nun weiß gekalkt, sahen sie alle wie lebendige Leichen aus. Bei diesem Gedanken und dazu Muttis erschrockener Anblick musste ich fast laut lachen, konnte mich kaum noch bremsen. Dann muss ich doch noch eingeschlafen sein.

„Jonas, los, Entwarnung! Die verfluchten Amis haben sich heute Nacht Kassel vorgenommen. Uns mit diesem Klopper wohl nur einen netten Gruß mit Zuckerguss verziert serviert." Onkel Theo hatte mich unsanft geweckt. Mir die Wolldecke weggezogen. Ich wurde schmerzlichst daran erinnert, dass es in diesem Tiefbunker immer verdammt scheißkalt war.

„Mutti, wo ist Mutti?"

„Schnapp dir den Koffer! Deine Mutti ist schon mal voraus, geht die Lage peilen.

Mir knurrte der Magen.

Der Onkel war erst vor ein paar Tagen wieder mal aus dem Krankenhaus raus. Die Zehen amputiert. Er hatte aber sofort wieder ein paar komische Sprüche auf Lager: „Ober-Feldwebel Buchstütz meldet sich vom Kriege ab. Nun kann er dem geliebten Führer nicht mehr beim tapferen Angriff nachrennen! Jonas, ich sag dir, ohne die Zehen lebt es sich vielfach leichter. Nur ums Fahrradfahren ists wohl verdammt schade."

Mutti hatte böse geschaut, ihm einen Klaps auf den Hinterkopf gegeben. „Blödmann!", hatte ich sie sagen hören.

„Wen meinst du, Schwesterlein, doch wohl nicht unseren Führer, oder?“

Sie hatte ihn angesehen und gefragt, wem er denn wohl seine erfrorenen Füße zu verdanken habe, wenn nicht Hitler.

Darauf Onkel Theo: „Lass mal, Schwesterchen, der kriegt auch noch sein Fett ab, sag ich. Und nicht zu knapp!“

Mutti war nun wirklich blass im Gesicht und sie sagte mit Blick auf mich „Lass das niemanden hören, ich bitte dich, Theo!“

Das war an meinem zwölften Geburtstag, im vierten Jahr des Krieges, gewesen.

Der Onkel, seinerzeit noch in Mitte wohnend, hatte uns oft mit dem Fahrrad besucht. „Jonas, sitz auf, ich bring’s dir bei!“

Ja, hatte er dann auch. War dann auch noch mit so einem alten Drahtesel angekommen und hatte ihn mir geschenkt. Da waren noch die Füße komplett und Zehen und Fußnägel an ihm dran. Und ich konnte zur Schule radeln. Unsere in Dahlem war schon beim ersten Angriff der Bomber platt und ich musste fortan nach Lichterfelde. Da war ich zehn.

Ich fragte mich nach einer solchen Nacht im Bunker immer, wozu dieser absolute Mist wohl gut war. Warum mussten die Scheiß-Amerikaner uns bombardieren? Die wussten doch, dass hier Menschen waren. Waren die Amerikaner einfach die bösen Höllenhunde, wie meine Lehrer sie nannten?

„Los, schnapp dir den Fluchtkoffer von deiner Mutti. Sie wartet mit dem Frühstück, sage ich dir!“

Onkels Rufen hatte mich aus den Gedanken gerissen. Frühstück? Mein Magen würde es danken.

Also mit den anderen und dem Onkel nach oben. Ein übler Geruch von Schwefelgasen schlug uns entgegen. Ein Blick zum Himmel zeigte mir nur weiße Schäfchenwolken am blauen Himmel. Mich erstaunte, dass der Onkel mit seinen Krücken so schnell die Bunkertreppe rauf war. Krücken, wo waren eigentlich jetzt seine Krücken? Ob er sie im Bunker ließ? Oben angekommen, hatte ich den Kohldampf fast schon wieder vergessen. Die anderen, noch immer wie gepudert, würden wohl auch zu den Trögen eilen. Anstatt dem Onkel nachzueilen, war ich in Gedanken versunken. Mich drückte die Frage, wann wohl dieser nächtliche Horror mit Alarm und Bombengetöse zu Ende sein würde und was das dann für meine Zukunft bedeuten könnte.

Onkel Theo war wohl mit ein paar alten Frauen schon zur Querstraße vor, als ich vor einem der Häuser etwas metallisch Glänzendes stehen sah. Ein Fahrrad?

Trotz Hungergefühl stellte ich den Koffer ab und öffnete das Törchen, um nach diesem Chromding zu schauen. Ich hatte den Rasen betreten, der gepflegt aussah und nicht wie noch gestern Abend voller Trümmer lag, als ein schriller Pfiff erklang.

Ich schaute um mich. Von nirgendwoher schien das zu kommen. Das Haus, noch in der letzten Woche die Sensation für Kinder aus der Gegend, da von einer Luftmine dem Erdboden gleichgemacht, schien völlig intakt zu sein. Wobei es nun ganz anders aussah, als ich es in Erinnerung hatte. Auch das Fahrrad, das ich nun in diesem erkannte, hatte kaum Ähnlichkeit mit einem alten Schätzchen wie dem meinen. Das sah aus wie nicht von dieser Welt. Die Neugierde nahm mich nun voll in Besitz.

„He, Typ, lass bloß deine Griffel weg! Ich kanns nicht leiden, wenn wer mein Eigentum anpackt."

Aus der Haustür war ein feist grinsender Bursche getreten, an dem das Auffälligste nicht etwa sein Rotschopf war. Er hatte eine böse Miene und einen komischen Rucksack auf. Auf dem Kopf so was wie einen Helm. Der war seitlich halb offen, dass daraus seine Strohhaare wie Weizenbündel ragten. Die Kleidung war bunt. Eine blaue, ungebügelte Hose, an den Knien zerrissen. Er trug Schuhe wie die von Fußballspielern, nur kräftig braun, mit drei weißen Streifen. Die grüne Jacke war voller Sprüche. So auch der Rucksack.

„Ich wollte … ich meine, … ist wohl dein Fahrrad, oder? Ich …" Weiter war ich nicht gekommen.

„Da staunste! 'ne Shimano-27-Gang und Campagnololager und das Beste ist die Gabelfeder mit Luftunterstützung. Und der neue Akku ist voll geil. Du bist wohl der Neffe von dem Ollen im dritten Stock? Der redet immer von so einem Bürschlein wie dir!"

„Wer, mein Onkel?"

„Ja, der Mieter, der mit dem komischen Ami-Hobel, den er ständig küsst!"

Ich hatte nichts verstanden und muss ihn ziemlich verdutzt angestarrt haben. Er grinste nur unverschämt.

Er zog ein Kabel aus einer verdeckten Stromsteckdose in der Haus-

wand, schnappte sich das Fahrrad, schob es an mir vorbei auf die Straße. Die war sehr seltsam, forderte meine ganze Aufmerksamkeit. Das
war nicht mehr die Straße, die wir heute Nacht noch bis zum Bunker-
eingang gerannt waren!

Es waren weiße Striche aufgemalt. Die Seiten mit Steinplatten voll-
gepflastert, meist nicht zu sehen, da überall Fahrzeuge standen. Farbige
und fast gleiche Autos. Von vielen verliefen dicke Kabel zu so etwas wie
Tanksäulen. Und davon die ganze Straße rauf und runter.

Die Häuser auf beiden Seiten sahen neu aus. Seltsam, wo soeben noch
Leute in ihren verstaubten Kleidern schwätzend liefen, war nun Stille.

Es kamen Autos aus beiden Richtungen angerollt. Im ganzen Gegen-
teil zu den Wehrmachts-Fahrzeugen waren auch die alle verschiedenfar-
big. Erstaunlich, kein Motorgeräusch war zu hören, nur fast unhörbares
Surren. Was ging hier vor?

„Jonas, warte, ich komm runter! Das musste dir ansehen. Die Chine-
sen haben geliefert und die Softail ist wieder am Start. Dass die Amis
ihre Chips in China backen, geschenkt. Aber dass sie mich ein halbes
Jahr darauf warten lassen, war ’ne Sauerei.“ Die Stimme kam aus dem
dritten Stock. Von irgendwoher klang so etwas wie Musik.

Was ich hörte, sagte mir gar nichts. Amis waren ja wohl die Terroris-
ten, wie Joseph Goebbels immer im Radio tönte. Aber dieser Kerl da
oben im Dritten, woher kannte der mich?

Der Rothaarige hatte sich aufs Fahrrad geschwungen und war wie der
Wirbelwind die Straße runter. „Cooles Outfit, Junge, hast wohl einen
Altkleidercontainer gefilzt, oder? Versuch es nächstes Mal bei der Cari-
tas!“, war das Letzte, was ich noch von ihm hatte hören können.

„He Jonas, die Kiste läuft wieder! Ich sag dir was, mein Vater hat
immer auf die Amis geschimpft. Du weißt ja, Bombennächte und so!
Aber eines muss man denen lassen. Verdammt coole Bikes! Ich hab den
Pröttel gestern gefilmt und schon bei YouTube hochgeladen!“

Der aus der Dritten?

Ein großer Kerl war aus der Haustür getreten, hatte meine Schultern
umfasst und auf ein seltsames Gefährt gezeigt, in dem ich nicht wirklich sofort ein Motorrad erkannte.

Bevor ich noch meine Bewunderung ausdrücken konnte, erzitterte
ich. Es war wie ein Regenschauer über mich gekommen. Ich versuchte,
mich gegen diese Schwäche zu erwehren, wusste nur nicht wie.

Ein Pfeifen, lauter und intensiver als alles bisher Gehörte, ließ mich zusammenzucken. Instinktiv schaute ich nach oben. Ein ungeheurer Knall folgte. Irgendein grelles Licht blendete mich und ich verlor wohl die Besinnung.

„Jonas, los! Es hat Entwarnung gegeben. Die verfluchten Amis haben sich heute Nacht Kassel vorgenommen. Uns haben sie noch Zeit zum Verduften gegeben.“

Irgendwer hatte mir die Decke weggezogen. Ich fror erbärmlich, schaute mich um und sah Onkel Theo am Treppenaufgang mit seinen Krücken stehen. „Unwirklich“, schoss mir durch den Kopf und auch: „Hunger!“

Was es wohl zum Frühstück gab? Ob Mutti beim Bäcker noch einen Brotlaib ergattern konnte?

Toni A. Rieger: *Am Bodensee gezeugt und geboren, trieb es ihn ins Ruhrgebiet – der Liebe wegen. Schon früh begann er, seine Umwelt in Gedichtform zu skizzieren. Zum Hobby der Fliegerei auf Segel- und Motorflugzeugen kamen noch der Spaß am Kochen, dem Cruisen auf zwei Rädern, das Bepflanzen des Gartens sowie das Reisen ins Ausland, vorzugsweise nach Arabien. Einen Frankreich-Krimi in drei Episoden „Streichquartett“ kann man noch heute bei den angesagten Vertreibern von Lesestoff in E-Book-Form erwerben.*

Wozu ist der Mann ein Mann?

„Verdammter Mist!" Tim deutete fluchend auf sein plattes Vorderrad.

Tim und ich hatten uns vor kurzer Zeit kennengelernt und befanden uns gerade irgendwo im Nirgendwo auf unserer ersten gemeinsamen Fahrradtour.

„Schieben ist keine Option!", erklärte Tim. „Jetzt heißt es Vorderrad vom Rahmen montieren, Mantel von der Felge abziehen, Schlauch aus dem Mantel entfernen, Loch suchen, mit Flicken abdichten und schließlich alles wieder zusammenbauen."

Ich hatte keine Chance, auch nur eine einzige Silbe aus meinem Mund hervorbringen zu können.

Seine Worte sprudelten weiter wie ein Wasserfall. „Das kann nicht so schwer sein. Wozu ist der Mann ein Mann? Für diese Reparatur gibt es mit Sicherheit eine genaue Anleitung auf YouTube. Ich brauche nichts weiter als ein gutes Netz."

Noch bevor ich irgendetwas erwidern konnte, eilte Tim auch schon, sein Smartphone gezückt, auf der Suche nach dem perfekten Empfang davon.

Männer und Kommunikation! Hätte er mich nur zu Wort kommen lassen. Andererseits ... so stand er mir wenigstens nicht im Weg herum. Wann würde er den Haken bei seiner Methode finden? Flicken war nämlich gestern, Sprayen ist heute. Und ... vor allem: Selbst ist die Frau.

Das komplette Fahrrad auf Lenker und Sattel gestellt, hatte ich in Nullkommanix. Schnell das defekte Vorderrad so gedreht, dass sich das Ventil oben befand. Dann die Spraydose aus meiner Fahrradsitztasche. Perfekt, der Adapter passte haargenau auf das Ventil. Ein langer, kräftiger Druck und der Inhalt der Dose war vollständig über das Ventil in den Schlauch entleert. Genauso sollte es sein. Um diese Flüssigkeit möglichst gleichmäßig im Schlauch zu verteilen, brauchte es nun ein paar schwungvolle Drehungen des Vorderrads. Genug. Jetzt Einsatz der Luftpumpe. Das Ergebnis war nach wenigen Sekunden sichtbar. An einer Stelle des komplett mit Luft gefüllten Reifens trat ein wenig der vorherigen Flüssigkeit wieder aus. Super. Ich klopfte mir innerlich auf die Schulter. Loch gefunden und abgedichtet. Bis nach Hause sollten wir ohne Probleme kommen.

Ich hatte gerade die leere Spraydose verstaut, als Tim völlig aufgelöst wieder auftauchte.

„Ich werde wahnsinnig. Um das Loch aufzuspüren, muss man den Schlauch unter Wasser tauchen", stöhnte er.

Bingo. Sein Groschen war endlich gefallen. Das kleine Teufelchen in mir meldete sich. Ich konnte einfach nicht widerstehen. Mein ausgestreckter Zeigefinger wies auf eine ausrangierte, mit Wasser gefüllte Badewanne, die auf der benachbarten Weide als Viehtränke diente.

Tim zuckte zusammen. Voller Verzweiflung blickte er auf die mehr als 15 Rinder, die sich zwischenzeitlich bei uns am Zaun neugierig versammelt hatten. Riesige, schwarze Viecher. Wie unschwer erkennbar allesamt ausgewachsene Bullen mit langen spitzen Hörnern.

„Wozu ist der Mann ein Mann?", wiederholte ich mit einem Achselzucken seinen Spruch von vor wenigen Minuten.

Tim stand wie zur Salzsäule erstarrt. Kein einziges Wort kam aus seinem Mund. Mit stoischem Gesicht ließ ich ihn einige Sekunden lang zappeln.

„Wenn du unbedingt hier Torero spielen willst ..." Ich vermochte mir das Grinsen nur mit äußerster Mühe verkneifen. „Wir könnten allerdings auch sofort weiterfahren."

Erst jetzt registrierte Tim den wieder tadellosen Vorderreifen. Seine Augen wurden so groß wie Untertassen. „Wie zum Teufel hast du das geschafft?" Sein Gesicht bestand aus tausend Fragezeichen. Unbezahlbar.

„Das müsstest du eigentlich wissen", sagte ich grinsend und zuckte mit den Schultern, „nomen est omen." Mein Augenaufschlag war gekonnt. „Hast du mich nicht erst letzte Nacht Sexy-Hexi genannt?", sagte ich und küsste ihn.

Monika Konopka, geboren 1955, lebt im Ruhrgebiet, liebt Reisen, Lesen sowie das Schreiben von Kurzgeschichten.

Gern im Sattel

Sie hatten alle Namen und jedes besaß einen Platz in meinem Herzen. Das Erste hieß Blitz. Ich war eine Pferdenärrin und stellte mir vor, es sei Blitz, der schwarze Hengst, den ich aus Büchern kannte. Ab und zu begleitete ich die Nachbarskinder zum Reitunterricht. Ich sah nur zu, wir konnten uns das nicht leisten. Aber zu Hause setzte ich mich auf mein Rad und ritt auf ihm über Stock und Stein. Ich hatte auch einen Smoky und eine Schneeflocke. Nie warf mich eines ab.

Iltschi, das tapfere Pferd, das bereits Winnetou bei seinen Abenteuern zur Seite gestanden hatte, brachte mich zuverlässig zur Schule und auch sonst überall hin.

War ich einem Rad entwachsen, wurde es im Verwandten- oder Freundeskreis weiter verschenkt. Für mich fand sich auch immer wieder eines, das für ein anderes Kind zu klein geworden war.

Selbst als Erwachsene fuhr ich ausschließlich gebrauchte Räder. Ich gehöre nicht zu denen, die ehrgeizig Kilometer schrubben und perfekt für ihr Bike ausgerüstet sind. Ich fahre einfach gern Fahrrad.

Eines, an dem ich besonders hing, erstand ich bei uns im Fahrradladen für 50 Euro. Es war ein braunes Hollandrad mit viel Chrom, ausladendem Sattel und einer ehrlichen Dreigangschaltung. Es hatte sogar einen Abstandshalter. Der vorherige Eigentümer hatte das Rad fünfundzwanzig Jahre gefahren und es im selben Geschäft, in dem er es einst kaufte, wieder abgegeben, um auf ein E-Bike umzusteigen.

Das Hollandrad kam gern mit mir, sagte, es hieße Else, und die folgenden Jahre hatten wir es gut miteinander. Ich klebte einen *Atomkraft? Nein danke*-Aufkleber auf Elses Gestell und los ging es. Nie hat mich Else im Stich gelassen, aber nach ein paar Jahren fing ihre Schaltung an zu ruckeln und die Beleuchtung wurde schwächer. Zu meinem Sechzigsten wollte ich mir endlich ein neues Rad gönnen. Ich wünschte mir von den Geburtstagsgästen Geld, um den Wunsch wahr werden zu lassen.

Mit den 700 Euro, die zusammengekommen waren, stand ich vor dem Fahrradladen. Es sollte ja kein E-Bike sein, insofern bot sich mir eine passable Auswahl. Ich sah Franklyn und wusste sofort, dass er es ist. Ein wenig eingebildet wirkte er schon mit dem eleganten, schwarzen Gestell und den lederüberzogenen, braunen Handgriffen. Aber ich kaufte ihn, ohne zu zögern. Sein Sattel war bequem und die sieben Gänge, die er vorzuweisen hatte, machten es mir leichter.

Franklyn war der Name meines Vaters, den ich nie kennengelernt habe, und so sprach ich jetzt immerhin seinen Namen häufiger aus. So selbstverständlich, als hätte ich es mein ganzes Leben getan.

Franklyn war ungestümer als Else, er hätte gern mehr und längere Fahrten unternommen. Mit Übernachtungen und breiten Satteltaschen sei es abenteuerlicher, meinte er. Ich beließ es bei Tagestouren, fuhr durch Wald und Wiesen, zum Einkaufen, zum Friseur, wie ich es mit Else auch getan hatte.

Die Arme hingegen stand ein ganzes Jahr unberührt unter dem Carport und wenn ich mit Franklyn an ihr vorbeifuhr, sahen wir beide nicht hin. Ich aus Scham und Franklyn aus Überheblichkeit. Schließlich inserierte ich Else mit Foto in unserem Nachbarschaftsportal. Einige Bewerber meldeten sich. Entweder wollten sie mit Else täglich zur Arbeit (das schaffte sie nicht mehr) oder sie als Ersatzteillager benutzen (Niemals!). Eine Interessentin jedoch wünschte sich ein zweites Rad, um mit ihrer Freundin, die gelegentlich zu Besuch kam, mobil sein zu können.

Ich mag das Rad, schrieb sie und sofort wusste ich, dass sie die Richtige ist. Ich wusch und polierte Else, bis ihr Chrom glänzte wie am ersten Tag. Die neue Besitzerin ließ beim Abschied ein Glas goldenes Holunderbeerengelee auf dem Esstisch und fuhr auf Else, die keinerlei Ausfallerscheinungen zeigte, sicher nach Hause. *Danke für das schöne Rad*, schrieb sie mir am nächsten Tag.

Manchmal, wenn es gut läuft zwischen Franklyn und mir, wenn der Morgen hell und die Temperaturen angenehm sind, wenn der Wind den Duft von Frühlingserwachen, Sommerwiese und Glück mit sich trägt, dann stelle ich mir vor, wie fantastisch es wäre, einfach abzuheben in die Lüfte. So wie die Kinder in dem Spielberg-Film *ET,* die den Sicherheitsbeamten mit ihren BMX-Rädern davonflogen. Wie wunderschön das wäre, über alles hinwegzufliegen, ab und zu nur leicht in die Pedale zu treten, um noch höher oder schneller zu schweben.

Ich bin jetzt 66 und ob Franklyn mein letztes Rad sein wird, kann ich noch nicht sagen. Ich glaube nicht, dass ich ihn gegen ein E-Bike eintauschen werde, dazu klappt es einfach noch zu gut mit uns. Aber wer weiß.

Gabriele Lengemann wurde 1957 in Kassel geboren und lebt immer noch dort. Sie ist verheiratet und hat einen Sohn. Seit einigen Jahren schreibt sie Kurzgeschichten. Einige davon wurden veröffentlicht.

Ein Fahrradstreit im 7. Jahrgang

Der Streit begann auf dem Schulweg vor der großen Kreuzung. Als die Ampel auf Gelb sprang, versuchten sie, sich gegenseitig zu überholen, und stießen dabei mit den Schultern gegeneinander. Sie überholten sich dann zweimal gegenseitig und fuhren, so schnell sie konnten, in die kleine Nebenstraße zur Schule. Bei den Fahrradständern angekommen, traten sie sich gegenseitig die Luftpumpen weg.

Ole hatte in der ersten Stunde Mathematik, Geometrie. Während an die Tafel Dreiecke und Kreise gemalt wurden, dachte er an das neue Angeberfahrrad von David, dieses hässliche Gravelbike mit den dicken Reifen.

Eine Tür weiter in der Parallelklasse zitterte David noch am ganzen Körper und versuchte zur Beruhigung, an sein neues Offroad-Touring-Endurance-Rad zu denken. Er hatte den Namen lange geübt und kam jetzt ins Stottern, weil er so aufgeregt war. Sein Vater und der Verkäufer waren sich einig gewesen, dass dessen straßenorientierte Geometrie so viele Vorteile haben sollte. Das klang sehr gut, obwohl David nicht genau wusste, was *straßenorientierte Geometrie* bedeutete.

Überraschend richtete der Englisch-Lehrer eine Frage an ihn, die er auf Anhieb nicht verstand: „Why a subway is a very safe way to cross a busy London street?"

Er stotterte vor sich hin und die Mädchen in der Reihe hinter ihm kicherten. Sobald es zur Fünfminuten-Pause geklingelt hatte, ging er in die Nachbarklasse und stellte sich mit verschränkten Armen vor den Tisch von Ole: „Dein billiges Uralt-Rennrad hat so dünne Reifen, dass man sie gleich weglassen könnte."

Ole wirkte überrascht, blieb aber stumm.

Oles Sitznachbar spitzte die Lippen und fragte: „Ey, David, hast du noch alle Tassen im Schrank?"

Es klingelte schon wieder, David drehte sich schnell um und verließ Oles Klasse. Der Konflikt glimmte und grummelte untergründig durch die zweite Stunde: In Deutsch wurde *Gegenstandsbeschreibung* geübt. Ole beschrieb ein sehr schönes Rennrad mit eleganten Schmalspurreifen.

Henrik hörte im Raum nebenan nur mit halbem Ohr in Geschichte auf die Taten des römischen Feldherren Caesar in Gallien – er fand sowieso Asterix und Obelix besser. Stattdessen konzentrierte er seine kriegerische Energie ganz auf seine unter der Bank ins Handy getippten Mails und Botschaften an einige Mitschüler, in denen er Ole des kriegerischen Übergriffs auf sein Fahrrad beschuldigte und um kämpferische Unterstützung in der nächsten großen Pause bat.

Das Unglück wollte es, dass die aufmerksame Geschichtslehrerin sein Smartphone kurzerhand einzog und David in Aussicht stellte, er könne es am nachmittäglichen Ende des Schultages im Sekretariat abholen. Diese Maßnahme wirkte indes nicht sonderlich beruhigend und entspannend, denn David wechselte die Art der Mitteilung, die Lehrerin hätte gesagt: die Kommunikationsspur, aber sie bekam davon sowieso nichts mit. David schrieb nun etliche kleine Zettel, um sie unter den Tischen wandern zu lassen.

Tief und ausdauernd klang der Gong zur großen Pause, viele Jungen aus den Siebten suchten sich den Weg durch das Schülergetriebe in die äußerste Ecke des Schulhofes und hatten im sich dort bildenden Kreis das Gefühl, zur richtigen Zeit am richtigen Ort zu sein. Auch einige Schüler aus der neuen Ukraine-Klasse standen dabei – und wussten nicht so recht, was sie davon halten sollten, weil sie noch nicht so gut Deutsch konnten.

David und Ole standen sich gegenüber und schimpften. Es ging hin und her: „Du kannst nicht Fahrrad fahren!"

„Dein Fahrrad ist so was von hässlich!"

Und plötzlich wälzten sich beide auf den Platten des Schulhofes – allerdings nicht lange. Denn plötzlich war Hella da, die gerade gestern neu gewählte Schulsprecherin aus der Oberstufe, sie war wohl durch die lauten Anfeuerungsrufe aus der Runde angelockt worden. Mit einigen geschickten Griffen trennte sie die Streithammel, die – noch am Boden – sie erstaunt ansahen.

„Du bist keine Lehrerin, du darfst uns nicht anfassen", keuchte Ole.

„Ich kann Judo", lachte Hella, „das ist bei euch kein Spaß mehr, deshalb müsst ihr aufhören." Sie zog beide hoch und ging mit ihnen aus dem Kreis der Umstehenden hinaus und schob sie, beide jeweils an den

Oberarmen haltend, auf den Bürgersteig außerhalb des Schulgeländes. Sie redete länger mit den beiden Siebtklässlern, dann war zu sehen, wie sich Ole und David die Hand gaben.

„Was ist?", wollten einige Mitschüler aus Davids Klasse wissen, als die drei wieder auf das Schulgelände traten.

„Alles gut!", sagte David und Ole nickte.

Jetzt kam auch die aufsichtsführende Lehrerin dazu und fragte die Schulsprecherin, ob irgendetwas vorgefallen sei.

„Ein paar undurchdachte Redensarten und körperliche Verwerfungen", sagte Hella, „jetzt ist die Stimmung wieder gut." Sie grinste übers ganze Gesicht – und meinte zu den umstehenden Schülern: „Typisch Unterstufe eben."

„Sehr schön", sagte die Lehrerin, lächelte und ging wieder in Richtung Lehrerzimmer.

__Jochen Stüsser-Simpson__ liest, joggt und schreibt gern, lebt in Hamburg, unterrichtet Philosophie und Deutsch an der Schule Christianeum im Hamburger Westen an der Elbe – und seit 2022 auch Deutsch als Fremdsprache in einer Ukraine-Klasse. Verschiedene Veröffentlichungen in Papierfresserchens MTM-Verlag und dem Herzsprung-Verlag, als Einzelveröffentlichung: „Schauderwelsch, Spannende Texte zum Schmunzeln, Fürchten, Trösten, Lieben, Lachen …"

Mein Fahrrad Resi

Gemeinsam mit meiner kleinen Hündin Dreamy mache ich mich per Fahrrad auf zu meiner Freundin Ute. Ich freue mich schon auf unseren Kaffeeklatsch und natürlich auf den selbst gebackenen Kuchen. So können wir beide zwei Fliegen mit einer Klappe schlagen. Wir kaffeesieren und die Fellnasen Rakim und Dreamy toben im Garten.

Freudig strample ich, meine Hündin im Schlepptau, unsere Dorfstraße entlang. Da die freche Fellnase perfekt am Rad läuft, kann ich doch hin und wieder einen Blick in die Gärten der Nachbarn werfen. Alles blüht und grünt, wunderbar im Sommer. Ich liebe diese Farbenvielfalt und den Duft, der an jedem Busch, jedem Strauch und jeder Blüte anders ist. Es ist so, als wolle sich die Natur selbst übertreffen. Fröhlich, ein Lied summend, trete ich in das Pedal.

Mir kommt ein Vater mit seinem Kind auch radelnderweise entgegen. Die Kleine hat ein rotes Fahrrad. Als wir aneinander vorbeifahren, lacht sie mich freundlich an.

Dieses kleine rote Fahrrad! Mir kommt prompt meine erste Radtour mit meinem Herrn Vater in den Sinn. Mein Gott, ist das lange her.

Ach, ich war sechs Jahre alt und hatte mir nichts sehnlicher zu Weihnachten als ein rotes Fahrrad gewünscht, natürlich, wie das Leben so spielt, hatte ich es nicht bekommen. Es gab halt in der Ex-DDR an Weihnachten nun mal kein rotes Kinderfahrrad. Da spielte es auch keine große Rolle, dass mein Vater sogenannte *gute Beziehungen* durch seine Strickfirma hatte. Ja, es war schon so. Wenn man die hatte, bekam man fast alles. Wenn es die Sachen trotz dieser Beziehungen nicht gab, dann gab es das Gewünschte tatsächlich nicht. Doch das verstand ich damals als Sechsjährige noch nicht. Ich war darüber total unglücklich und konnte mich nicht an der neuen Puppe erfreuen. Da half es auch nichts, dass sie sprechen konnte, ein tolles rotes Kleid trug und einen Koffer voller Überraschungen bei sich hatte. Ich wollte sie nicht – und heute sitzt genau diese Puppe in ihrem roten Kleid in unserem Büro.

Doch zu meinem Geburtstag im Sommer ging mein sehnlichster Wunsch endlich in Erfüllung. Ich war total glücklich, hüpfte durch die Gegend und wollte natürlich gleich los. Da machte mir doch mein alter Herr einen Strick durch die Rechnung. Er hatte an diesem Tag keine Zeit für mich. Schließlich hatten wir Besuch und da musste er sich ja unterhalten. Ich konnte das einfach nicht verstehen. Waren die Gäste denn wichtiger als ich? Aber da das Wort von ihm bei uns Gesetz war, gab ich Ruhe, ging in mein Zimmer und wartete, bis meine Hörner sich verkleinert hatten.

Das kleine rote Rad wurde zu meinem Leidwesen am Abend in unseren Keller gebracht, wo es noch einige Tage stehen musste. Nicht gerade erbaut darüber, freute ich mich umso mehr, als es am Wochenende hieß, mir würde das Radfahren beigebracht.

Dann ging es endlich los. Vater holte das kleine, rote Rad aus dem Keller und schob es auf den Fußweg vor unserem Haus. Ich, stolz wie Bolle, in meinem besten Kleid, mit weißen Kniestrümpfen und von mir gehassten Lackschuhen hinterher.

Dann ging es los. Mir wurden eine gefühlte Ewigkeit die einzelnen Funktionen, die so ein Rad nun mal hat, erklärt. Aber das interessierte mich nicht, ich wollte endlich losstrampeln.

Dann kam der lang ersehnte Augenblick. Vater hielt das Rad und ich durfte aufsteigen. Mein kleines Kinderherz klopfte wie wild vor Aufregung. Es war herrlich, ich saß auf meinem kleinen, roten Rad. Dann trat ich langsam, wie Vater er gesagt hatte, in das Pedal. Er hielt mich fest und lief nebenher.

„Den Lenker gerade halten. Langsam strampeln. Eier nicht so herum! Pass auf. Schau, wo du hinfährst!" So ging es die ganze Zeit.

Aber ich saß doch das erste Mal auf einem Rad, wie sollte ich denn so schnell alles richtig machen?

Dann hatte ich den Dreh raus. Vater ließ mich eine kleine Strecke fahren, ohne festzuhalten, und es funktionierte. So durfte ich unter seiner strengen Aufsicht noch einige Male hin- und herradeln.

Anschließend kam das Rad, welches ich Resi nannte, wieder in den Keller. Komisch, auch meinen Autos gebe ich von jeher einen Namen. Das aktuelle heißt Fritz. Das ist halt so eine Marotte von mir seit Kindertagen.

Dann kam der Tag, an dem ich zusammen mit meinem Vater meine Großeltern per Fahrrad besuchen sollte. Ich wurde wieder herausgeputzt und musste diese furchtbaren grünen Lackschuhe, die überhaupt nicht zu meinem roten Fahrrad passten, anziehen. Aber ich durfte Rad fahren und da nahm ich, ohne zu nörgeln, diese Dinger in Kauf.

Die Strecke bis zu meinen Großeltern war ungefähr fünf Kilometer. Ich stieg, wie befohlen, auf und radelte vor meinem Vater her.

„Nicht so schnell und schön gerade ausfahren!", kam seine Anweisung. Machte ich.

Doch eine für mich als Sechsjährige lange Strecke, zudem ich so weit noch nie gefahren war, machte mich müde und meine Kräfte ließen nach. Vater merkte es nicht oder er wollte es nicht bemerken, ich musste immer, auch später noch, volle Leistung zeigen, sonst war Holland in Not. Ich hörte noch: „Nicht so weit an den Bordstein!"

Aber da war es schon passiert. Ich fuhr genau gegen diesen, machte einen riesen Satz über die Lenkstange und landete sehr unsanft auf dem Bürgersteig. Eine Dame, die das Ganze mit Entsetzen gesehen hatte, kam sofort zu mir und hob mich auf.

Mein Vater nahm mein Rad von der Straße und stellte es an einen Gartenzaun. Dann kam auch er zu mir.

„Ihr Kind hat sich ganz schön verletzt! Soll ich gehen und einen Krankenwagen holen? Im Rathaus gibt es ein Telefon, das ist nicht weit entfernt", fragte die nette Dame.

Als ich Kind war, gab es noch keine Handys und Telefone gab es nur an bestimmten Stellen, zum Beispiel bei Behörden oder ausgesuchten Personen, die meist bei der Staatssicherheit waren – wie mein Onkel Günther.

Mein Vater sah mich streng an. „Ein Krankenwagen wird nicht nötig sein! Ich kümmere mich jetzt selbst um meine Tochter!"

Die Frau stand auf und ging langsam weiter, doch sie drehte ich noch ein paarmal um und winkte mir zu. Wahrscheinlich tat ich ihr leid mit so einem Vater.

„Na, das hast du ja super gemacht. Das war es mit dem Besuch bei Oma! Steh auf und komm, wir laufen jetzt nach Hause! Dort kann deine Mutter die Wehwehchen beheben! Schade um das schöne, neue Kleid, das ist hin. Von den Lackschuhen gar nicht zu reden."

Mir tat mein ganzer Körper weh, doch ich wagte nicht, etwas zu sagen. Ich hatte ihm den Tag verdorben! Da musste ich mich nicht wundern, dass er nicht fragte, ob ich Schmerzen habe.

Er schob sein Fahrrad mit der einen Hand und trug meine kleine, rote Resi in der anderen. So lief er los, ohne sich nach mit umzudrehen. Ich stand mühsam auf. Meine Hände und Knie waren aufgeschrabbt und das Blut floss in meine Lackschuhe. Das schöne neue Kleid, was Vater mit erst genäht hatte, da er Schneider war, hing in Fetzen an mir.

So kam ich bei meiner Mutter an. Entsetzt über das Geschehene verband sie meine Hände und meine Knie, aber nicht, ohne mir einen Vortrag über den misslungenen Ausflug, das kaputte Kleid und die Lackschuhe, die nicht mehr zu gebrauchen waren, zu machen.

Frisch gewaschen, verbunden, ohne Abendbrot wurde ich ins Bett geschickt. Doch das machte mir nichts. Resi war heil geblieben und die dusseligen Lackschuhe musste ich nie wieder tragen.

„Wie gut, dass ich meine Kinder liebevoller erzogen habe", denke ich, als ich die Straße zu Utes Haus entlang radle.

Sie und ihr Hund stehen schon am Gartenzaun und empfangen uns. Die Hunde beginnen sofort zu spielen und zu toben und wir beide genießen unseren Kaffee und den selbst gebackenen Kuchen.

Olyvia Noak-Christ: *Jahrgang 1957, lebt in Kransmoor bei Bremerhaven, verheiratet, drei erwachsene Kinder, drei Hunde, nach dem Ausscheiden aus dem Lehrerberuf hat sie heute Freiraum für ihre Kreativität. Sie schreibt mit wachsender Begeisterung Kurzgeschichten, davon gibt es auch schon einige Veröffentlichungen, sie malt und töpfert. Sie liest sehr viel und gern und liebt lange Waldspaziergänge mit ihren Hunden.*

Der Ernst des Lebens

Es gab eine Zeit, da musste man im Flur telefonieren. Das Telefon hatte eine Schnur und die war sehr kurz. Das Telefonat auch. Denn deine Eltern konnten mithören, sie saßen quasi neben dir. Und es kostete ein Vermögen. Jede Minute wurde einzeln abgerechnet. Also fasste man sich kurz. Nur wichtige Dinge klärte man am Telefon. Verabredungen hingegen wurden von Angesicht zu Angesicht getroffen. Man schellte einfach bei Freunden an.

Das war dieselbe Zeit, zu der man sein Lecker am Kiosk kaufte, Sticker tauschte, bunte Plastikschnuller an seinem EASTPAK trug und ein Fahrrad die größte Freiheit bedeutete.

Meine Oma sagt immer, ich soll, so lange ich jung bin, mein Leben in vollen Zügen genießen. Der Ernst kommt von ganz alleine. Aber wann kommt der Ernst und wie sieht der eigentlich aus? Das hat sie nicht gesagt. Jetzt bin ich 16. Wie viel Zeit hat man da noch? Die Freiheit ist dann auch weg, sagt Oma. Ich dachte, die Freiheit kommt erst, wenn man auszieht und nur noch das machen kann, was man will. Egal, jetzt wird erst mal gefeiert.

„Guten Morgen, Mäuschen. Alles Liebe zum Geburtstag." Meine Mutter stürmt auf mich zu und drückt mir etliche Küsschen auf die Wange. Zu viele für meinen Geschmack.

„Verdreh nicht schon wieder die Augen! Zumindest an deinem Geburtstag darf ich dich wohl noch umarmen, oder?"

Als Nächstes ist Papa dran. „Happy birthday, Große."

„Danke." Auf dem Tisch steht ein Geburtstagskuchen mit 16 Kerzen, die ich wohl auspusten soll, denn meine Eltern starren mich erwartungsvoll an.

„Na los, puste sie schon aus!"

Was würde ich ohne meine Mutter machen? Ich puste alle Kerzen auf einmal aus und meine Eltern klatschen. Echt jetzt? Voll peinlich.

„Dein Geschenk wartet vor der Tür auf dich." Mama platzt fast vor Aufregung. Wer hat hier eigentlich Geburtstag? Und wer wartet vor der Tür? Der Ernst? Papa öffnet ebenso schwungvoll wie feierlich die Haustür und da steht es: ein schwarzes Hollandrad. 28 Zoll, 3 Gänge, Rücktritt und ein ziemlich gemütlicher Gepäckträger. Der Inbegriff der Freiheit.

„Wow, wie cool. Das ist der Hammer. Danke."

Ich kann es nicht fassen, so ein geniales Geschenk. Ich will es sofort ausprobieren und besteige mein neues Gefährt. Ich trete in die Pedale und stelle fest, dass ich ziemlich in die Pedale treten muss, um voranzukommen. Doch wenn man erst einmal Fahrt aufgenommen hat, dann wehen die langen, blonden Locken im Wind wie in der *Drei-Wetter-Taft*-Werbung.

Großartig. Nach drei Runden ist mein altes Trekkingrad – 24 Zoll, in Flieder-Metallic – bereits vergessen. Mama und Papa stehen immer noch im Hauseingang, freudestrahlend. Und sie winken mir jetzt zu.

„Schau mal, Werner! Sie sieht noch größer aus mit dem neuen Rad." Das weiß dann jetzt die ganze Straße, so wie Mama kreischt. Papa grinst. Er genießt es, wenn ich mich schäme.

„Das Fahrrad ist super, danke schön." Es gibt eine neue Runde Umarmungen für alle. Dann gehen wir rein und fallen über den Kuchen her. Ich nutze die heitere Stimmung, um ein wichtiges Thema anzuschneiden.

„Mama, darf ich heute bei Nele schlafen?" Der Plan ist, dass ich bei Nele schlafe und Nele bei mir und in echt sind wir auf der angesagtesten Party des Jahres. So der Plan.

„Ich weiß nicht. An deinem Geburtstag? Frag deinen Vater!"

„Aber Papa sagt immer Nein."

„Das stimmt nicht, manchmal sagt er auch Ja."

Na wunderbar, meine Chancen stehen 50/50.

„Papa, darf ich heute bei Nele schlafen?" Ich setze meinen Hundeblick auf ...

„Nein."

... der anscheinend nichts bringt. Meine Mundwinkel hängen nach unten und ich ziehe einen Flunsch.

„Pass auf, dass du nicht auf deine Lippe trittst!"

Standardspruch.

Echt nervig.

„Boah Papa. Heute ist mein Geburtstag." Ich stehe kurz vor einem Heulanfall, da grinst er mich an.

„Ausnahmsweise."

Der Abend ist gerettet. Ich gebe ihm ein Küsschen und verdrücke mich auf mein Zimmer. Das Telefon nehme ich mit. Zum Glück ist das Kabel so lang, dass es gerade bis in mein Zimmer reicht. Geschickt führe ich das Kabel unter dem Türspalt durch und schließe die Zimmertür. Ich wähle Neles Nummer und dehne die Schnur des Hörers auf ein Maximum, gerade so, dass ich mich am Bett anlehnen kann. Was würde ich darum geben, bequem im Bett zu telefonieren.

„Hallo?", meldet sich Nele.

„Juhuu, ich bin's."

„Ahhhhh, happy birthday, Süße."

Ich bin taub.

„Danke. Stell dir vor, ich habe ein schickes Hollandrad bekommen, in Schwarz."

Ich bin ziemlich stolz. Danach kommt das übliche Blabla. Wer zieht was an? Wann trifft sich wer wo? Wer klaut den Alkohol, wer die Zigaretten? Wer hat den süßesten Freund? Das bin eindeutig ich. Und ich muss mich beeilen, denn der erwartet mich um Punkt 20 Uhr am Büdchen. Drei Stunden später ist es vollbracht. Ich verabschiede mich von meinen Eltern und möchte möglichst schnell die Biege machen, aber meine Mutter hat andere Pläne.

„So willst du gehen?" Mama verzieht das Gesicht.

„Ja, warum? Ich verstehe die Frage nicht."

„Du siehst aus wie 19."

Alles richtig gemacht. Ich ignoriere sie einfach, aber sie redet weiter: „Und was macht ihr heute?"

Wie kann man so neugierig sein?

„So Mädchenkram." Was Besseres fällt mir spontan nicht ein.

„Aber du fährst doch nicht mit deinem neuen Fahrrad, oder?"

„Ist es ein Stehrad? Natürlich fahre ich damit. Geht viel schneller." Und dann kommt das, was immer kommt.

„Pass gut auf dich auf, Mäuschen! Und geht nicht zu spät ins Bett. Ich wünsche euch viel Spaß. Und fahr schön vorsichtig, du musst dich erst an das neue Rad gewöhnen. Ich hab dich lieb."

„Tschüss", trällere ich im Gehen. Papa winkt schon wieder. Was stimmt mit denen nicht?

Ich schnappe mir Ernst und treffe mich am Kiosk um die Ecke mit Daniel. Ich schenke ihm mein schönstes Lächeln, denn ich bin mal wieder spät dran.

„Sorry, meine Eltern, ach egal." Ich winke ab.

„Wow, du siehst mega aus. Glückwunsch. Dein Geschenk gibts später." Er umarmt mich und gibt mir einen Kuss. Sein Parfum riecht nach Mandarine und Leder. Ich liebe es.

„Komm, lass uns fahren! Wir sind spät dran."

Für diesen Kommentar ernte ich einen bösen Blick. Stolz führe ich ihm Ernst vor, mein neues Rad. Daniel grinst. Ich finde ihn so schön. Also Daniel. Aber Ernst auch.

Daniel schwingt sich auf Ernsts Sattel und ich setze mich im Damensitz auf den Gepäckträger. Meine Arme schlinge ich eng um seinen Oberkörper, meinen Kopf lehne ich an seinen warmen Rücken. Erneut durchströmt mich sein betörender Duft. In dem Moment denke ich an Oma und an die Freiheit. Die Straßen sind leer und außer dem Surren der Kette ist kaum etwas zu hören.

„Kippe?", will Daniel wissen und reicht mir auch schon eine glühende Zigarette nach hinten.

Ich bin wie der Marlboro-Mann aus der Werbung, nur ohne Pferd, ohne Chaps und ohne Hut. Aber die Freiheit kann ich spüren. Ich könnte ewig so weiterfahren. Leider sind wir schon da. Meine Freunde gratulieren mir und dann lassen wir es so richtig krachen.

Hat Oma ja gesagt. Was dann kommt, nennt man einen richtig üblen Filmriss. Ich erinnere mich nicht, was passiert ist. Ich bin erst spontan nüchtern, als wir fahren wollen und Ernst weg ist.

„Shit! Meine Eltern bringen mich um, das war bestimmt teuer. Ich habe es doch erst heute bekommen." Ich klinge leicht hysterisch.

„Quatsch, wir finden Ernst. Du hast den doch abgeschlossen", lallt Daniel.

„Ich dachte, du hast abgeschlossen. Echt jetzt? Ich fasse es nicht. Und wo bitte ist mein Scheiß-Geschenk?"

Daniel fasst in seine Tasche und holt eine Fahrradklingel heraus. Schwarz mit einem pinkfarbenen Herz. Er klingelt.

RING RING.

„Der Moment ist vielleicht etwas unpassend." Er zieht eine Grimasse und ich heule los.

Jetzt kann mich nur Nele aufmuntern. Wo die wohl steckt?

„Juhuu, ich habe mir Ernst geliehen und bin zur Tanke, Kippen holen." Nele rollt an und ich bin so glücklich.

Oma hat recht, der Ernst des Lebens kommt noch früh genug.

Vanessa Schröder *ist 43 Jahre alt, verheiratet, Mutter eines Sohnes und lebt mit Familie, Hund und Hühnern am schönen Niederrhein. 2021 beendete sie nach mehr als 20 Jahren ihre Berufslaufbahn als Chemielaborantin, um sich intensiv ihrer Kreativität zu widmen. Yoga, abstrakte Malerei und Lesen gehören zu ihrer liebsten Freizeitbeschäftigung. Ihre Leidenschaft für das Schreiben hat sie erst kürzlich neu für sich entdeckt.*

Sonntag

Ich trete kräftig in die Pedalen. Unter mir der Asphalt. Es ist 7.30 Uhr. Auf den Straßen sehe ich keine Menschen. Vielleicht schlafen sie noch. Nach einem lauschigen Abend, den sie mit Freunden verbrachten, ruhen sie in ihren Betten. Ein Abend mit einigen Gläsern Rotwein und fröhlichen Gesprächen. Oder sie spielen mit ihren kleinen Kindern, alle in Pyjamas, auf dem Teppichboden im Wohnzimmer.

Heute will ich mich auspowern. Den Kopf frei bekommen. Das Wetter ist perfekt für eine Tour. Es ist nicht zu kalt und nicht zu heiß. Der Wind bläst mir entgegen, lässt meine Haare fliegen. Er wird meine ganze Kraft fordern.

Ich lasse das Dorf hinter mir. Die Rapsfelder strahlen nahezu magisch in sattem Gelb Richtung Himmel. Sie verwandeln die Umgebung in eine Glanzlandschaft.

Es liegt eine harte Arbeitswoche hinter mir. Elf Stunden täglicher Dauerstress. An manchen Tagen bis zu acht Besprechungen. Gestern Abend kam ich um 23.00 Uhr von einer Dienstreise heim.

Der Sonntagmorgen hat etwas Friedliches. Von Weitem sehe ich einen Jogger, der sich in einem gleichmäßigen Tempo fortbewegt. Agil drückt er sich vom Boden ab. Sein Oberkörper ist gerade aufgerichtet. Die Arme schwingen nah am Körper. Er bewegt sich voller Leichtigkeit.

Gefühlt lag ich die ganze Nacht wach. Wälzte mich von der rechten auf die linke Seite, dann mal auf den Rücken. Zahlen tauchten vor meinen Augen auf. Fragen. Hatte ich alle Aufgaben der Woche erledigt? Nichts vergessen? Waren meine Verhandlungen mit den externen Anbietern gut genug? Hoffentlich würde der neue Mitarbeiter bald effektiver arbeiten, sonst würden wir das Arbeitspensum nicht schaffen.

Heute Morgen schlief ich erschöpft ein. Ich zwang mich, aufzustehen. Gern hätte ich mal länger geschlafen. Doch das wöchentliche Sportprogramm muss noch erledigt werden.

Radfahren fordert mich. Ich will meine ganze Anspannung der Arbeitswoche in meine Beine senden. Sie aus meinem Körper leiten. Trotz Gegenwind zwinge ich mich, in einem gleichbleibenden Tempo zu fahren.

Mir kommt eine Fahrradgruppe von Senioren entgegen. Gemütlich radeln sie durch die strahlend gelben Felder. Vorweg ein Mann. Er trägt lange, weiße Socken in braunen Sandalen. Ganz in Beige bekleidet, führt er die Gruppe an. Die Ausflügler sind bestens gelaunt. Sie unterhalten sich lautstark und lachen unbeschwert.

Meine brennenden Oberschenkel machen mir zu schaffen. Eigentlich würde ich gern eine Pause einlegen. Doch das erlaubt meine Tagesplanung nicht. Ich beiße die Zähne zusammen und versuche, mich abzulenken, indem ich auf meine Atmung achte.

Wie ein Blitz schlägt die Frage bei mir ein, ob ich die Anfrage der Firma Nägelsmann beantwortet hatte. Wenn ich nach Hause komme, muss ich das sofort prüfen. Am liebsten würde ich sofort umdrehen und mich darum kümmern.

Meine Route führt mich in den Wald. Er strahlt in einem satten Grün. Die Bäume spenden Schatten und schenken eine angenehme Kühle. Ich höre den Wind, der durch die Blätter fegt. Der Weg wird holprig. Die Fahrt über die Baumwurzeln fordert meine Konzentration. Ich höre das Plätschern von Wasser. In meiner Nähe muss sich ein Bach befinden.

Als Kinder spielten wir oft am Bach. Hoch konzentriert falteten wir Schiffchen aus Papier. Sorgsam setzen wir diese auf das Wasser. Dann saßen wir ruhig da und beobachteten die schwimmenden Papierkunstwerke. Wir lebten in unserer eigenen Welt.

Kurz entschlossen biege ich links ab und fahre auf ihn zu. Sein Plätschern hat etwas Bezauberndes. Ich setze mich auf einem dicken Stein und beobachte das Dahinfließen des Wassers.

Mit Anna und Thomas waren wir die Abenteuer-Bande. Der Wald war unser Erkundungsraum. Wir warfen Steinchen in den Bach. Jeder wollte den Stein am weitesten hineinschleudern. Ich muss schmunzeln, als mir wieder einfällt, wie Thomas dabei ins Wasser fiel. Seine Hose und Schuhe waren komplett nass. Lachend zogen wir ihn aus dem Wasser. Damals verbrachten wir Stunden im Wald. Wenn es dunkel wurde, war das für uns das Zeichen, nach Hause zu gehen.

Ich spüre, wie meine Atmung durch das friedliche Plätschern des Wassers ruhiger wird. Die Vögel zwitschern voller Leidenschaft. Als ob sie sich mit ihrem Gesang übertrumpfen möchten. Manchmal höre ich ein Rascheln. Die tierischen Waldbewohner halten sich bedeckt. Ich hebe ein paar Steine auf und werfe sie nacheinander ins Wasser. Dabei beobachte ich die entstehenden Wasserwellen.

Mit geschlossenen Augen nehme ich die Gerüche des Waldes wahr. Meine Nase umhüllen erdige und modrige Gerüche. Mein Rad lehnt an einem Baum, als warte es auf mich. In aller Ruhe und Geduld. Ich fühle mich von ihm nicht mehr gedrängt.

Später werden wir weiterradeln. Entspannt und leicht. Irgendwann.

Auf der anderen Seite des Baches sehe ich ein Reh. Nur einen kurzen Moment schaut es mich an. Sein Blick sagt mir: „Du hast heute etwas sehr Kostbares wiederentdeckt." Dann verschwindet es lautlos, als wären wir uns nie begegnet.

Silke Glomb lebt im Rheinland. Sie erkundet gerne die Region mit dem Fahrrad. Neben ihrer Liebe zur Natur schreibt sie Kurzgeschichten.

Aufgehockt

Thorben studierte aufmerksam die Speisekarte. Warum nur hatte er sich von Ralf und Freddy überreden lassen, sich ausgerechnet in einem Grillrestaurant zu treffen? Schließlich lebte er seit etwas über einem Jahr vegan. Wie erwartet quoll die Karte über vor Fleischgerichten, doch der einzige Salat im Angebot war mit Joghurtdressing und Feta. Ein Unding. Das dümmliche Grinsen seiner sogenannten Freunde ließ in ihm den Verdacht aufkommen, dass sie seine Misere insgeheim genossen. Seine Ernährung war bereits früher Ziel ihres Spottes gewesen. Das konnte ja heiter werden.

Die Menüauswahl war traurig, doch die Getränkekarte versprach einen feuchtfröhlichen Abend und hob seine Laune schlagartig. Thorben entschied sich für flüssiges Brot.

„Dein Ernst?", fragte Freddy zu seiner Rechten.

„Du nimmst nur ein Bier?", rückversicherte sich Ralf zu seiner Linken.

„Guinness." Thorben leckte sich voller Vorfreude die Lippen.

Ein Schulterzucken seiner Freunde.

Nach dem dritten Stout gefiel ihm das Restaurant gar nicht mehr so schlecht und sein vor Hunger knurrender Magen gab sich besänftigt. Es hätte ein lustiger Abend werden können, hätte Freddy nicht mal wieder irgendwelche Kindermärchen ausgepackt. Dieses Mal ging es um eine lokale Legende.

„Er hockt sich nachts auf den Rücken von Wanderern, wird mit jedem Schritt schwerer, bis sein Opfer zusammenbricht."

„Wo hast du das denn her?"

„Von einer Freundin."

„Doch nicht die mit dem Gläserrücken, oder?"

Thorben stöhnte. Seit Freddy sich mit übernatürlichem Blödsinn beschäftigte, war er nicht mehr derselbe. Erst waren es Geister und Sèancen und jetzt Huckepackdämonen. Thorben hatte genug von dem

Unsinn, sein knurrender Magen tat sein Übriges. Er erhob sich und erklärte: „Erzählt ihr euch weiter eure Gruselgeschichten. Ich fahre nach Hause."

„Du willst jetzt noch mit dem Rad fahren?"

Die Besorgnis in Ralfs Stimme ärgerte Thorben. Natürlich konnte er fahren. „Das nächste Mal suche ich das Essen aus", erklärte Thorben. Damit zahlte er und verließ das Restaurant.

„So was nennt sich Freunde", schimpfte er in Gedanken vor sich hin, während er das Fahrradschloss löste. Beim Aufsitzen merkte er, wie der Boden schwankte, und wäre beinahe gestürzt. Sollte Ralf am Ende recht haben? Nein, entschied er. Beim zweiten Versuch klappte es besser und er radelte los.

Bis zu seinem Zuhause waren es nur wenige Kilometer. Der größte Teil des Weges führte über Feldwege, die zwischen den Ortschaften lagen. Der Schein seiner Fahrradlampe zuckte hin und her. Thorben kämpfte mit dem Lenker. Verdammt. Er schien seinen eigenen Willen zu haben. Mit einem Mal musste er an Freddys Geschichte denken. Ein dämonisches Wesen, das sich auf den Rücken hockt. Er lachte und rief: „Das will ich sehen, wie du mich kriegst", in den Fahrtwind. Sein Tacho zeigte knapp über 20 Stundenkilometer an. Das würde keine Gruselgestalt schaffen. Thorben fühlte sich mit einem Mal unbesiegbar.

Wind kam auf und blies ihm ins Gesicht. Er schaltete den E-Motor höher. Jetzt musste er doch ein wenig strampeln. Aber kein Problem, beruhigte er sich. Die digitale Geschwindigkeitsanzeige am Lenker zeigte konstante 20 Stundenkilometer.

Dicke Wolken schoben sich vor den Mond und es wurde finster. „Muss das jetzt sein?", dachte Thorben. Nass werden wollte er nicht.

Was war das? Eine Bewegung am Feldrand? Oder waren es nur Schatten von irgendwelchen Gräsern? Thorben wurde ein wenig mulmig zumute. Er trat in die Pedale.

„Verfluchter Freddy mit seinen Horrorgeschichten, jetzt fürchte ich mich schon vor meinem eigenen Schatten", brummte er vor sich hin.

Etwas raschelte im Busch vor ihm. Sein Fahrradlicht fiel darauf.

Zwei runde Lichtpunkte.

Thorben keuchte, seine Hände zitterten. Beinahe hätte er den Lenker verrissen. Hastig hetzte er weiter. Seine Beine wurden bleischwer. Er schaltete den Motor auf die höchste Stufe. Trotzdem sank seine Geschwindigkeit.

18 Stundenkilometer.

Thorben keuchte. Er spürte ein Brennen in den Beinen. Nichts wie weg von dem Busch.

16 Stundenkilometer

Er versuchte, schneller zu treten, doch jedes Mal fiel es ihm schwerer, die Beine überhaupt zu bewegen.

14 Stundenkilometer.

Was hatte Freddy erzählt? Das Monster würde immer schwerer? Thorbens Herz raste, er wagte nicht, zu seinen Füßen zu schauen. Das Gefühl von winzigen Krallen drang durch den Stoff seiner Hose.

12 Stundenkilometer.

Er musste seinen Heimatort erreichen. Laut der Geschichte ließ der Dämon los, wenn man an der Kirche vorbeikam. Doch die Straßenbeleuchtung und die ersten Häuser waren noch so weit entfernt.

10 Stundenkilometer.

„Was habe ich mir nur gedacht?", jammerte Thorben. Wie hatte er nur an der Geschichte und an seinen Freunden zweifeln können.

8 Stundenkilometer.

Was würde geschehen, wenn er stoppte? Würde der Dämon über ihn herfallen? Thorben schlotterte am ganzen Körper. Er brauchte all seine Konzentration, um nicht im Graben zu landen. Er umklammerte den Lenker und wagte kaum, auf den Tacho zu schauen. Was, wenn er stehen blieb? Würde sich das Monster auf ihn stürzen?

7 Stundenkilometer.

Thorben traten die Tränen in die Augen. Er wollte sich bei Freddy und Ralf für seine Überheblichkeit entschuldigen. Sie waren seine Freunde und er hatte auf sie herabgeblickt, nur weil sie eine andere Lebensweise hatten.

6 Stundenkilometer.

„Es tut mir leid, es tut mir so leid", wimmerte Thorben. Sein Körper schmerzte und Tränen nahmen ihm die Sicht. Das Stechen in seinen Beinen raubten ihm beinahe die Sinne.

So mit sich beschäftigt, entging ihm beinahe, wie es um ihn herum heller wurde.

Er hatte das erste Haus erreicht. Sein Atem ging stoßweise und seine Lunge brannte wie Feuer. Doch seine Beine fühlten sich leichter an. Er blickte an sich herab, konnte aber nichts Außergewöhnliches erkennen. Hatte er sich alles nur eingebildet?

Schwitzend und abgekämpft bog er in seine Einfahrt ein.

„Nie wieder nach dem Biertrinken Fahrradfahren", dachte er. Und ihm war, als hörte er ein höhnisches Kichern aus der Dunkelheit.

Dominique Goreßen, *Jahrgang 1986, lebt mit zwei Söhnen, Lebensgefährte und Kater im Westzipfel Nordrhein-Westfalens. Hauptberuflich zaubert sie eine kunterbunte „Fantasiewelt" für die Kinder ihrer Kindertagesstätte. Neben dem Schreiben sind Fotografie, orientalischer Tanz und Heavy Metal ihr Ausgleich zum Alltag. Eine Übersicht ihrer bisherigen Veröffentlichungen sind unter https://dominique-goressen.jimdosite.com sowie bei Instagram unter „Wortweltenschmiede" zu finden.*

Glaub an dich!

Könnt ihr schon Rad fahren? Wie habt ihr das Radfahren gelernt? Ihr fragt euch vielleicht, wie ich das Radfahren erlernt habe? Wenn ich zurückblicke, treten gemischte Gefühle auf. Zum einen, weil ich sehr enttäuscht war über das Verhalten meiner Mutter. Zum anderen sind da Freude und Stolz, es allen bewiesen zu haben, dass ich nicht zu dumm war, um das Radfahren zu lernen.

Wenn wir heute zusammensitzen, leckeren Kaffee mit einem Kuchen vernaschen, lachen wir oft über das Erlebnis, wie mein Bruder und ich das Radfahren lernten. Immer wieder können wir herzhaft darüber lachen. Alles begann, als mein älterer Bruder und ich von unserem lieben Nachbarn zwei Mädchenräder in Rot geschenkt bekamen. Seinen Enkelinnen, die Zwillinge waren, schenkte der Opa neue Fahrräder, somit durften wir die alten bekommen. Wir freuten uns sehr, fragten uns aber auch, wie das Fahrradfahren wohl funktionierte. Einfach draufsetzen und losradeln? Nein, ganz so einfach war es sicherlich nicht.

Mein älterer Bruder schob das Rad an einen kleinen Hang. Er setzte sich drauf, dann ließ er sich den Hang hinunterrollen, dabei trat er ordentlich in die Pedalen. So gewann er das Gleichgewicht und fuhr stolz über die Hofanlage. Ziemlich riskant von ihm, doch so war er. Zum Glück landete er nicht an einem Baum oder sogar vor einem Auto oder Bus.

Ich brauchte dafür länger, da ich mich vorsichtiger an neue Sachen tastete. So setzte ich mich auf den Sattel des Rads, meine Mutter fasste mit ihrer rechten Hand an den Sattel, um mich zu unterstützen, damit ich das Gleichgewicht finden konnte. Leider wackelte sie zu sehr mit der Hand, sodass das Rad nach rechts und links kippte und in mir die Angst erhöhte, auf den Boden zu stürzen. Sie konnte mir einfach nicht die Sicherheit geben, die ich benötigt hätte. Vor Angst rutschte ich vom Sattel, blieb stehen.

Nach drei Versuchen motzte sie mich an: „Du bist zu dumm zum

Radfahren!" Dann setzte sie meinen kleineren Bruder auf das Rad, schob ihn zum Hochhaus, wo sie das Rad in den Radständer stellte.

Ich war enttäuscht über die bösen Worte der Mutter, lief zum Radständer, zog das Rad heraus, schob es einige Meter. Anschließend beugte ich mich über das Rad, nahm die rechte Pedale mit der Hand, drehte sie nach oben. Als Nächstes setzte ich mich auf den Sattel, das rechte Bein auf die Pedale, das linke auf dem Boden. Jetzt begann ich langsam, das Pedal durchzutreten – das Rad bewegte sich. Ich nahm das linke Bein auf die linke Pedale, um beide Pedale zu treten. Die ersten Meter wackelte ich hin und her, sodass ich wieder vom Rad rutschte, um anzuhalten. Ich musste das Gleichgewicht hinbekommen, dann klappte es auch mit dem Radfahren, da war ich mir sicher. Ich gab nicht auf. Ich wollte meiner Mutter beweisen, dass ich nicht dumm war!

Es dauerte drei Versuche, dann hatte ich den Dreh raus, radelte stolz über die Hofanlage. Mein älterer Bruder raste an mir vorbei wie ein Windsturm, dabei lachte er voller Freude. Wie überglücklich war ich. Die Freude, die Energie sprühte in mir vor Glück. Schnell fuhr ich zum Hochhaus zurück, stellte das Rad im Radständer ab. Ich klingelte wie vom Affen gebissen, voller Eifer, voller Übermut. Die Haustür öffnete sich, eilig rannte ich die paar Treppen im Treppenhaus hinauf zur Haustür, wo meine Mutter stand. Ich hüpfte herum, sagte in schnellen Worten immer wieder: „Komm mit. Komm mit. Jetzt komm doch mit nach draußen. Ich will dir was zeigen."

Sie wunderte sich über mein aufgedrehtes Verhalten, da sie mich noch nie so erlebt hatte. So zog ich sie an der Hand mit mir. Sie griff schnell nach dem Haustürschlüssel, damit sie sich nicht aussperrte. Neugierig folgte uns mein kleiner Bruder. Was war passiert? Warum war sie so aufgedreht?

Ich eilte voraus in den Hof, wo das Rad stand. Schnell klappte ich den Fahrradständer nach oben, setzte mich auf das Rad, um loszufahren. Ich zeigte ein stolzes Lachen, als ich eine Runde nach der anderen um sie herum drehte.

Kaum war ich losgefahren, folgten die Worte: „Na also, geht doch!"

Mein kleiner Bruder freute sich mit mir, während die Mutter wieder im Haus verschwand. Mein Herz aber war wieder einmal verletzt von ihrer ablehnenden, lieblosen Art. Ich hatte ihr bewiesen, dass ich nicht dumm war, sondern dass ich es konnte, auch wenn ich einige Versuche mehr benötigte. Es hätte sicherlich schneller geklappt, wenn sie den

Sattel nicht so lustlos festgehalten hätte, dann wäre das Rad nicht hin- und hergekippt. Sie hatte wohl gemeint, dass zwei Sekunden reichen würden, um das Gleichgewicht zu halten. Ich hätte gerne gewusst, wie sie das Radfahren erlernt hatte. Konnte sie überhaupt Rad fahren? Ich weiß es nicht. Es wird wohl immer ein Rätsel bleiben.

Als ich später zu meiner Tante ziehen musste, fuhr ich immer auf dem alten Rad meiner Oma. Es war viel zu groß für mich, um auf dem Sattel sitzen und in die Pedalen treten zu können. Meine Beine waren zu kurz, was mich aber nicht davon abhielt, mit dem Rad über den Hof zu fahren. So stand ich auf dem Rad, drehte stolz meine Runden, wenn meine Oma mir freudig zulächelte. Sie war die Einzige, für die das Loben kein Fremdwort war. Nein, meine Oma war eine ganz liebevolle, herzliche Frau, an die ich heute noch denke und die ich sehr vermisse. Ich konnte nur knapp zwei Jahre mit ihr erleben, dann verstarb sie.

Ebenfalls erinnere ich mich gerne an meine Grundschulzeit, an die Religionsstunden, die ausfielen, weil der Pfarrer krank war oder zu wenig evangelische Schüler an dem Tag im Schulhaus waren. Einmal haben mein bester Kumpel Michael und ich uns zwei Räder aus den Fahrradständern geholt, um damit auf der Straße zu fahren sowie über das Gelände der Schule. Mein Lieblingsrad war ein altes, gelbes Renn- rad, das einem Jungen gehörte, den ich gut kannte, doch dem ich nicht verraten hatte, dass ich mir hin und wieder sein Fahrrad auslieh.

Was für eine Freude hatten Michael und ich. Was haben wir gelacht. Es war so herrlich. An einem Tag waren wir beide zu aufgedreht. Wir ra- delten kreuz und quer auf der Straße und über den Schulhof. Wenn wir aneinander vorbeifuhren, schnitten wir Grimassen. Plötzlich knallte es, wir stürzten zu Boden. Was war passiert? Vor lauter Quatsch und Über- mut waren wir aufeinandergefahren. Schnell standen wir auf, prüften die Fahrräder, ob etwas defekt war, doch zum Glück sah man nichts. Es waren keine neuen Räder, die wir uns ausgeliehen hatten, sie besaßen schon Kratzer, so fiel es weiter gar nicht auf, wenn da einige neue hinzu- kamen. Wir schoben die Räder zurück an ihren Platz, setzten uns auf die Schulhofmauer, wo wir herzhaft weiter lachten. Zum Glück hatten wir uns selbst nicht verletzt. Einer von uns hätte sich ernsthaft am Kopf verletzen oder sich sogar einen Arm brechen können. Ein paar kleine Schürfwunden hatten wir abbekommen, doch die schmerzten nicht so.

Tja, so ist es, wenn man zu aufgedreht, zu übermütig ist, eine Sekun- de nicht aufgepasst – schon ist es passiert.

Zu dieser Zeit vergötterte ich übrigens Rennräder. Als an einem Tag Sperrmüll war, sah meine Tante ein altes, blaues Rennrad auf dem Gehweg stehen. Sie schob es nach Hause, wo sie es mir überreichte. Oh, wie freute ich mich! Mein eigenes Rennrad, mit dem ich durch den Ort fuhr.

Cindy Paver, *Drehbuchautorin und Schriftstellerin aus Markgröningen. Hobbys: ihre Colliehündin, Gedichte, Geschichten und Liedtexte schreiben, Singen und Tanzen.*

Nur noch 40 Kilometer bis Cuxhaven

„Name, Vorname?"

„Reimers, Henriette."

„Geburtsdatum? Adresse?"

Ich rattere dem uniformierten jungen Mann meine Daten herunter und schaue ihm dabei zu, wie er sie auf seiner Tastatur eintippt. Zwei-Finger-Suchsystem, typisch, die Jugend von heute. Vom Aussehen her erinnert mich der Zollbeamte ein bisschen an meinen Ex-Mann in seinen besten Jahren. Der wirkte auch immer so fesch in seiner Feuerwehruniform.

„Was genau hat Sie nach Bremerhaven geführt, Frau Reimers?"

„Der Weser-Radweg!"

Er stutzt, seine Zeigefinger verharren über der Tastatur.

Offensichtlich ist es schwer, zu glauben, dass eine Frau Ende 50 alleine mit dem Fahrrad auf dem Weser-Radweg nach Bremerhaven fährt. Wobei – alleine war ich die meiste Zeit nicht. Vor einer Woche sind meine Freundin Gundula und ich in Hannoversch Münden gestartet. Kurz hinter Verden hat ein Schlagloch sie leider zu Fall gebracht – Handgelenk gebrochen. Die Ärmste! Normalerweise bin ich diejenige, die Pleiten, Pech und Pannen gebucht hat.

„Henny", hat Gundula gesagt, als sie in dem weißen Krankenhausbett lag, „du brichst jetzt nicht ab. Du fährst diese Tour zu Ende – für dich und für mich! Das hast du dir nach der Scheidung verdient."

Und hier bin ich also. Stolz, schon sieben Etappen und ungefähr 480 Kilometer geschafft zu haben. Wehmütig, dass mein letztes Ziel, die Kugelbake in Cuxhaven, nur noch wenige Stunden entfernt ist. Und verärgert, dass ich jetzt, anstatt die Unterweser entlangzuradeln, in den Überseehäfen von Bremerhaven im Zoll festsitze und wie eine Schwerverbrecherin behandelt werde. Es sind nur noch 40 Kilometer bis Cuxhaven.

„Frau Reimers", setzt der junge Beamte wieder an, „Sie wollen mir also erzählen, dass Sie mit dem Rad durch unseren Hafen fahren und rein zufällig einen Beutel Haschkekse mit sich führen?"

Ich verkneife mir ein Augenrollen. Was glaubt der denn von mir? Bestimmt wurden die mir untergeschoben. Weiß doch jeder, dass sich im Hafen zwielichtige Gestalten und Schmuggler herumtreiben. Um die sollte er sich mal kümmern!

„Hören Sie", rede ich auf ihn ein, „auch wenn es Ihnen schwerfällt, mir zu glauben. In dieser Tasche sind meine Regensachen, die ich in den letzten Tagen nicht einmal herausgeholt habe. Ich weiß nicht, wie dieses Zeug da hineingekommen ist."

Weiß ich wirklich nicht. Vielmehr bin ich äußerst überrascht gewesen, als sich mir beim Verlassen der Überseehäfen der Zollbeamte entgegengestellt und meine Fahrt gestoppt hat. Seinen Hund habe ich noch ganz niedlich gefunden, bis dieser meine Gepäckträgertasche angebellt und der Mann den Beutel mit dem Gebäck herausgezogen hat.

„Da war aber jemand fleißig! Weihnachten ist doch erst in vier Monaten."

Lustig hat er auch noch sein wollen. Wenn der wüsste, was ich für eine Niete im Backen bin!

Der Zollbeamte tippt wieder etwas in seinen Computer. „Welche Route sind Sie heute gefahren?"

„Immer geradeaus", liegt mir auf der Zunge. Nur fürchte ich, der gute Mann ist für Ironie nicht empfänglich. Also berichte ich ihm ausführlich von meiner Fahrt mit der Fähre von Blexen auf die andere Weserseite. „Hier, bitte, ein Selfie von mir!"

Er sieht auf mein Handy und schaut auf mich – mit meinem Rad vor Bremerhavens Skyline mit diesem Hochhaus.

Ein schönes Foto, finde ich. „Das Burj Al Arab in Dubai", helfe ich dem Zollbeamten auf die Sprünge.

Natürlich gibt er sich wenig beeindruckt. „Wie ging Ihre Reise weiter?"

Von den meisten Straßen habe ich mir die Namen nicht gemerkt. Die Deichstraße ist mir im Gedächtnis hängen geblieben, weil sie gar nicht am Deich liegt. Den Deich selber bin ich auch ein ganzes Stück entlanggefahren. Das ist eine schöne Strecke. Links die Weser und rechts der Alte Hafen.

Mein Schleusenerlebnis unterschlage ich. Ich habe mitten auf einer Brücke angehalten und meinen Blick in Ruhe über die zahlreichen Sehenswürdigkeiten am Neuen Hafen schweifen lassen und dabei Fotos geschossen – bis mich eine laute, blecherne Stimme aus meinen Träumereien gerissen hat.

„Wenn die junge Dame mit ihrem Fahrrad und dem Rucksack bitte das Schleusentor verlassen könnte, wir würden jetzt gerne öffnen!"

Bevor ich mich wieder auf mein Rad geschwungen habe, habe ich natürlich dem Schleusenwärter in seinem Turm zugewunken. Flirten kann nicht nur er!

„Frau Reimers", meldet sich mein Schicksal vom Zoll wieder, „wie kommen die Haschkekse in Ihre Tasche? Haben Sie Ihr Fahrrad in den letzten Stunden einmal unbeaufsichtigt gelassen?"

Weiß ich immer noch nicht. Aber unbeaufsichtigt ist ein gutes Stichwort! „Ich war essen", erzähle ich ihm freimütig. „Da muss es passiert sein." Denn nur den Rucksack habe ich mit in den *Treffpunkt Kaiserhafen*, die letzte Kneipe vor New York, genommen. Sie steht auf der Bucketliste von Gundula und mir ganz oben, seit wir sie bei Mare TV gesehen haben. Mein Fischteller zwischen Aquarium, Galionsfigur und Buddelschiffen hat großartig geschmeckt. Der Absacker hinterher auch. Immerhin sind es nur noch 40 Kilometer bis Cuxhaven.

Mein Gegenüber hüstelt vor sich hin. Er tut zwar weiterhin bierernst, aber ich habe ihn durchschaut. In seiner Verbrecherskala bin ich vermutlich schon von skrupelloser Drogendealerin zu nerviger Albtraumtouristin mutiert.

„Was hat Ihnen an Bremerhaven besonders gut gefallen?"

Aha, da ist sie schon, die Frage, die nichts mehr mit den Keksen zu tun hat.

Ich tue so, als ob ich angestrengt nachdenken muss. Bremerhaven ist so anders. Nicht besonders schön, aber irgendwie liebenswert. Fasziniert haben mich die Massen von Neuwagen, die riesigen Autotransporter und Containerschiffe im Hafen. Modern sind die schicken Apartmenthäuser am Neuen Hafen. Charme haben die mehrstöckigen Gebäude aus den Anfängen des 20. Jahrhunderts in der Alten Bürger, durch die ich gefahren bin. Sympathisch sind die Menschen, die mich alle mit einem freundlichen *Moin* begrüßt haben. Bis auf den jungen Mann vor mir.

„Natürlich Ihre wundervolle Gastfreundschaft, die ich schon viel zu lange überstrapaziert habe. In diesem Sinne herzlichen Dank für den Kaffee ...", ich nicke zum Kaffeevollautomaten auf der Fensterbank,

„ein Keks dazu wäre auch toll gewesen." Ich lächele ihn an, er lächelt gezwungen zurück.

„Wir melden uns bei Ihnen. Bleiben Sie erreichbar, Frau Reimers."

Wir verstehen uns.

Ein Blick auf die Uhr zeigt mir, dass ich schon längst in meinem Hotel in Cuxhaven hätte sein wollen. Stattdessen stehe ich ohne mein Rad – denn das hat der Zollbeamte als Beweismittel beschlagnahmt – an der Bushaltestelle *Zolltor Wurster Straße*. Nur die Linie 512 fährt hier. Was hat das Telefonsymbol auf dem Fahrplan zu bedeuten?

Anruf-Linientaxi: Anmeldung bis spätestens 45 Minuten vor Abfahrt.

Alles Mist!

Aber so nutze ich die Gelegenheit, Gundula anzurufen, und berichte ihr von meiner Beinahe-Verhaftung beim Zoll.

In der Leitung bleibt es still.

„Gundula, bist du noch da?"

„Sorry", piepst sie, „ich hatte vorletzte Woche ein wenig gebacken, um den Abschluss an der Kugelbake zu feiern. Wollte ich dir noch sagen …"

Okay, tief durchatmen, Henriette!

Ich schlendere ein Stück die Straße hinunter, bis man mich vom Zollgebäude aus nicht mehr sehen kann. Aus den Tiefen meines Rucksacks fische ich ein silberfarbenes, flaches Etui. Den süßlich riechenden Joint darin wollte ich mit Gundula zusammen am Ziel unserer Tour genießen. Ich muss grinsen. Zwei Dumme, ein Gedanke! Was solls? Ich zücke mein Feuerzeug. Gundula liegt im Krankenhaus, ich komme hier so schnell nicht weg und es sind immer noch 40 Kilometer bis Cuxhaven …

Mirja Seim, *geboren 1981 in Bremerhaven, ist Fremdsprachenkorrespondentin und lebt mit ihrem Mann und ihrem Sohn in Friesland. Geschichten hat sie schon immer gerne geschrieben, doch dann kam der Berufs- und Familienalltag dazwischen. Mit einem VHS-Kurs hat sie ihre Leidenschaft vor einiger Zeit wieder aufleben lassen. Neben dem Verfassen von humorvollen Kurzgeschichten gehören Sport, Lesen und Stricken zu ihren Hobbys.*

Das Angsthasen-Spiel

Früher war ich das liebste Fortbewegungsmittel meines Besitzers. Er fuhr beinahe jeden Tag auf mir umher. Besonders gerne auf dem örtlichen Schulhof, wo ein Baum die asphaltierte Fläche mit seinen Wurzeln gewellt und aufgesprengt hatte. Diese Wellen nutzten mein Besitzer und sein Bruder mit seinem Fahrrad gerne als Minirampen, um mit uns Tricks auszuprobieren.

Auch die Treppen bin ich unzählige Male heruntergedonnert. Ich hatte jedes Mal damit zu kämpfen, die Kettenglieder auf den Ritzeln zu halten, und die Federung winselte jedes Mal um Gnade, doch jeder Sportler wird verstehen, dass genau diese Auslastung, dieses Ausreizen der eigenen Belastungsgrenze einfach der absolute Hammer ist. Besonders viel Spaß hatte ich immer an Sprüngen, auch wenn das vor allem der Hinterradfederung Sorgen bereitete.

Im Sommer fuhren wir jeden Tag gemeinsam umher, denn anders als die Kids von heute hatten sie damals noch kein Internet. Die letzte Generation, deren Kindheit ohne diese seltsame Zwangsvernetzung ablief. Wenn sie sich mit jemandem treffen wollten, fuhren sie einfach mit mir zu dessen Haus und klingelten oder hatten bereits in der Schule oder beim letzten Treffen einen Termin vereinbart. Wir kannten die Fähigkeiten unserer Freunde im Real Life und nicht nur deren Kill Score in irgendeinem Online-Gedaddel.

Zu Hause wurde ich immer brav auf den Ständer gestellt oder in die Fahrradhalterung im Schuppen geschoben, unterwegs aber war das viel zu uncool. Da wurde ich einfach auf die Seite gelegt, als hätte ich keinen Ständer, und mit Tricks wurde sich auf mich gesetzt. Tricks, bei denen Mama und Oma Schweißausbrüche bekommen hätten ansichtlich des Verletzungsrisikos. Natürlich haben wir uns dabei auch öfter verletzt, sowohl die Jungs als auch wir Fahrzeuge, aber das war Kindheit. Ein Fahrrad ohne Dreck und ohne Kratzer wurde einfach nicht richtig gefahren.

Um meine Bremsbeläge zu schonen, wurde ständig aus voller Fahrt mit blockiertem Hinterrad gebremst, ich muss wohl nicht erwähnen, wie viele Reifensätze pro Saison verheizt wurden. Aber das war eben cool und so lange wir nichts Schlimmeres als das ausgefressen hatten, hielt sich Papas Ärger darüber in Grenzen.

Selbst als es in der Schule dann weiter wegging, wurde ich als Mittel der Wahl herangezogen, vor allem dann, wenn der Bus mal wieder nicht fuhr oder die Bahn endlose Verspätung hatte. Wir haben so viel Zeit miteinander verbracht, dass wir uns gegenseitig auswendig kannten. Drifts auf Schotter und Sand waren völlig normal, denn wir wussten genau, wie weit wir gehen konnten.

Dann kam er aber, der verheißungsvolle Tag, mein Besitzer und ein Freund kamen auf die Idee, dieses Angsthasenspiel aus dem Spielfilm *Pearl Harbor* auf den Bikes nachzuspielen. Für diesen Zweck waren wir an den See gefahren und hatten abgesprochen, in welche Richtung wir im allerletzten Moment ausweichen würden. Wirklich keine einzige Sekunde früher, der absolut allerletzte Moment sollte abgewartet werden, dann würden wir beide nach links ziehen. So der Plan, denn wenn wir beide nach links zögen, jeder aus seiner Perspektive, kämen wir einwandfrei voneinander weg.

Es versteht sich von selbst, dass das natürlich gründlich in die Hose ging. Wir rasten aufeinander zu, jeder gab richtig Gummi. Beide Fahrer strampelten aus Leibeskräften direkt aufeinander zu. Wir Räder glichen mühsam den unebenen Boden mit unserer Federung aus, so gut es uns eben möglich war, und waren bereit für das Manöver des letzten Augenblicks. Das Adrenalin verband uns zu einer Einheit.

Tja, und dann warfen wir uns nach links, der andere aber nach rechts … Wir kollidierten mit der maximalen Geschwindigkeit, die unsere Fahrer erzeugen konnten, und katapultierten ebendiese mit ordentlich Wumms durch in die Luft.

Wie durch ein Wunder, vielleicht aber auch der durch Kampfsport gesteigerten Knochendichte geschuldet, blieb mein Fahrer im Wesentlichen unverletzt. Ein paar blaue Flecken, ein leicht verstauchter Knöchel und eine blutige Nase, nichts wirklich Dramatisches. Seinem Freund erging es da viel schlechter, denn der erlitt einen glatten Schlüsselbeinbruch.

Ohne ein Handy war es nicht möglich, nun Hilfe zu alarmieren, und fahren kam nicht mehr infrage, denn auch an uns Rädern war die Kollision nicht spurlos vorbeigegangen. In unseren Vorderrädern waren gewaltige Achter, die Lenkstangen waren komplett verbogen und mehrere Speichen waren gebrochen. Also schnappte mich mein Besitzer, hob mein nicht drehbares Vorderrad hoch und schob mich erst zum Haus seines Freundes, um dessen Vater zu alarmieren, damit dieser seinen Sohn abholen und ins Krankenhaus bringen konnte, und lief dann mit mir den ganzen Weg nach Hause.

Das war unsere letzte Fahrt miteinander, denn die Ersatzteile waren teurer als ein neues Fahrrad. Heute fährt er vorrangig mit Motor umher und sehr viel schneller als früher. Der Lack von Motorrad und Auto ist heilig, ein Kratzer würde vermutlich zum Herzinfarkt führen. Und ich liege hier beim Alteisen herum, schwelge in Erinnerungen und frage mich, ob er wohl jemals mit einem anderen Gefährten so viel Spaß hatte wie mit mir damals.

Nico Haupt *wurde 1993 in Mannheim geboren und arbeitet im Bereich der IT-Sicherheit. Durch den Schreibwettbewerb „Seitenwind" fand er seinen Weg in die Welt der Kurzgeschichten und veröffentlichte sein erstes Buch „Perspektiven" auf Grundlage ebendieser.*

Spezi gut – alles gut

Männer sind seit Urzeiten Jäger und Sammler, die Frauen hingegen sind für die Höhle, für den Nachwuchs und für das leibliche Wohl der Jäger zuständig. Wenngleich das steinzeitliche Rollenbild durch neue Erkenntnisse Risse bekommen hat, ein bisschen was wird schon dran sein. Höhle ist allerdings mittlerweile out, der Nachwuchs ist in der Schule gut versorgt und die Jagd beschränkt sich auf die Schnäppchen im Supermarkt. Wie also soll der Mann zu seinem ersehnten Abenteuer kommen? Für meinen Spezi Manfred ist die Sache seit wenigen Tagen klar: Eine Radtour mit mir ist Abenteuer pur und hinsichtlich der Adrenalinausschüttung ausreichend für mehrere Monate. Der herausfordernde Plan: mit dem Zug von Steyr nach Passau und in zwei Etappen inklusive Nächtigung an der Schlögener Schlinge mit dem E-Bike zurück ins heimatliche Steyr.

Es begann frühmorgens und bei kitschigem Sommerwetter am Bahnhof. Wir trafen uns dort zehn Minuten vor Abfahrt des Zugs, bestens gelaunt und ebenso ausgerüstet. Noch, denn bei einem kurzen Halt im Umsteigebahnhof von St. Valentin, etwa 20 Kilometer von zu Hause weg, wollte mein Kumpel wissen, wo ich denn meinen Fahrradhelm hätte.

„Natürlich im Rucksack", gab ich souverän zurück.

Und der war nicht da, stellte ich deutlich weniger souverän fest. Nur wenige Sekunden dauerte die Schockstarre, dann war klar: Ich hatte meinen Rucksack am Heimatbahnhof kurz abgestellt. Und dort wartete er dann mitsamt Geldbörse, Kreditkarten, Führerschein und Reisepass, das Handy hatte ich glücklicherweise in der Hosentasche. Einer wirren Eingebung folgend drückte ich Manfred die Zugtickets in die Hand, sprang aus dem Zug und ließ ihn mit wenigen Instruktionen, dafür mit zwei lähmend schweren E-Bikes zurück. Nächster Treffpunkt: Umsteigebahnhof Linz.

„Wir bleiben in Kontakt, mein Goldstück wird alarmiert und soll mir den Rucksack, so er noch keine Beine bekommen hat, hierher nachbringen. Ich komme mit dem nächsten Zug nach." Er solle derweilen eine alternative Verbindung nach Passau ausfindig machen.

Mein Spezi löste seinen Teil des neuen Plans großartig, selbst auf die Frage einer deutschen Reisegruppe, was er denn mit zwei E-Bikes täte, hatte er prompt eine logische Erklärung parat: Falls ihm eines gestohlen würde, könnte er mit dem zweiten die Tour problemlos fortsetzen. Die Lieblingsnachbarn schienen einen Moment lang tatsächlich nachzudenken, ob sie denn selbst gut genug ausgerüstet waren.

Mein Teil der Problemlösung war, meine Liebste zum Steyrer Bahnhof zu schicken. Sie sollte den Rucksack retten und mir diesen mit fiktivem Blaulicht raschest liefern. Meine telefonischen Angaben, wie sie denn zu mir fände, waren anscheinend nicht präzise genug, wahrscheinlich hatte ich einmal links mit rechts verwechselt. Mein Gott, das konnte doch mal passieren. Und so verpasste ich auch den nächsten Zug. Lange Schreibe, kurzer Sinn: Wir erreichten Passau fast zwei Stunden später als geplant, hatten uns währenddessen aber beruhigt und das Abenteuer war überstanden. Dieses. Höchste Zeit für ein weiteres, nur wenige Stunden später.

Nach der Anmeldung im vorreservierten Quartier überkam uns die Einsicht: Da geht noch was, ein Abstecher zum Schlögener Donaublick sollte den Tag abrunden. Eine halbe Stunde, wenn man die Abkürzung durch den Wald nahm, meinte eine kundige Passantin – aufgrund der vielen querenden Wurzeln wurde eine Stunde draus. Ein einzigartiger Blick auf die Donau war die Entschädigung, das obligate Beweisfoto durfte natürlich nicht fehlen. Musste es aber, denn das Handy fehlte. Die Schweißperlen vermehrten sich fast explosionsartig, als ich die offene Gepäcktasche sah. Ich hatte das Handy zwecks rascherem Zugriff dort hineingelegt, anscheinend aber den Reißverschluss nicht ordnungsgemäß zugemacht. Ich stammelte irgendwas von Sch… und: „Wir müssen die Waldstrecke noch einmal fahren." Wir taten es dann zwei- bis dreimal, weil die geheimen Geheimwege der Jäger so geheim waren, dass wir uns auf diesen mehrmals verirrten.

Sie wissen doch als guter Christ sicherlich, wofür der Heilige Antonius zuständig ist, oder?

Richtig, für das Finden verlorener Gegenstände, somit auch für mein Handy.

Während wir die Waldwege rauf und runter strampelten, flehte ich ihn intensiv an. Er möge mich dieses blöde Ding bitte, bitte finden lassen, es solle nicht zu seinem Nachteil sein. Oh Gott, was versprach ich dem heiligen Mann nicht alles! Ich hoffte inständig, er würde schlecht hören oder wäre vergesslich oder im günstigsten Fall beides, sonst müsste ich mein ganzes Leben umkrempeln.

Und das muss ich dann auch, denn bei der letzten Querung eines Rinnsals, kurz vor Abbruch der Suchaktion, strahlte uns das asiatische Prachtstück aus dem Wasser heraus an. Unglaublich, es hatte zwei Stunden im kalten Bach gelegen und bis auf die angelaufene Kameralinse war das Wunderding voll funktionsfähig. Sollte Antonius etwa auch für Wasserschäden zuständig sein? Ein finaler Anstieg, dann sollte auf ihn angestoßen werden.

Man muss kein Physiker sein, um zu wissen, dass man – konkret ich – mit einem 625 Wh-Akku weiter als mit einem 500 Wh-Akku – konkret der meines Spezis – kommt. Bis zum rettenden Gästehaus waren es drei Kilometer bei einer durchschnittlichen Steigung von 5 Prozent. Nachdem ich Verursacher der Zusatzetappe war, bot ich meinem Strampelkumpel an, die Räder zu tauschen.

„Kommt nicht infrage", meinte er, „ein Mann ist ein Mann und der muss da jetzt durch." Ein 27 Kilogramm schweres E-Bike bei 30°C eine Strecke von drei Kilometer bergauf zu schieben, das geht zweifelsfrei an die Reserven. Und ans Gemüt. Im Vertrauen, im Nachhinein war ich froh, dass Manfred mein Angebot ablehnte. Ein zweites Mal würde er das sicher nicht tun – Mann lernt ja dazu.

Sind aller guten Dinge, wie der Volksmund behauptet, wirklich drei? Nein, mein Spezi blieb von weiteren Eskapaden meinerseits verschont. Die 110 Kilometer am nächsten Tag verliefen problemlos, wenn man vom Weltuntergangsgewitter in Aschach an der Donau absieht. Aussitzen im Café war angesagt, verbunden mit präventiver Energiezufuhr in Form einer überaus galligen Cremeschnitte. Nur für den Fall, dass Abenteuer Nr. 3 doch noch kommen sollte.

Apropos Aussitzen. Aus wars mit Sitzen am dritten Tag, da sich Schmerzen an ganz ungewohnten Stellen meldeten. Manfred zog es für den Rest der Woche vor, leichte Gartenarbeit ausschließlich im Stehen zu verrichten. Und ich schrieb im Liegen meine Liste, was ich dem Heiligen Antonius in meiner stillen Verzweiflung so alles versprochen hatte. So nebenbei entstand ein grober Plan für die nächste Radtour, doch noch wagte ich nicht, meinem Radkumpel davon zu erzählen.

Manfred braucht physisch wie psychisch noch ein wenig Zeit zum Regenerieren, sie sei ihm vergönnt. Und einen leistungsstärkeren Akku vergönne ich ihm auch.

Franz Brunner: *Im historischen Steyr/OÖ geboren, aufgewachsen, ein- und ausgeschult, verheiratet und, und, und … In 38 Jahren als Lehrer an der HTL Steyr (Elektronik/Informatik) Tausende von Seiten geschrieben, 99 Prozent davon technisches Allerlei. Sinniert nun im Ruhestand über Gottes seltsame Welt. Sport, Reisen, Lesen, Kochen und Rettungsdienste beim Roten-Kreuz liefern reichlich Stoff für skurrile Geschichten. Und manch- mal bricht ohne Vorankündigung der Schelm durch. Dann muss unbedingt sofort geschrieben werden. Mehr auf seiner Webseite: www.franzbrunner.at.*

Hannes

Ein Drahtesel ist ein geheimnisvolles Wesen. Er belauscht die Gespräche, wenn du mit deiner Freundin unterwegs bist und ihr euch beim Fahren über Heimlichkeiten austauscht. Er hört, dass ihr euch über die Englischlehrerin geärgert habt oder welchen Jungen ihr süß findet. Dann schmunzelt er und verrät euch nicht.

Ein Drahtesel klappert und beim Bergauffahren wird das Treten mühselig. Aber er bringt dich an Orte, die du zu Fuß nicht so leicht erreichen würdest, und er ist bedingungslos treu.

So ein modernes Hightechfahrrad mit Elektroantrieb und einem Grundpreis von mehreren Tausend Euro könnte nie ein Drahtesel sein. Aber auf mein allererstes richtiges Fahrrad vor vielen Jahrzehnten passt dieser Ehrentitel. Als ich klein war, hatte es meiner Oma gehört und manchmal fuhren sie und ich gemeinsam zum Friedhof. Sie auf dem erwähnten Drahtesel und ich auf meinem grünen Kinderfahrrad. Später, ich war ungefähr zehn Jahre alt, schenkte sie mir ihr Rad und ging fortan wohl zu Fuß zum Friedhof.

Auf dem stabilen Rahmen des 26-Zoll-Fahrrads stand deutlich sichtbar *L'Etoile*, eine Marke, die es nicht mehr gibt. Erst viel später erfuhr ich, dass es *Der Stern* bedeutete. Das Rad war von glänzend dunkelblauer Farbe und am Hinterrad befanden sich merkwürdige gelb-graue Netze, die verhindern sollten, dass der Rock der Fahrerin sich in den Speichen verhedderte. Auch das gibt es nicht mehr. Zunächst war das Gefährt zu groß für mich und ich kam nur mit Mühe auf den Sattel, später wurde es zu klein.

Der Drahtesel wirkte ein wenig altmodisch, wurde aber von den Nachbarskindern bewundert, denn es war nicht selbstverständlich, ein eigenes Fahrrad zu besitzen. Außer mir durfte nur meine beste Freundin auf diesem Rad fahren. Sie lebt inzwischen seit Jahrzehnten in Kalifornien, aber sie erinnert sich daran, wie sie auf dem Geschenk meiner Oma das Fahrradfahren erlernt hat.

Eines Tages, es muss im Frühling gewesen sein, waren mein Drahtesel und ich in den Feldern unterwegs. Damals dachte man sich nichts dabei, ein elfjähriges Mädchen stundenlang alleine durch die Gegend fahren zu lassen. Meine Eltern hatten mit ihrer Tischlerei zu tun und waren froh, wenn ich beschäftigt war. Ich passierte einen Bauernhof und schaute lange nach rechts auf den Platz vor dem Kuhstall. Dort war ein dünner, blonder Junge, der gerade eine getigerte Katze streichelte.

„Merkwürdig", dachte ich, „wer ist das? Ich kenne doch alle Kinder, die im Dorf zur Schule gehen."

Vor lauter Neugier übersah ich den dicken Stein mitten auf dem Feldweg. Bevor ich erfasste, was geschah, schlug der Drahtesel nach hinten aus, ich rutschte schräg über den Lenker, landete seitlich auf meiner Schulter und ein wenig auch auf dem Kopf. Mit einem dumpfen *Plopp* fiel das Fahrrad auf meine Beine. Ich blieb einen Moment liegen, kroch dann unter ihm hervor, setzte mich aufrecht hin und merkte da erst, dass meine Stirn blutete.

Der Junge, der eben noch die Katze gestreichelt hatte, kam angerannt. Aus seiner ausgebeulten Trainingshose fischte er ein großes Stofftaschentuch. Vermutlich war es nicht sauber, aber das war mir egal.

Er presste das Tuch auf meine Stirn und meinte mit nuscheliger Stimme: „Is' nicht schlimm, nur eine Schramme."

Ich spürte seine Hand, sie war ganz warm. Dabei versuchte ich, meine Zähne zusammenzubeißen. Bloß nicht heulen.

„Tut dir sonst was weh?"

Ich schüttelte den Kopf. „Aber mein Fahrrad ..."

Er gab mir das Taschentuch. „Drück' mal weiter." Dann stand er auf und hob das Rad hoch. „Hm. Is' in Ordnung."

„Ich muss ja noch zurückfahren."

„Hast du's weit?"

„Nein, nur bis zum Dorf."

„Du musst dich erst ein bisschen ausruhen." Er sagte *büschen* und seine Stimme erlaubte keine Widerrede.

Schweigend folgte ich ihm zu dem Haus neben dem Stall, immer noch das Taschentuch gegen meine Stirn pressend. Der Junge schob mein Fahrrad und ich merkte, dass mein rechtes Knie beim Gehen schmerzte. Drinnen roch es nach Kühen und warmer Milch. Ganz anders als bei uns zu Hause. Die Fenster der Küche ließen kaum Licht durch, auf dem Tisch lag eine fleckige Plastikdecke.

„Da hin!" Er zeigte auf die hölzerne Eckbank. „Ich mach' uns Kakao."
Ich nickte und legte das Taschentuch auf den Tisch. Es war viel weniger blutig, als ich erwartet hatte. Staunend sah ich dabei zu, wie der Junge Milch in einen Topf füllte und auf dem altmodisch wirkenden Gasherd erhitzte, während er Kakao und Zucker separat anrührte. Dann wurde alles aufgekocht und auf zwei weiße, etwas verbeulte Emaillebecher verteilt. Ich mochte keine warme Milch, aber mit dem Kakao drin schmeckte sie süß und lecker.

Ich erfuhr, dass der Junge Hannes hieß und ein Jahr älter war als ich. „Wo sind denn deine Eltern?", wollte ich wissen.

„Die sind zum Melken. Meine großen Brüder auch."

Ich nickte. Ach ja. Das war hier wohl so ähnlich wie in meiner Familie. Die Eltern hatten zu tun.

„Und wo ist die niedliche Katze, die du vorhin gestreichelt hast?"

Er stand auf, schaute aus der Tür und rief: „Miezmiez."

Tatsächlich, da kam sie angelaufen. Hannes nahm sie auf den Arm und setzte sie mir auf den Schoß. Der kleine Tiger fühlte sich weich und warm an. Er fing sofort an zu schnurren, als ich über sein Fell strich.

Irgendwann später, der Kakao war längst ausgetrunken, fiel mir ein, dass ich wohl schon seit einiger Zeit zu Hause hätte sein sollen. Die Kirchenglocken waren immer das Signal zum Heimkommen. Aber hier draußen hörte man sie kaum.

„Ich muss los!"

„Bekommst du Ärger?"

Ich zuckte mit den Schultern. „Mal seh´n."

Ich setzte die Katze auf den Boden.

Hannes neigte seinen Kopf zur Seite.

„Kommste mal wieder mit deinem Fahrrad?"

„Vielleicht."

Zu Hause lief ich als Erstes ins Bad, säuberte meine Stirn und kämmte den Pony darüber. So fiel es kaum auf, dass ich mich verletzt hatte. Auch mein Knie tat fast nicht mehr weh.

Kein Wunder, dass ich Hannes noch nie gesehen hatte, denn er besuchte die Hilfsschule, wie das damals hieß. Sie lag etwas abseits der Mittelschule, in der ich in die 5. Klasse ging. Meine Freundinnen und ich – und eigentlich alle – machten immer einen Bogen um diese Schule. Doch seit dem Tag meines Fahrradsturzes traf ich Hannes mehrmals in der Woche. Ich fuhr mit dem Rad namens *L'Etoile* die zwei Kilometer zu ihm auf den Bauernhof. Wir blieben nie im Haus, auch nicht als Schnee lag, sondern streiften stundenlang durch die Felder. Dort beobachteten wir Rehe, sammelten Steine und was sich sonst so fand. Vogelschädel zum Beispiel und Eulengewölle, gelegentlich sogar Knochen von verendeten größeren Tieren und einmal sogar ein Hirschgeweih. Hannes kannte die Namen von Singvögeln, nicht nur Amsel oder Kohlmeise, auch Stieglitz und Heckenbraunelle. Wir redeten wenig, aber manchmal, wenn wir auf unserem Beobachtungsposten im Gebüsch saßen, hielten wir uns an den Händen.

Meine Eltern ahnten nichts von dieser Freundschaft. Sie fragten auch nicht, sondern waren zufrieden, wenn ich in Bewegung war. Und ich wäre nie auf die Idee gekommen, zu erzählen, dass ich einen Jungen von der Hilfsschule kannte. Dabei habe ich mich bei Hannes so federleicht gefühlt wie bei niemandem zuvor. Er nahm mich, wie ich war, wollte mich nicht verändern, nicht klüger oder schöner, dünner oder lustiger haben.

Im folgenden Frühjahr trennten sich meine Eltern. Ich zog mit meiner Mutter in eine größere Stadt, in der es ein Gymnasium gab. Mein Fahrrad nahm ich mit, auch später, nach dem Abitur, als ich zum Studium in eine Universitätsstadt ging. Ich war längst ausgewachsen und das Rad war mir immer etwas zu klein. Im vierten Semester verschenkte ich es an eine Kommilitonin, die sich kein eigenes leisten konnte. Ihr wurde es ein paar Monate später gestohlen. Sie hatte vergessen, es anzuschließen. In mir blieb das Gefühl, mein Fahrrad verraten zu haben. Nicht nur, weil es ein Geschenk meiner Oma war, sondern auch, weil der treue Drahtesel als Einziger wusste, dass ich in Hannes, den Jungen von der Hilfsschule, verliebt gewesen war.

Michaela Sander: *Vor ziemlich langer Zeit wurde sie in Berlin geboren und ist im Alter von neun Jahren nach Dithmarschen/Schleswig-Holstein umgezogen. Inzwischen lebt sie seit über vierzig Jahren in Hannover. Sie schreibt Tagebuch, Kurzgeschichten und Briefe.*

Das Bi-ke

Bila warf einen letzten prüfenden Blick auf ihren Faustkeil. Die Kanten waren scharf. Er lag gut in der Hand. Die Größe hatte sie individuell auf sich angepasst. Ein Meisterstück. Ihr gefielen die Unterrichtsstunden, in denen sie etwas herstellen konnte. Als Nächstes stand *Schätzverfahren der Herdengröße* auf dem Stundenplan. Ein trockenes Thema. Aber die Ältesten waren der Meinung, das sei wichtig. Sie war eher praktisch veranlagt, wollte sehen und anfassen, etwas erschaffen. Für die Mitglieder ihrer Sippe war sie ein Sonderling.

„Schaut euch ihre Höhle an. Überall merkwürdige Dinge und die Wände hat sie mit Farbe beschmiert."

Die sollten mal schön vor ihrer eigenen Höhle kehren.

Bila hatte einen Umweg gemacht, um Steine zu sammeln, aus denen sie Farbe herstellen konnte. Zurück an ihrer Behausung bemerkte sie: Sie war nicht allein. „Was machst du hier?" Wütend fauchte sie Keku an, der ihre Wände bestaunte. In Rot, Braun und Schwarz schimmerten Hirsche, Bisons, Pferde und Löwen im Fackellicht.

„Wie kannst du das? Die Tiere sehen so echt aus."

„Das ist Kunst, davon hast du keine Ahnung, du Neandertaler", antwortete sie abweisend und jagte ihn fort. Sie sollten sie einfach in Ruhe lassen. Doch Keku ließ sich nicht vertreiben. Ungewöhnlich oft sah sie ihn in den nächsten Tagen in der Nähe ihrer Höhle. Sie musste wachsam sein.

Bila suchte immer nach Möglichkeiten, das Leben angenehmer und einfacher zu gestalten. Eines Abends beobachtete sie, wie eine Lawine den Hang zum Bach hinunterrollte. Wie schnell die Steine waren. Je runder, desto schneller. Sie brauchte ewig hinunter zum Wasser. Da reifte in ihr eine Idee. An den kommenden Tagen suchte sie nach einem starken Baum, der besonders rund gewachsen war. Es war sehr mühsam, ihn zu fällen und den Stamm in Stücke zu teilen. Jede freie Minute verbrachte sie mit ihrem neuen Projekt.

„Seht euch an, was Bila nun wieder Verrücktes macht."

„Sie vernachlässigt ihre Aufgaben in der Gemeinschaft."

„Bila, du musst Beeren, Pilze und Wurzeln sammeln!"

„Für Feuerholz muss gesorgt werden!"

„Die Ältesten vermissen dich im Unterricht."

Von allen Seiten prasselten die Ermahnungen auf sie ein. Trotzdem hielt Bila an ihrem Vorhaben fest. Sie plante und probierte mit Baumscheiben, Ästen und Riemen, verwarf wieder, doch langsam nahm ihre Erfindung Gestalt an. Morgen nach dem Unterricht wollte sie ihre Maschine endlich testen. Dann würden die anderen sie nicht mehr auslachen.

In der Nacht träumte Bila. Sie raste mit wehendem Haar auf ihrem Gefährt den Hang hinunter zum Bach. Staunend schauten ihr die anderen hinterher, während sie sie überholte. Alle hatten plötzlich Interesse, lobten und klatschten Beifall. Niemand spottete und lachte mehr über sie. Ein schöner Traum.

Gut gelaunt ging Bila am nächsten Morgen zum Unterricht. Die Kurse *Orientierung im Gelände* und *Alphabet des Spurenlesens* standen auf dem Programm. Ihre Gruppe marschierte unter der Führung eines Ältesten weit in die Wildnis. Bila ärgerte sich. Bei ihrer Rückkehr würde es sicher schon dunkel sein und sie konnte die geplante Testfahrt vergessen.

Die Sonne berührte bereits die Bäume, als Bila erschöpft von der langen Wanderung ihr Heim erreichte. Sie pfefferte ihren Proviantbeutel in die Ecke. Müde ging sie in den hintersten Winkel ihrer Höhle. Dort hatte sie ihre Erfindung versteckt. Bevor sie sich hinlegte, wollte sie noch einen Blick darauf werfen. Doch der Platz war leer, ihre Maschine weg. Gestohlen! Oder zerstört? Wer hatte es gewagt? Alle Müdigkeit war wie weggeblasen.

Im letzten Tageslicht untersuchte sie den Boden, folgte den unverwechselbaren Spuren. Es gab keinen Zweifel. Jemand war mit ihrem Gefährt den Hang hinuntergerollt. Bila lief, so schnell sie konnte. Die Wut verlieh ihr Kraft. Hinter einer Biegung fand ihre Verfolgung ein jähes Ende. An einem Felsen lag ihre Maschine, zerborsten in einzelne Teile. Entsetzt fiel sie neben den Überresten auf die Knie und barg verzweifelt ihr Gesicht in den Händen. Die wochenlange Arbeit war zunichte. Warum taten sie ihr das an? Konnten sie sie nicht in Ruhe lassen?

Endlose Minuten verharrte sie so, dann packte sie die wertvollen Baumscheiben, die zum Glück unversehrt geblieben waren, und machte sich auf den Rückweg.

Bila hatte eine schlaflose Nacht hinter sich. Mittlerweile war die Sonne aufgegangen. Empörung, Niedergeschlagenheit, Wut und Verzweiflung hatten ihre Gedanken im Wechsel beherrscht. Im Augenblick war ihr zum Heulen.

Ein Schatten verdunkelte den Eingang ihrer Höhle. Im Nu wirbelte sie hoch und ergriff ihren Speer. Vor ihr stand Keku. Da ihr Gegenüber keinen Anfang machte, fragte sie schroff: „Was willst du?“

Wortlos drehte Keku sich um, kurz darauf stand er mit den Überresten ihrer Maschine im Eingang. „Ich wollte …“, er wich Bilas Blick aus. „Ich hab nur … Ich wars!“

Um Bilas Selbstbeherrschung war es geschehen. Wie eine Löwin sprang sie Keku an und warf ihn zu Boden. Ihr ganzer Frust entlud sich. Mit ihren Fäusten schlug sie wild auf ihn ein, bis er sie schließlich packte, sich über sie rollte und festhielt. Bila wehrte sich, doch er war zu stark.

Keku beugte sich zu ihr herunter. „Es tut mir leid.“ Seine Stimme klang eindringlich. „Ich wollte es nicht kaputtmachen.“

Sein Gesicht war nah vor ihrem, sehr nah. Sie konnte seinen Atem spüren, die hellen Sprenkler in seinen braunen Augen erkennen. Bila beruhigte sich etwas, erkannte eine frische Wunde an seiner Stirn. „Geh runter von mir!“, befahl sie und wehrte seine helfende Hand ab. „Geschieht dir recht.“ Bila deutete auf die Wunde an seinem Kopf.

Keku seufzte und wandte sich zum Gehen.

„Ich kann sie versorgen“, meinte Bila versöhnlich, „und du erzählst mir, was schiefgegangen ist.“

In den nächsten Wochen erhielt Bila regelmäßig Besuch von Keku. Sie redeten und lernten voneinander. Keku war nicht der tumbe Neandertaler, wie sie zuerst gedacht hatte. Seine Kenntnisse in der neuartigen Pyrotechnik waren überragend und sehr hilfreich bei der Neukonstruktion ihrer Erfindung. Mithilfe des Feuers gelang es ihnen, in die Mitte der Baumscheiben ein Loch zu brennen. Kekus Vorschlag, hinten zwei Scheiben mit etwas Abstand zu montieren, verlieh dem Gefährt mehr Stabilität und fand Bilas Zustimmung.

Schließlich war das Bi-Ke, wie sie das Gerät nannten, fertig und der große Tag der Testfahrt gekommen.

„Sei vorsichtig in der Kurve", warnte Keku, „und pass auf den Felsen auf!"

Bila nickte. Sie schaute den Hang hinunter. Ihr Herz klopfte aufgeregt. Keku drückte ihre Hand, dann schob er sie an.

Langsam setzte sie sich in Bewegung. Keku lief neben ihr her. Anfangs konnte er das Tempo mithalten, doch dann rollte sie immer schneller. Ihre Haare wehten wie in ihrem Traum.

Der Felsen kam in Sicht. Bila fuhr geradewegs auf ihn zu. Ihr Blick verschwamm. Der Wind trieb Tränen in ihre Augen. Sie versuchte, nach rechts zu steuern. Das Bi-Ke reagierte nicht. Es sprang und hüpfte den Hang hinab. Sie hörte Keku schreien. Verzweifelt zog sie an der Lenkung und endlich reagierte das Bi-Ke, zog nach rechts, passierte den Felsen und rollte gefahrlos am Ufer aus.

Die anderen Mitglieder der Sippe warteten unten am Fluss, immer noch skeptisch, doch sie lachten nicht mehr.

Die Erfindung des Bi-Kes verbreitete sich wie ein Lauffeuer. Die Menschen erkannten die Vorteile und begannen, immer fortschrittlichere Fahrzeuge zu entwickeln, die das Leben vereinfachten.

__Brigitte (Bridge) Schneider,__ geboren im Sternbild des Löwen, wohnhaft in einem idyllischen Dorf im Siegerland. Mit Charme & Anmut im Einzelhandel tätig. Seit 1989 mit demselben Mann verheiratet. Stolze Mama von zwei erwachsenen Kindern. Steht als Chormitglied und während der Karnevalszeit aktiv auf der Bühne. 2019 auf die VHS-Schreibschule aufmerksam geworden. Seitdem findet ihre Fantasie in Kurzgeschichten ein Ventil. Es gibt keinen schöneren Lohn als Anerkennung und Applaus.

Vollgummireifen

„Wie stellst du dir das vor, Emma, und wie willst du dorthin kommen?"

Die Mutter hatte recht. Im Januar 1945 gab es zwar offiziell noch Züge von unserem Kaff in die kleine Stadt, aber man konnte nicht mit ihnen rechnen. Oft kamen sie einen Tag zu spät, ein anderes Mal hielten sie gar nicht.

„Du wärst auch den ganzen Vormittag weg", fügte sie unnötigerweise hinzu und sah mit einem abschätzenden Blick auf den Vater. „Die ganze Arbeit bleibt dann wieder an mir hängen."

Mein Vater zuckte zusammen. Er hatte gleich im zweiten Kriegsjahr das rechte Auge und die rechte Hand verloren und konnte nicht mehr viel tun. Dafür musste ich einspringen. Die Bemerkung fand ich trotzdem gemein und mir war zum Heulen zumute, auch weil ich wusste, wie sehr er darunter litt.

Vor drei Tagen war Schwester Gundula zu uns gekommen und hatte angeboten, mir Malunterricht zu geben. Ich hatte ihr im Herbst ein paar Bilder für die Kinderkrankenstation gemalt und sie meinte, mein Talent müsse gefördert werden. Ich war 19 und musste kräftig am Hof mit anpacken. Da half mir auch das ganze Talent nichts. Hier am Dorf, wo es außer Schweinen, Kühen, Heu, Stroh und die Kartoffelernte kein Gesprächsthema gab, hatte man für Kunst weder Zeit noch Muße. Allein das Wort klang schon verboten.

Mein Vater wusste, wie gerne ich dieses Angebot angenommen hätte. Deshalb hatte er den Huber Hans nach einem Fahrrad gefragt.

„Es ist ein altes Daimler-Stahlrad mit Vollgummireifen, noch von meiner Großmutter", sagte der Hans voller Stolz. Ich war natürlich Feuer und Flamme und freute mich, mit den Vollgummireifen dreimal pro Woche in die Stadt zu fahren, um Zeichnen zu lernen. Er hatte es noch ein wenig hergerichtet und gemeint, ich könnte ihn dafür ja mal porträtieren.

Nach langer Diskussion ließ sich die Mutter schließlich auf einen Versuch zweimal die Woche ein. Ich würde an diesen Tagen sehr früh aufstehen, die Tiere versorgen, Kühe melken, füttern, ausmisten. Mich dann umziehen, einen Karo-Kaffee mit Milch trinken und mich auf den Weg machen. Wenn alles gut ging, wäre ich um 11.30 Uhr wieder zurück und könnte mich um das Mittagessen kümmern.

Ich war euphorisch, merkte aber schon bald, dass es nicht ganz einfach war mit diesem Fahrrad. Die Gummiräder waren so hart und ich spürte jeden Stein auf dem Feldweg von uns in die Stadt. Auch sprang der vordere Reifen immer wieder aus dem Rahmen und rollte dann unheimlich lange weiter, bis er irgendwann umfiel und ich ihn erschöpft einholen konnte. Der Winter war außerdem so unheimlich kalt. Es war glatt und es schneite viel. An manchen Tagen brauchte ich für die sechs Kilometer über eine Stunde. Mit der Zeit lernte ich, mit den Reifen umzugehen, und es ging besser. Außerdem rückte der Frühling mit jedem Tag näher.

Obwohl ich oft mit schmutzigen Händen oder fleckigen Strümpfen ankam, lächelte mich Schwester Gundula immer an und gab mir einen Waschlappen, damit ich meine Hände säubern konnte, bevor ich mich andächtig vor den Zeichenblock setzte.

Im März wurde es wärmer. Den ganzen April über hatte es geregnet, aber das machte mir schon lange nichts mehr aus. Alles war besser als die schneidende Januar-Kälte.

In letzter Zeit begegneten mir auf dem Weg immer wieder Gefangenenzüge. Die Männer sahen schlecht aus, ihre Gesichter waren leer. Hungrig, schmutzig und müde ließen sie das Brüllen der Wärter über sich ergehen und schleppten sich weiter.

Am 2. Mai war die Rückfahrt ein einziger Albtraum. Es war heiß und das mochten die Reifen gar nicht. Als mir der Gummireifen zum dritten Mal davonrollte, war ich so fertig, dass ich einfach im Straßengraben sitzen blieb. Außerdem hatte meine Nase angefangen, schrecklich zu bluten. Das tat sie manchmal, aber meist hörte es schnell wieder auf. Heute nicht. Mein Taschentuch war schon vollkommen blutdurchtränkt, meine Bluse blutverschmiert. Ich war verzweifelt. Es war sicher schon 12 Uhr und ich saß hier und konnte nicht weg. Der Reifen war dieses Mal auch besonders weit gelaufen, er hatte heute Rückenwind und leicht bergab ging es sowieso. Ich wusste gar nicht mehr, wo er lag, und hatte keine Kraft, ihn zu suchen.

Nach einer Ewigkeit kam ein Mann auf dem Fahrrad aus der Richtung, in die ich wollte. „Um Gottes willen, was ist denn passiert. Sind Sie verletzt", fragte er besorgt und sprang vom Fahrrad.

„Nein, nur meine Nase blutet, ist nicht schlimm, aber es will einfach nicht aufhören." Ich kannte den Mann nicht und es war mir peinlich, so blutüberströmt und verdreckt vor ihm zu sitzen.

„Sie können hier nicht bleiben, es könnten Flieger kommen."

Ich wusste das, aber was sollte ich denn machen? Sein großes Taschentuch nahm ich dankend an.

„Sie müssen den Kopf in den Nacken legen, sonst wird das nichts." Er überquerte schnell mit meinem blutdurchtränkten Taschentuch die Straße. Im Straßengraben war noch Wasser vom April-Regen. Darin wusch er es, kam zurück und legte es mir nass in den Nacken, nahm mir sein mittlerweile auch blutiges Tuch ab und wiederholte die Prozedur. Dann setzte er sich neben mich und reinigte langsam mein Gesicht damit. Es fühlte sich gut an. Er sagte ein paar Minuten nichts, strich mir nur über die Haare und beruhigte mich.

„Vollgummi, nicht wahr?"

„Der Reifen ist weggerollt, das tut er manchmal hier. Wissen Sie, wie spät es ist?"

„Mittag vorbei", sagte er und mir wurde übel.

„Sie wird sicher schrecklich mit mir schimpfen und mich nicht mehr weglassen. Dabei will ich doch unbedingt Zeichnen lernen."

„Zeichnen?" In dem Moment näherten sich Flieger.

„Kommen Sie, wir müssen uns schnell in den Graben legen."

„Mein Vater hat mir für solche Fälle eine Decke mitgegeben, darunter können wir uns verstecken", sagte ich und nahm das kratzige Stück vom Gepäckträger. Wir legten uns in den Graben und der Mann warf die Decke über uns. Es war stickig darunter und ich hatte Herzklopfen.

„Wo nehmen Sie denn Malunterricht", fragte er flüsternd.

„Bei der Klosterschwester, sie heißt Gundula."

„Echt, Gundula, sie hat mich auch unterrichtet, früher, aber dann bin ich nach München, um Medizin zu studieren. Im fünften Semester haben sie mich eingezogen und an die Front geschickt. Dort gab es mehr verletzte als gesunde Soldaten. Aber es wird bald vorbei sein. Vor drei Tagen haben sie uns weggeschickt. Oder besser gesagt, uns dazu gezwungen. Aber dann haben sie doch hinter uns her geschossen. Ich konnte entkommen und bin seitdem unterwegs. Das Fahrrad habe ich irgendwo gestohlen." Als es wieder ruhig wurde, nahm er die Decke weg und wir richteten uns auf. Dann lächelte er mich an und meinte: „Das Bluten, es hat aufgehört. Aber bleiben Sie noch ein wenig liegen, bis ich Ihren Reifen geholt habe. Ich heiße übrigens Helmut. Und Sie?"

„Emma"

Ich blieb liegen, schloss die Augen und fühlte mich so gut wie nie. Dann hörte ich, wie Helmut zurückkam, den Reifen befestigte und sagte: „Kommen Sie, ich bringe Sie jetzt auf dem Gepäckträger nach Hause, Ihre Antiquität hole ich später."

„Aber Sie wollten doch in die andere Richtung."

„Egal, ich habe keine Eile."

Helmut brachte mich also nach Hause und redete mit meiner Mutter. Sie schimpfte nicht mit mir und haute einfach Eier in die Pfanne.

Helmut wollte mir sein gutes Fahrrad mit Dynamo leihen und meinte, ich solle bis auf Weiteres damit fahren.

„Warum tun Sie das?", wollte ich wissen.

„Damit Sie weiterhin zum Malunterricht können und berühmt werden."

„Und was haben Sie davon?

„Sie gehen mit mir zum Ball, sobald es wieder einen gibt."

„Ich?"

„Ja"

„Warum?"

„Ich muss doch sehen, ob meine zukünftige Frau tanzen kann."

Christa Blenk, *geboren 1956, lebt in der Vendée/Atlantik. Sie hat die letzten 42 Jahre in unterschiedlichen, europäischen Städten gewohnt und gearbeitet, schreibt Ausstellungskataloge und hat Kurzgeschichten in verschiedenen Anthologien und Literaturzeitschriften veröffentlicht. Seit über zehn Jahren verfasst sie Beiträge für das Berliner Online Magazin KULTURA EXTRA über Kunst, Reisen und Musik.*

Und täglich grüßt der Leiterwagen

Die Geschichte spielt zu einer Zeit, in der Radfahren noch intensive Körperertüchtigung war, besonders im Oberbergischen Land, einer Gegend mit unzähligen Höhen und Tiefen. Die Entwicklung der kleinen Kästen, mit deren Hilfe künstlicher Rückenwind erzeugt wird, steckte noch in den Kinderschuhen und Pedalritter galten auf vielen Strecken als Fahrbahnrandfiguren.

Aus einer Laune heraus schwang ich mich eines Morgens auf mein Trekkingrad und sauste frohen Mutes den Berg hinab. Die Stahlfirma, bei der ich mein Brot als Sekretärin verdiente, befand sich in einem dünn besiedelten Tal. Die Kollegen nannten es *Tal der Ahnungslosen*, obwohl der Fernseh- und Rundfunkempfang sowie die Telefonleitungen uneingeschränkt funktionierten. Meistens jedenfalls. Internet und Mobilfunk spielten zu der Zeit eine eher untergeordnete Rolle. Die Firma lag weitab vom Schuss! Restaurants, Geschäfte, Nachbarfirmen: Fehlanzeige. Mein Arbeitsweg war zwar asphaltiert, erinnerte aber teilweise an eine Holperpiste in einem afrikanischen Nationalpark.

An besagtem Tag radelte ich vorbei an Bäumen und Sträuchern, rauschenden Bächen, blumenbestandenen Wiesen und malmenden Kuhmäulern. Hin und wieder sprang ein Reh über die Straße. Reiher flogen über meinen Kopf hinweg. Sogar einen Waschbären sah ich. Leider einen toten. Nach dreißig Minuten erreichte ich das Bürogebäude. Das Rad parkte ich an der Hauswand.

Der Heimweg zog sich dann wie Kaugummi. Ich trat wie verrückt in die Pedale und bewegte mich dennoch nur im Schneckentempo von der Stelle. Daheim angekommen, wurde mir allerdings bewusst, dass ich mir alle kleinen und großen Alltagssorgen von der Seele gestrampelt hatte.

Fortan radelte ich an jedem Arbeitstag zwanzig Kilometer durchs Oberbergische. Nach kurzer Zeit war ich bei entgegenkommenden Autofahrern bekannt wie eine bunte Hündin – oder besser gesagt: Radlerin. Ein weißer Kastenwagen mit einer Leiter auf dem Dach fiel mir von Weitem schon ins Auge. Dem Fahrer erging es wohl ähnlich. Sobald er mich erblickte, betätigte er die Lichthupe, strahlte mich an und winkte freudig. Die überholenden Autofahrer drückten meist kurz auf die Hupe. Der Gedanke, es könne sich dabei um eine Drohgebärde handeln, lag mir fern.

Dass ich ebenfalls bei den wenigen Anwohnern Beachtung fand, wurde mir erst bewusst, als mir eine Kollegin zuraunte, sie würde mich jeden Nachmittag vom Kaffeetisch aus beobachten. Wie hätte ich wissen können, dass ihr Küchenfenster an meiner Rennstrecke lag?

Ausgerechnet am Ende meines Heimweges galt es noch einen steilen Anstieg zu bewältigen. Meistens schob ich das Rad vor mir her und fluchte dabei wie ein Bierkutscher. Eines schönen Tages stand ein Mann vor einem der Nachbarhäuser und sprach mich an. Er fragte mich frei heraus, ob ich keinen Führerschein besitze.

„Klar habe ich einen Führerschein. Ich muss ihn mal suchen", lautete meine Antwort.

Besonders das Bergaufradeln diente mir als kostenloses Konditionstraining. Ich steigerte das Tempo von Tag zu Tag. Auch mich lockte der Kaffeetisch beziehungsweise das Abendessen, das meist üppig ausfiel. Ich hatte ja etliche Kalorien verbraucht.

Einziger Nachteil: Ich war den Wetterkapriolen bedingungslos ausgesetzt. Einmal wurde ich auf halber Strecke von einem Regenguss überrascht. Ich betrat das Büro wie eine begossene Pudeldame und die Kollegen boten mir an, mich nach Hause zu fahren, damit ich mich umziehen könne, was ich natürlich ablehnte. Ich hockte mich neben die Heizung und schon bald war meine Kleidung getrocknet. Nachmittags schien dann wieder die Sonne.

Grundsätzlich wurde ich häufig gefragt, warum ich mir das Leben so schwer mache. Schwer? Ich liebe das Radfahren! Früher wie heute. Radfahren ist eine der einfachsten und preisgünstigsten Sportarten. Es schont die Umwelt und macht glücklich.

Monika Arend, geboren 1964 in Köln, lebt mit ihrem Mann im Oberbergischen Land. Die gelernte Fremdsprachenkorrespondentin hat ein Studium in kreativem Schreiben absolviert und verfasst kurze und lange Geschichten in diversen Genres. Sie radelt seit dem dritten Lebensjahr und macht die Wälder ihrer Heimat auf dem Mountainbike unsicher.

Opa Theos Fahrrad

Heute war Opa Theos Beerdigung. Jetzt sitzt die ganze Familie versammelt in seinem Wohnzimmer. Onkel Frank ist in der Küche und rührt Schokoladencappuccino für alle an.

„Lukas, kannst du mal helfen?"

Ich balanciere ein voll beladenes Tablett zum Couchtisch. Meine Mutter stellt das beim Supermarkt gekaufte Gebäck hin und sagt, wir sollten zugreifen, die Kalorien im Bauch würden uns helfen und ich frage mich, wie viele Creme gefüllte Donuts es wohl bedürfe, damit ich meinen Opa nicht mehr vermisse. Laut meiner Mutter wären zwei Teilchen für jeden drin, aber ich bezweifle, dass zwei Teilchen meinen Großvater aufwiegen können. Tante Wilma sitzt neben meinem Vater. Sie sprechen nicht miteinander. Schon seit zehn Jahren nicht. Mein Vater hatte einmal den Seitenspiegel des Autos meiner Tante abgefahren. Seitdem Funkstille. Ich glaube nicht, dass es nur um den Seitenspiegel ging, aber das war die offizielle Version. Ich fahre jetzt immer sehr vorsichtig Auto.

Meine Cousinen diskutieren, wem die Plattensammlung plus Spieler zustände. Früher waren die 110 Quadratmeter das Zentrum unserer Familie. So viel Leben steckte hier drin und ich frage mich, wie es überhaupt hier hineingepasst hat. Jetzt ist es, als würde ein Filter über dem Haus liegen, der alles in Sepia taucht, Räume klein, Tapeten speckig und Möbel abgenutzt wirken lässt.

„Was ist mit dem Auto?"

„Das können wir doch noch zu Geld machen."

„Müll."

„Ich nehme den Rasenmäher."

„Die Bilder kann man noch zu Geld machen."

„Müll."

„Der Fernseher ist erst vom letzten Jahr. Den kann man zu Geld machen."

„Ich nehme den!“

„Quatsch, alles auf den Müll.“

Ich lasse den nie endenden Redefluss meiner Familie in meinem Kopf zu einem Rauschen werden. Ich will das alles nicht hören. Kaum ist Opa Theo tot, geht es nur noch um die Besitztümer. Dabei ist doch nichts unwichtiger.

„Lukas, weißt du das?“

Meine Mutter tippt mich an. Ich stelle den Ton in meinem Kopf wieder klar. Alle schauen mich erwartungsvoll an.

„Opas Sparbuch? Weißt du, wo das ist?“, fragt sie mich, während sie Omas alte Schmuckschatulle durchgeht.

„Spinnt ihr eigentlich alle?“, bricht es auch mir heraus. „Ist das alles, was euch interessiert? Ich habe mal gelesen, dass ein entscheidender Punkt, der uns von Tieren unterscheidet, der ist, dass wir eine Trauerkultur haben. Von einer Kultur kann hier keiner sprechen.“

Ich stürme hinaus. In der Garage müsste noch Opas Fahrrad stehen. Bingo. Ich schwinge mich darauf und fahre los. Einfach los. Egal wohin. Doch irgendwann merke ich, dass ich ganz in der Nähe der alten Obstbaumwiese bin. Hier haben wir früher um die Wette Kirschkerne gespuckt. Ich finde sogar den Baum wieder, unter dem wir Enkel mit Opa immer saßen. Ich halte an und setze mich an den Stamm des Baumes, atme tief durch und schließe meine Augen. Da trifft mich etwas Hartes am Kopf. Ich schaue mich verwundert um und entdecke jemanden auf dem dicken Ast.

„Opa, bist du das? Hast du gerade einen Kern auf mich gespuckt?“

Er grinst verschmitzt. „Und ob. Was ist los?“

„Ich vermisse dich.“

„Ich dich nicht.“

Das hatte ich nun nicht erwartet.

„Ich bin doch immer bei dir und du bei mir.“ Er tippt sich aufs Herz.

„Die anderen benehmen sich wie Tiere. Es geht nur darum, wer was haben will.“

„Jeder geht mit Schmerz anders um.“

„Und wenn das jetzt immer so bleibt?“

„Als du jünger warst und nicht wusstest, wohin mit deiner Energie oder deiner Wut, sind wir immer Rad gefahren. So schnell, bis alles raus aus dir war. Das machst du einfach auch.“

„Ich bin doch keine zehn mehr.“

Im nächsten Moment ist Opa verschwunden.

Ich fahre weiter und weiter, bis mir die Lunge brennt. Es ist nicht alles raus, aber irgendwann muss ich zurückfahren. Ich werde nicht für immer auf diesem Rad sitzen können. Als ich das Fahrrad abstellen will, fällt es mir fast um. Ich bekomme gerade noch den Lenker zu greifen, doch es kracht zu Boden und ich habe nur noch die Gummiummantelung des Griffs in der Hand. Ich will den Gummigriff wieder aufstecken, da bemerke ich etwas in dem Rohr des Lenkers. Da ist doch ein Papier. Opas Schrift.

Mit dem Zettel wedelnd eile ich zu den anderen.

Zunächst bemerken sie mich nicht. Zu sehr sind sie in Gespräche und die Dinge um sie herum vertieft. Ich setze mich, ohne ein Wort zu sagen, neben meine Mutter.

Sie zuckt zusammen und umarmt mich. „Wo warst du? Wir haben uns Sorgen gemacht!"

Jetzt schauen mich auch die anderen an. Ich lege das Blatt auf den Tisch. Alle lehnen sich nach vorne. Meine Mutter nimmt das Papier und beginnt zu lesen.

„Wenn ihr das lest, bin ich wahrscheinlich tot." Erschrocken nimmt sie die Hand vor den Mund. Das Papier in ihrer Hand zittert.

Onkel Frank nimmt ihr den Zettel aus der Hand.

Wenn ihr das lest, bin ich wahrscheinlich tot. Ilse sortiert Schmuck. Frank will alles auf den Müll schmeißen. Lena und Marie wollen die Platten. Und Wilma und Mark reden nicht miteinander. Jaja, so ist es doch. Wenn ich an euch denke, dann denke ich an Kirschkerne. Ich denke an Radtouren und Zeltübernachtungen im Garten. Ich denke daran, wie wir Marienkäfer gesammelt haben und Erdbeereis gegessen haben. Ich erinnere mich an Volleyballturniere mit einem Wäscheleinennetz. Ich erinnere mich, wie wir euch Enkel geweckt haben, weil abends Nicole im Fernsehen kam. Und an den Duft von Omas Kartoffelpuffer. Das alles war aber nur von Bedeutung, weil wir es gemeinsam erlebt haben. Wenn ich einen letzten Wunsch habe, dann diesen: Lasst Seitenspiegel Seitenspiegel sein. Verkauft das Haus und teilt die Einnahmen. Und trefft euch immer an meinem Geburtstag. Ihr seid das Wichtigste, was ihr habt.

Für einen Moment herrscht Stille. Totenstille. Dann bricht es los.

„Das ist so typisch für ihn!"

„Wisst ihr noch, als er jedem eine ein Meter lange Geschichte geschrieben hat?", sagt Tante Wilma.

Mein Vater nickt. „Ja, und als er uns einen Kaufmannsladen gebaut hat?"

„Der steht immer noch bei mir auf dem Dachboden."

Ich kann es nicht glauben, das Unfassbare ist hier gerade passiert: Sie sprechen miteinander.

„Mit mir hat er fünf Stunden Monopoly gespielt", sagt meine Mutter.

Alle reden durcheinander. Und da, ganz nebenbei, legt mein Vater seine Hand auf Tante Wilmas Schulter.

Der Sepiafilter blendet sich aus.

Ich muss grinsen. Selbst jetzt noch schafft mein Opa es, Menschen zu bewegen. Mein Herz ist voll. Voll Emotion. Nicht nur Trauer, sondern auch Freude. Und Energie. Ich muss aufs Rad.

So lange, bis all das raus ist.

Esther Fengkohl *wurde 1988 geboren und ist in Ostfriesland zu Hause. Ihr ganzes Leben dreht sich um die Sprache. Sie studierte Germanistik und Philosophie und ist vor allem als Lehrerin für Deutsch als Fremdsprache tätig. Wenn sie nicht gerade Schüler*innen durch die Tücken der deutschen Grammatik navigiert, verbringt sie Zeit mit ihrer Familie oder lebt sich kreativ aus.*

Durch dick und dünn mit der Dreigangschaltung

Clipper, so lautete der Schriftzug auf dem roten Fahrrad – und so sollte der Drahtesel auch heißen. Das dreigängige Fahrrad ersetzte mein kleines blaues *Safari* und wurde 1986 aus dem Taunus mit nach Mailand genommen. Mit meinen zehn Jahren war ich es damals gewohnt, durch den kleinen Ort Ruppertshain zu radeln, und war mit dem Nachbarjungen nach der Schule immer mit dem Rad unterwegs. Einmal zum Bäcker Neuhaus, dann zum Schreibwarenladen, um Omas Zeitung zu kaufen oder einfach nur unbeschwert durch Wiesen und Wälder, bergauf, bergab. Mal fuhren wir die Pferde füttern oder wir fingen Kaulquappen im Bach, um diese dann im selbst gemachten Gartenteich auszusetzen. Auch erinnere ich mich an einen spontanen Ausflug zum Rettershof. Anfänglich waren wir nur zu dritt, doch nach und nach gesellten sich weitere Freunde hinzu, während wir aus dem Dorf fuhren, sodass am Ende die gesamte Schulklasse dabei war.

Doch in Mailand sollte sich alles ändern. Wir lebten in einem Vorort in einem Häuserkomplex. Zwar war alles neu gebaut, dennoch sahen diese Häuser alle gleich aus. Einzig in der Farbe unterschieden sie sich. Eine Reihe war gelb, die andere Reihe war rötlich braun. Hinaus aus diesem modernen Getto kam man nur durch ein großes, automatisches Tor oder durch das kleine Eingangstörchen. Die Kinder, die dort lebten, waren entsetzt, als ich ihnen vorschlug, mal mit dem Fahrrad hinauszufahren. Ich fand es einfach nur so fürchterlich langweilig, auf dieser Zufahrtsstraße hin- und herzufahren, wie sie es zu tun pflegten. Immer geradeaus, immer an den Garagen vorbei, immer schön langsam und vorsichtig.

Also zog ich zunächst allein durch den Ort und erkundete die Gegend. Zwar gab es keine Bäche, dennoch fand ich einige Pfützen an einer Baustelle, in denen sich die Kaulquappen tummelten. Schade nur, dass wir hier keinen Garten hatten. Als mein Cousin ein Cross-Fahrrad geschenkt bekam, war die Freude groß, denn er stellte es tatsächlich bei uns unter, da er direkt in der Stadt lebte und er es dort nicht benutzen konnte. Immer wenn er zu Besuch kam, fuhren wir gemeinsam durch die Gegend. Manchmal war auch meine Cousine dabei, die sich auf Clippers Gepäckträger stellte und uns auf diese Weise begleitete.

Natürlich gab es auch die ersten Mutproben. Zunächst waren da die fünf flachen und recht breiten Stufen, die zu unserem Haus hinunterführten. Würde er sich trauen? Würde ich mich trauen? Na klar! Dann steigerte sich der Gefährlichkeitsgrad und wir nahmen uns weitere zwölf ziemlich steile Stufen vor.

Mein Cousin war diesmal verunsichert und meinte: „Lassen wir das. Dein Fahrrad eignet sich doch nicht dafür. Am Ende fährst du es noch kaputt."

Das hätte er besser nicht sagen sollen. Der Ehrgeiz war nun größer als alle Angst und so nahm ich allen Mut zusammen und fuhr waghalsig die zwölf Stufen hinab. Stolz und große Erleichterung überkamen mich, kaum dass ich unten angekommen war, ohne zu fallen und mir das Genick zu brechen. Tja, nun musste sich auch dieser Angsthase von einem Cousin überwinden, wollte er sich nicht blamieren. Denn wenn die jüngere Cousine sich traute, dann durfte er natürlich nicht kneifen!

Mit Clipper nahm ich auch an einem Geschicklichkeitswettbewerb teil. Als einziges Mädchen und mit dem einzigen Damenfahrrad erreichte ich den dritten Platz und war mächtig stolz darauf. Ich ärgerte mich lediglich über meine schlechten Wurffähigkeiten, denn eine der Aufgaben bestand darin, anzuhalten und mit dem Basketball den Korb zu treffen. Ebenso hätte ich wohl bei dieser Aufgabe Zeit gespart, wenn ich das Fahrrad dafür achtlos fallen gelassen hätte wie alle anderen, anstatt den Fahrradständer auszuklappen, aber so behandelte ich Clipper nun mal nicht.

Einige Jahre später wurde Clipper dann von Herkules ersetzt, doch das rote Fahrrad wurde in unsere Ferienwohnung nach Sardinien gebracht. Hier konnte ich endlich wieder die Natur erkunden! Gemeinsam mit meinen Cousins organisierten wir einen Ausflug in die Dünen. Die Straßen dorthin waren nicht asphaltiert und ziemlich abenteuerlich. Mehrmals überquerten wir ausgetrocknete Flussbetten, doch an zwei Stellen führte der Weg auch durchs Wasser. Unter Schatten spendenden Pinienbäumen hielten wir für ein Picknick, bevor es dann zurück nach Hause ging. Verschwitzt, verstaubt, müde, aber dennoch begeistert von der Tour kamen wir erst am Abend an.

Stets liebte ich die Geschwindigkeit, doch zugegeben – oft war ich dabei auch recht leichtsinnig. Ich erinnere mich an einen Restaurantbesuch. Ich hatte das auf einem Hügel liegende Anwesen mit dem Fahrrad erreicht und freute mich bereits auf die Rückfahrt, denn nun ging es nur noch bergab. Meine Cousine wollte auch mitfahren, also nahm ich sie auf dem Gepäckträger mit. So fuhren wir zu zweit auf dem alten Fahrrad die kurvenreiche Landstraße einen guten Kilometer lang ungebremst hinab – und zu jener Zeit natürlich ohne Helm. Wir hatten so viel Schwung, dass wir die letzten fünfzig Meter Steigung ohne Weiteres hinaufkamen.

Dem sorglosen Schnellfahren wurde lediglich Einhalt geboten, als ich einige Jahre später in Begleitung meines Hundes durch die sardische Wildnis bretterte. Ich folgte einem schmalen Pfad, der mehrere trockene Flussbetten überquerte, fuhr etwas vorsichtiger, als es durch Dornen und Disteln ging, und meinte dann, erneut ins Pedal treten zu können.

Böser Fehler!

Ich erwischte einen Ast, der sich irgendwie in den Speichen verfing und für eine ungewollte Vollbremsung sorgte, der ein spektakulärer Salto folgte. Einen Augenblick später landete ich unsanft auf dem Rücken, Clipper landete weicher – auf mir. Den Lenker hielt ich noch immer fest in der Hand. Und der dumme Hund? Der war stehen geblieben, hielt den Kopf schief und schaute mich nur seltsam an.

Ich habe Clipper stets viel zugemutet, und nachdem endlich der Traum eines Mountainbikes in Erfüllung ging, wurde das gute alte Fahrrad verschenkt. Vermutlich waren all die Nachfolger dieses roten Damenrads mit Dreigangschaltung qualitativ und technisch besser, dennoch erlebte ich nie wieder solch tolle Abenteuer wie mit diesem einen Rad.

Mit Hercules und Hund war ich in Südtirol unterwegs und auch den Taunus habe ich erneut mit einem Mountainbike erkundet, doch es waren einfach nur schöne Ausflüge.

Nachdem ich lange Zeit nicht mehr Fahrrad gefahren bin, besitze ich nun ein E-Bike. Ich fahre erneut durch Ruppertshain zu den Pferden. Flott geht es den Berg hinab, dennoch mit Bedacht, denn heutzutage herrscht viel mehr Verkehr und man weiß ja nie, ob nicht doch irgendwo ein Ast auf der Straße liegt. Ich erledige meine Stallarbeit, dann fahre ich zurück. Ich bin froh, dass mich nun ein Motor unterstützt, denn zurück geht es nur steil bergauf. Und ich ertappe mich dabei,

wie ich an früher denke, wo ich jeden dieser Anstiege problemlos mit
Safari und später mit Clipper bewältigt habe. Früher, als es noch Bäcker
Neuhaus und den Schreibwarenladen gab und man noch unbeschwert
durch Wiesen und Felder fuhr.

*__Pamela Murtas__ wurde 1975 in Frankfurt-Höchst geboren, lebte jedoch
seit ihrem zehnten Lebensjahr in Italien, wo sie an der Deutschen Schule
Mailand ihr Abitur absolvierte. Nach drei Jahren Moskauaufenthalt kehrte
sie nach Italien zurück, um in Rom professionellen Reitsport zu betreiben.
Seit 2007 wohnt sie erneut in Deutschland. Veröffentlicht hat sie bisher den
vierteiligen Abenteuerroman „Destini", außerdem weitere Kurzgeschichten
und Gedichte in verschiedenen Anthologien.*

Der Schock

Am Mittag, noch vom Traum umhüllt,
die Kaffeetasse schon gefüllt,
blick sinnend ich zum Fenster raus,
denn immer steht dort vor dem Haus:
mein Fahrrad.

Der trübe Blick schweift her und hin,
weil ich noch recht verkatert bin,
dort sollte es verschlossen steh'n
doch dummerweise nichts zu seh'n,
vom Fahrrad.

Die Tasse wankt in meiner Hand,
es bringt mich schier um den Verstand:
Wer hat sich bloß in tiefer Nacht
an das, was dort stand, rangemacht,
ans Fahrrad.

Was mach ich bloß, wie geh ich vor,
es rauscht in meinem linken Ohr,
ich zittere von Kopf bis Zeh,
denn der Verlust tut richtig weh,
vom Fahrrad.

Ich nehm mein Handy und ich schau –
nun bin ich nicht mehr ganz so blau –
ob irgendwo die Nummer sei,
bei der ich find die Polizei,
fürs Fahrrad.

Grad da ruft meine Freundin an:
„Wie gut, dass ich dich sprechen kann,
ich schau hier aus dem Fenster raus,
da steht ganz einsam vor dem Haus
dein Fahrrad!"

Ein Grinsen fällt mir aufs Gesicht,
Erleichterung, wer kennt das nicht.
Ich stelle meine Tasse nieder,
nun habe ich es endlich wieder:
mein Fahrrad.

Anke Elsner, *Münster, verheiratet, zwei Söhne; Abitur 1975, Studium der Germanistik, Soziologie und Publizistik an der WWU; MA 1985; Familienzeit; ab 2002 Dozentin für „Deutsch als Fremdsprache"; seit 2013 Autorin; Nominierungen in Schreibwettbewerben; 1. Preise, u. a. Gewinnerin der „Mölltaler Schreibader"(Heiligenblut, 2019); circa 80 Publikationen in Deutschland, Österreich und der Schweiz; Lesungen und Auftritte als Mitglied der Gruppe „AG Sargnagel"; eigene Kurzkrimi-Anthologie „Doppelkopp". ankeelsner.wordpress.com.*

Mit oder ohne Fahrrad

Eine Geschichte zu erzählen, ist eine Freude, gerade wenn sie etwas Autobiografisches als Inhalt aufweist. Vor allem greife ich auf meine Kindheitserfahrungen in den Sechzigern und Siebzigern zurück.

Dreirad, Tretroller, Tretauto und das Fahrrad. Dies waren die Vehikel, die in der Kindheit von mir benutzt wurden. Die Leidenschaft für das Tretauto stellte die Benutzungserfahrungen mit den anderen Vehikeln allerdings deutlich in den Schatten. Ich liebte mein Tretauto. Das Fahrradfahren in der unmittelbaren Umgebung des elterlichen Hauses war in Kindheitstagen natürlich nicht weniger wichtig.

Ja, früher hatte ich immer wieder einen sogenannten Drahtesel, weil es üblich war, dass Kinder und Jugendliche ein Fahrrad besaßen. Die Eltern schenkten es mir jedes Mal. Alle Kinder in der Familie sollten ihren Spaß am Fahren in der Stadt haben. Sportliche Fitness als auch praktische Mobilität im Alltag gehörten zu den Erziehungsinhalten der Eltern.

Allerdings war ich nicht einer von denen, die im traditionellen zweirädrigen Fahrrad einen wesentlichen Teil des Lebens sahen, jedenfalls fuhr ich nur phasenweise Fahrrad, nämlich dann, wenn ich das Bedürfnis nach dem Gefühl des Fahrens hatte. Oder wenn Spielkameraden und Freunde auf den Höfen und Grundstücken, gelegentlich auch auf Bürgersteig oder Autofahrbahn, hin- und herfuhren. Sichere Fahrradwege gab es in unserer Stadt kaum.

Das eigene Fahrrad war wichtig. Allein das sich Beschäftigen mit ihm, zum Beispiel kleine Reparaturarbeiten an den Reifen und die tägliche Pflege des ganzen Rads, hatten einen hohen Stellenwert. Zudem war es ein eher wertvolles Besitztum – in der Kindheit sicher ein wichtiger Aspekt. Das war auch so ein Grund, einen Gegenstand besonders wertzuschätzen! Nicht zu vergessen: Dann war da natürlich noch die Einübung in das Verkehrsverhalten auf den Straßen der Großstadt. Sich nur als Fußgänger im Straßenverkehr zu bewegen, wäre denn doch etwas dürftig gewesen, um möglichst vielseitig Erfahrungen als junger Verkehrsteilnehmer zu sammeln. Es ging auch und gerade darum, Unfallrisiken durch die frühe Praxis als Verkehrsteilnehmer erkennen zu lernen!

In späteren Lebensjahren war das Fahren mit dem Zweirad, welchem auch immer, stark in den Hintergrund getreten. Insbesondere lag es an sehr praktischen Erwägungen, so zum Beispiel daran, dass die öffentlichen Verkehrsmittel, vor allem Bus und Bahn, in der Großstadt recht gut waren. Deren Benutzung im Alltag somit durchaus eine Alternative zu allen anderen Verkehrsmitteln darstellte. Dies dürfte in deutschen Städten Allgemeingültigkeit haben, wenngleich Kritik nicht selten angebracht war und ist. Man könnte sich über den ÖPNV weiter auslassen.

Das Fahrrad zu Hause! Seitdem das E-Bike in den Verkehrsalltag massiv Einzug gehalten hat, ist es verlockend, eines zu benutzen. Das vor einigen Jahren erworbene Klapprad steht im Keller und harrt der häufigeren Benutzung. Die letzte Fahrradtour liegt schon länger zurück. Schon damals erwies sich, dass – jedenfalls dieses Klapprad – wenig für das Rundfahren im Bergischen Land geeignet ist. Die Mittelgebirgslage unserer Stadt lässt einen schon wegen des anstrengenden Fahrens bei starkem Gefälle auf den Straßen immer wieder darüber grübeln, ob bloß noch ein E-Bike für einen Menschen in fortgeschrittenem Lebensalter sinnvoll wäre!

Kay Ganahl, Jahrgang 1963 mit dem Lebensmittelpunkt Solingen/NRW, von Beruf Diplom-Sozialwissenschaftler und Schriftsteller, begann in jungen Jahren, sich mit Literatur, Politik und Philosophie auseinanderzusetzen, sodass es selbstverständlich war, diese Interessen mit dem Studium der Sozialwissenschaften an den Universitäten-Gesamthochschulen Wuppertal und Duisburg weiter zu verfolgen. Dort studierte er in der Studienrichtung Politische Wissenschaft schwerpunktmäßig politische Theorie und Philosophie, Ideengeschichte sowie Sozialphilosophie (Nebenfächer Soziale Arbeit/ Erziehung und Psychologie).

Für Felix

Wissen Sie, ich hasse Fahrräder. Ich mag sie einfach nicht. Und dieses Gefühl ertrage ich nicht, diese Qualen, wenn ich mich abstrampeln muss. Im wahrsten Sinne des Wortes ist es für mich eine Last, wenn ich nicht als Inhalt in dem Korb eines Lastenrades sitze, sondern als Antrieb dessen fungiere.

Die Vorstellung ist ja die: Ich hocke als bestrebter Mensch mit gerade durchgestrecktem Rücken auf einem, trotz Polsterung, unbequemen Sattel mit einer Stange zwischen den Beinen, die zu nichts zu gebrauchen ist. Wenn Sie also versuchen, mich auf ein Fahrrad zu setzen, dann besteht die dringende Gefahr, dass ich wie diese Papageien aussehe, die für Flugshows mit Leckerlis bestochen wurden, um sich auf einem Spielzeugfahrrad fortzubewegen – Sie können mich beobachten, ihren Spaß haben und applaudieren oder es einfach sein und mich mit Fahrrädern in Ruhe lassen.

Und sollten Sie dann noch an meine Gefühlswelt appellieren, denn es gibt Menschen, die den Kopf klar kriegen, wenn ihnen der Wind um die Ohren braust, die Haare zerzauselt und die Jacke aufbläst, dann sage ich Ihnen: Ich fühle mich, statt wie ein Hamster im Laufrad, wie ein vom Fahrradhelm zerstörtes, unfrisiertes Frettchen auf der Flucht. Und nein, es ist auch keine Hilfe, wenn ich den Helm weglasse, die Stange ausbaue oder mir Stützräder zulege. Fragen Sie mich nicht, aber ich schaffe es sogar, auf Mountainbikes in Zeitlupe umzukippen.

Zu meiner Verteidigung gestehe ich, dass zu Hause ein wahnsinnig schweres, aber wunderbar frauenfreundliches Fahrrad mit extra tiefem Einstieg für die alte Dame in mir auf mich wartet. Und eigentlich würde es sich zutiefst freuen, wenn es auch bewegt werden würde. Eigentlich. Denn, um es kurz zu machen, ich hasse es. Es ist so eine Hassliebe. Das Fahrrad steht gut und trocken. Und um ehrlich zu sein, verwahrlost würde den Zustand meines Dekoelements sehr gut beschreiben. Es sieht nicht gut aus, ist aber nützlich, wenn es denn keinen Platten hätte und die Bremsen funktionieren würden. Und nun ist es so, dass ich dennoch, trotz dieser überzeugten, schlechten Meinung von Drahteseln, zu einem Hamster und Frettchen mutiere.

Wie kann das sein?

Nun ja, Sie werden es vermutlich kennen. Es fängt mit Wolke 7 an, geht mit Liebe weiter und endet, nicht, wie Sie vielleicht vermuten, auf einem Bett, sondern – mit einem Ausdruck meines völligen Entsetzens – auf einem Fahrrad. Eigentlich. Zumindest in meinen Träumen. Und an dieser Stelle stirbt die Hoffnung zuletzt und ich hoffe auf das Motto: Träume werden wahr. Und ein Traum bist du!

Lieber gut aussehender, lebensfroher und Fahrrad liebender Mann: Weißt du noch, als wir uns kennenlernten. Und nein, Sie werden es nicht glauben, aber es war nicht auf einem Fahrrad. Es war mitten in der Butnik, in einem Hauch vom Nirgendwo – und dann standest du da. Ich sah dich nur von hinten und wusste der …

Der ist es, würde normalerweise an dieser Stelle stehen müssen, aber stattdessen hatte ich nur vier Buchstaben im Kopf und die lauteten: Mist. Und dann drei Buchstaben: Der.

Um es zu komplettieren: Mist. Ausgerechnet der.

Ja und dieser *Der* warst du.

Du, der mir zeigtest, was es bedeutet, Spaß zu haben. Du, der mit mir die Nächte zum Tag werden ließ, und du, der schuld daran ist, dass seitdem kein Tag mehr vergeht, an dem ich nicht an dich denke. Keine vierundzwanzig Stunden vergehen, ohne dass ich nicht wissen möchte, wie es dir geht. Keine Minuten gehen vorüber, wenn ich nicht bei dir sein kann, und keine Sekunde denke ich darüber nach, wie ich es je wieder gutmachen kann, dass ich genau all das in einem Bruchteil der Stunde, der Minute, der Sekunde nicht gedacht habe.

Und genau das tut mir leid. Manchmal ist es einfach wahr, aus Dummheit muss Frau lernen. Und manchmal stimmt es, man merkt erst, was Frau verloren hat, wenn es zu spät ist. Und manchmal wünschte ich, all das wäre nicht wahr. Dass ich einfach auf *löschen* drücken und die Zeit zurückspulen könnte.

Weißt du noch, als du mir versprochen hast, mein Fahrrad zu reparieren? Wie wir uns ausmalten, einmal gemeinsam auf Reisen zu gehen? Und manchmal merkt man dann, dass man nicht unterschiedlicher sein könnte. Dann wiederum merkten wir, dass es doch funktionieren könnte.

Denn was wäre, wenn wir einfach reisen, auf einem Drahtesel ... gemeinsam? Was für eine Erfindung namens Tandem, das vielleicht das Abenteuer unseres Lebens werden könnte.

Konnte.

Denn jetzt ist es vorbei und es vergeht kein Tag mehr, keine Stunden, keine Minuten, keine Sekunde, in denen ich mir nichts sehnlicher wünsche, als endlich wieder bei dir zu sein ... auf unserer Reise ... Das Abenteuer wagen ... mit dir ... zu zweit in die Unendlichkeit ... Auf einem Drahtesel.

***Ann-Kathleen Lyssy,** hat Landschaftsarchitektur studiert und in der Gartenplanung gearbeitet. Auf ihren Reisen kommen ihr die Ideen zum Schreiben. Seit 2021 studiert sie Kulturwissenschaften als Fernstudiengang.*

Cia Battino

Ein Jahr hatte ich dafür gespart und noch dazu drei Wochen meiner Sommerferien an einen ödenden Ferienjob vergeudet. Alles für ein Rennrad, ein Cia Battino, nachtschwarzer Rahmen, gelbes Lenkerband und ein gelber, geschwungener Schriftzug am Rahmen. Gekauft in einer angesehenen Fahrradmanufaktur, in der man mich ausgemessen und das Rad meinem Körper angepasst hatte. So etwas machte damals sonst niemand.

Es war bei Weitem nicht das beste Rad, das man für Geld kaufen konnte, aber es war mein Rad. Wenn ich damit unterwegs war, war es stets, als triebe mich eine leichte Brise vor sich her und die Sonne schien. Auf dem Rad wirkte alles leicht. Ich pflegte es, so gut ich nur konnte, und wenn ich mittags aus der Schule kam, machte ich eine Tour und war glücklich.

An einem schönen Sommerabend fuhren zwei Freunde und ich mit unseren Rennrädern zum Kino. Stolz registrieren wir die neidischen Blicke der Passanten. Die Räder stellten wir im winzigen Hinterhof des Kinos ab. Einträchtig standen sie dort, ein wunderschöner Anblick – drei Räder, sauber und glänzend.

Doch als wir nach dem Ende des Films um die Ecke zum Hinterhof bogen, lagen unsere Schlösser auf dem Boden. Nur Thomas rotes Bianchi-Rad, dessen vorderer Schaltzug gerissen war, stand noch an Ort und Stelle. In den Augen der Diebe war es damit wohl minderwertig gewesen. Ralf stürmte zurück zur Straße, in der Hoffnung, noch jemanden mit den Rädern wegfahren zu sehen, doch da war niemand mehr.

„Verdammt", sagte er leise, als er zurückkam.

Thomas stand mit unglücklichem Gesichtsausdruck da und wusste nichts zu sagen. Es schien, als würde er sich schämen, dass sein Rad verschont worden war. Auch mir war nicht nach reden. Vielmehr hob ich eines der durchtrennten Schlösser auf und steckte es in die Tasche. Ich war sicher, den Dieb eines Tages mit meinem Rad zu treffen. Das

Schloss war für mich eine Art Talisman dafür, mein Eigentum zurückzubekommen.

Auf dem Polizeirevier machte man uns keine Hoffnung. Aller Erfahrung nach wurden gestohlene Räder umgehend aus der Gegend gebracht und verkauft. Während wir den Diebstahl anzeigten, hielt ich die ganze Zeit über das durchgeschnittene Schloss in meiner Tasche fest umfasst, auch dann noch, als Ralfs Vater uns mit dem Auto abholte. Thomas fuhr währenddessen mit seinem Rad nach Hause.

Ich kaufte kein neues Rennrad. Es ging einfach nicht, mein Rad war fort. In den folgenden fünfzehn Jahren fuhr ich mit allen möglichen Rädern, doch egal, womit ich fuhr, niemals wieder ging es so leicht wie damals mit meinem Rad, jede Kurbelumdrehung fühlte sich vielmehr an wie Arbeit.

Einige Jahre später begann das Ortsamt, Fundsachen zu versteigern, die niemand abgeholt hatte. Liegengebliebene Koffer vom nahe gelegenen Regionalflughafen und abgegebene Fundstücke wie Schlüssel, Brieftaschen und Spielzeug. Thomas schleppte mich eines Tages dorthin, da er ein Faible für diese Veranstaltungen entwickelt hatte.

„Das wird sicher ein Spaß", sagte er. Da er sich so darauf freute und ich nichts Besseres zu tun hatte, ging ich eben mit. Voller Begeisterung erstand Thomas zwei Koffer, deren Inhalt zuvor nicht gezeigt wurde. „Was da alles drin sein könnte. Geld, Schmuck, ganze Reichtümer", träumte er laut vor sich hin. Am Ende war es nur abgetragene Kleidung.

Kurz vor dem Ende der Veranstaltung wurde ein altes Rennrad hereingebracht. Die Laufräder waren platt und eierten, man sah Rost, die Kette hing ausgeleiert durch. Das Rad machte absolut keinen guten Eindruck und doch erkannte ich es sofort. Es war mein Rad, mein altes Cia Battino. Ich hätte es überall wiedererkannt.

Sie riefen fünfzig Euro als Einstiegsangebot auf. Ich hob die Hand.

„Was willst du denn damit?", fragte Thomas. „Das Teil ist doch hinüber."

„Es hat mal mir gehört."

Thomas schaute mich mit großen Augen an. „Das ist doch nicht ..."

Ich nickte.

„Dann musst du es kaufen."

Niemand sonst bot auf das Rad. Kein Wunder. Als ich es an der Warenausgabe abholte, konnte ich erst so richtig erkennen, in welcher Verfassung es war. Mehr Rost, der Sattel plattgesessen, Brems- und Schaltzüge zerfasert. Normalerweise hätte ich solch ein Rad nicht mal eines Blickes gewürdigt.

„Willst du vielleicht damit nach Hause fahren?", fragte Thomas und lachte. Doch ich schüttelte nur den Kopf. Wir packten es schließlich hinten in den Kofferraum.

Das Rad blieb erst einmal bei meinen Eltern in der Garage. Ich wusch und putzte es, schmirgelte die rostigen Stellen ab und übersprühte sie mit schwarzem, glänzendem Autolack.

Nach und nach besorgte ich gelbes Lenkerband, neue Brems- und Schaltzüge, Sattel und Kette. All das war Massenware, problemlos zu besorgen. Die 600er Shimano-Schaltung und die Mavic 28er-Felgen zu kriegen, war da schon schwieriger, doch nach einer Weile gelang mir auch das, Ebay-Kleinanzeigen sei Dank. Selbst einen gelben Überzug für den neuen, schwarzen Sattel fand ich. Er war perfekt abgestimmt auf die Farbe des Lenkerbandes.

Es dauerte zwei Jahre, dann hatte ich alle Teile beisammen. In der ganzen Zeit blieb das Rad bei meinen Eltern. Ich war ja damals dort mit dem Rad gefahren, also baute ich dort auch die Teile an, ölte die Kette, fettete die Kugellager der Lenkung und der Laufräder, ersetzte die Kugeln und die Lagerschalen.

Dann war alles so, wie es sein sollte, das Rad sah nahezu aus wie neu. Nur den Schriftzug *Cia Battino* hatte ich nicht erneuert. Im Original war er industriell gefertigt, in einer launigen Schreibschrift, doch das hätte ich nicht kopieren können. Doch der Rest des Rades war wieder hergestellt. Dennoch war da diese Unsicherheit in mir. Konnte man ein Gefühl wiederbeleben, auch wenn man selbst und das, was einem dieses Gefühl verschafft hatte, 15 Jahre älter war? Ich war nicht sehr zuversichtlich. So viel Arbeit, möglicherweise umsonst, verschwendete Zeit, verschwendetes Geld?

Es blieb nur, auszuprobieren und herauszufinden, gut oder schlecht, Wohl oder Wehe. Ich nahm das Rad von der Wand, stellte es auf den Boden und führte es zum Ausgang der Garage. Ich hörte das beruhigende, leise Klicken der Schaltung bei jeder Bewegung des Hinterrades, *klack, klack, klack*, wie damals.

Nun war ich vor der Garage. Ich schloss die Tür und ging langsam die Auffahrt herunter. Ich gebe zu, ich war ein wenig nervös. Doch dann stieß ich mich vom Boden ab, schwang mich in den Sattel, griff nach dem Lenker und rollte los, während meine Füße wie von selbst

in die Pedalenschlaufen schlüpften und meine Beine begannen, sich zu
bewegen.

Es war genau wie früher, das Rad und ich, wir waren perfekt aufeinander abgestimmt. Ich musste mir gar keine Mühe geben, das Rad
fuhr fast wie von selbst. Es war einfach göttlich, alles stimmte. Ich fuhr
um die Kurve, da lag die freie Straße vor mir, ganz wie früher, und ich
flog nur so darüber hinweg, als wäre es nichts. Ein ungeheures Glücksgefühl erfüllte meine Brust und breitete sich in mir aus. Ich fuhr und
fuhr, verließ den Ort und gelangte in die freien Außenbezirke, radelte
zwischen Feldern und Wiesen hindurch, so weit, bis ich in den von
Wald durchzogenen Umgebungsbereich des Ortes kam. Bienen summ-
ten, Vögel zwitscherten, hier und da traf ich mal ein Auto, ansonsten
war nur Platz und Freiheit, diese gute, saubere Luft und die Sonne am
blauen, wolkenlosen Himmel. Ich war glücklich und zufrieden, fühlte
mich tatsächlich wieder jung, so unsinnig das auch klingt. Ich schloss
die Augen und spürte den leichten Windhauch auf dem Gesicht und in
meinen Haaren. Wie lang hatte ich mich danach gesehnt …

Hans-Werner Halbreiter, *geboren 1970 am Niederrhein, wohnhaft in
Hamburg, Beruf seit 1991: Krankenpfleger. Hat bereits in verschiedenen
Anthologien veröffentlicht.*

So weit die Räder tragen

Ein treuer Gefährte auf Schotter und Stein
Verlässlich im Werte – so soll mein Rad sein.
Erklimmen die Berge und rauschen ins Tal.
Wir stürzen gemeinsam, versuchen's noch mal.
Gerissene Kette, gebrochenes Bein.
Auch wenn's mal wehtut, sind wir nicht allein.
Auch Platten und Pannen und Patzer – die gabs.
Doch schau mal, wie schön ist der leuchtende Raps!

Auf all den vielen schönen Fahrten,
während wir vor Ampeln warten,
bei Regen, Wind und Sonnenschein,
unterwegs und doch daheim:
auf meinem Fahrrad.

Für mich ists keine alte Mühle
und kein totes Tretgestell.
Mehr als nur ein Schaltgetriebe,
nicht einfach *so'n Drahtesel.*
Nein, wir reichen uns die Hände.
Fast wie Freunde, nicht wie Fremde.
Das klingt vielleicht emotional,
mein Fahrrad ist phänomenal.
Vielleicht auch mal katastrophal,
doch nie und nimmer schnurzegal.

Denn während ich im Bette liege,
schon träumend von der nächsten Biege,
wacht es draußen vor dem Haus.
Mir ist, als flüstert's:
„Kommst du raus?“

Eika Ehme aus *Norddeutschland.*

Marie

Es ist 5:45 Uhr, der Radiowecker springt an und es ertönt Pharrell Williams mit *Happy*. Marie ist so gar nicht happy, sie haut müde und genervt auf *Off* und schwingt träge ihre Beine aus dem Bett. Schichtbeginn ist 7 Uhr und sie muss pünktlich in der Klinik sein. Zweimal war sie in diesem Monat bereits zu spät und mit der Bereichsleitung Monika ist leider nicht zu spaßen. Sie hat keine Lust, wieder den ganzen Tag Bettpfannen zu leeren und Essen auszuteilen. Seit zwei Jahren hat sie ihr Examen in der Tasche, nur das mit dem morgens aus dem Bett kommen, ist noch immer ein Problem. Noch zwei Tage, dann ist die Frühschichtwoche rum.

Schlaftrunken wankt sie ins Bad und stellt sich unter die Dusche. Im Radio wird *Don't worry, be happy* gespielt, okay, langsam kann sie's ertragen, aber diese Radiomoderatorin geht echt gar nicht. „Mensch, Mädel, du bist so gar nicht witzig", zischt sie Richtung Radio. Rein in die Klamotten, ein bisschen Kajal, ein bisschen Wimperntusche, fertig.

Ihre Mitbewohnerin und beste Freundin Lisa schläft natürlich noch, sie ist Studentin und muss morgens nicht so früh aus den Federn. Sie schreibt Lisa noch kurz eine Nachricht:

Heute Abend Penne à la Marie, ich kaufe ein.

Marie ist seit zwei Jahren Single, ihr damaliger Freund Mo hatte sie nach eineinhalb Jahren Beziehung betrogen, das war eine sehr schmerzliche Erfahrung, noch immer hat sie daran zu knabbern.

Sie rennt die Treppe nach unten und schwingt sich auf ihr altes Holland-Rad, seit ihrer Schulzeit leistet es ihr gute Dienste. Klar, es ist kein E-Bike, aber da sie für Sport nicht viel Zeit hat, sind die vier Kilometer bis zum Krankenhaus ein guter Ausgleich. Jeden Morgen fährt Marie beim Bäcker um die Ecke rum und holt sich ein belegtes Brötchen mit Käse.

Schwester Monika ist an diesem Morgen erfreut, dass Marie pünktlich ist, und teilt sie für die Chefarztvisite ein, dieser Arbeitstag fängt doch mal gut an.

Um 14 Uhr geht ein arbeitsreicher Tag zu Ende, Marie macht sich auf zu ihrem Rad. Als sie das Fahrradschloss löst, fällt ihr ein Zettel unter dem Gepäckträger auf. Neugierig faltet sie ihn auseinander. Dort steht geschrieben:

Jeder Tag hat seine eigene Schönheit und du machst jeden Tag für mich noch schöner.

Marie schaut verwundert auf die Zeilen, sie fragt sich, wer denn bitte diesen Zettel auf ihren Gepäckträger geklemmt hat, das war bestimmt ein Versehen, falsches Fahrrad. Mit ihrem Selbstbewusstsein ist es nach Mo nicht mehr weit her, vielleicht will ihr ja auch jemand einen Streich spielen, aber wer sollte so etwas machen? Sie steckt den Zettel in ihre Jackentasche. Jetzt muss sie erst mal für den Pasta-Abend einkaufen.

Lisa müsste gegen 18 Uhr zu Hause sein, dann bleibt Marie noch ein bisschen Zeit für den neuen Krimi, den sie gerade angefangen hat. Als sie mit den Vorbereitungen fast fertig ist, kommt Lisa nach Hause und lässt sich erschöpft auf die Küchenbank fallen. Sie quatschen über die Arbeit, über den heißen Dozenten, von dem Lisa seit Kurzem schwärmt, und lassen sich die Pasta schmecken. Da fällt Marie der Zettel wieder ein, sie holt ihn aus ihrer Jackentasche und hält ihn Lisa unter die Nase.

„Von wem ist der?", fragt Lisa verwundert.

Marie erzählt ihr von dem Fund auf ihrem Rad und davon, dass sie glaubt, es habe jemand das Rad verwechselt oder wolle ihr einen Streich spielen.

Lisa schaut Marie nachdenklich an und meint: „Wer sollte denn so was machen? Vielleicht bist wirklich du gemeint, das könnte doch sein."

Marie winkt ab und steckt den Zettel wieder weg. Lisa verdreht die Augen, sie kennt die Selbstzweifel ihrer Freundin. Marie wechselt schnell das Thema und der Zettel ist für den Abend vergessen.

Am nächsten Tag macht Marie sich wieder auf dem Weg ins Krankenhaus zu ihrer letzten Frühschicht vor dem schichtfreien Wochenende. Wie immer hält sie beim Bäcker, Frau Meyer begrüßt sie schon mit: „Marie, Käsebrötchen – wie immer?"

Als Lisa nach ihrer heutigen Schicht ihr geliebtes Fahrrad aufsucht, klemmt da doch wieder so ein Zettel. Sie verspürt ein Kribbeln in der Magengegend. Mit leicht zitternden Fingern nimmt sie den Zettel, dort steht geschrieben:

Menschen, denen man aus Zufall begegnet, sind oft die wundervollsten Begegnungen. Marie, ich wünsche dir einen schönen Tag.

Marie stockt der Atem, da scheint jemand doch sie zu meinen. Also eine Fahrradverwechslung war es dann vielleicht doch nicht. Sie ist ziemlich verwirrt, schließt ihr Rad auf und zerbricht sich auf dem Weg zu ihrer Wohnung den Kopf über diesen mysteriösen Nachrichtenüberbringer. Wer könnte es sein? Auf keinen Fall einer ihrer Kollegen, da kommt niemand infrage.

Zu Hause wartet Marie ungeduldig auf Lisa. Als diese von der Uni nach Hause kommt, berichtet Marie ihr aufgeregt von dem zweiten Zettel.

Lisa ist total aus dem Häuschen. „Du hast einen heimlichen Verehrer, wie cool ist das denn", ruft sie aufgeregt. Den ganzen Abend rätseln sie, wer es sein könnte.

Am nächsten Morgen macht sich Marie übers Wochenende auf zu ihren Eltern, eine willkommene Abwechslung, um den Kopf frei zu bekommen.

Als sie am Montag ihre Spätschichtwoche antritt, ist ihr Kopf nicht wirklich frei, auch am Wochenende musste sie immer wieder an die Zettel denken. In den nächsten Tagen klemmt auf Maries Gepäckträger keine Nachricht, sie ist regelrecht enttäuscht. Vielleicht war es doch nur ein dummer Streich? Sie versucht, nicht mehr darüber nachzudenken.

In der folgenden ungeliebten Frühschichtwoche radelt Marie wie immer zu ihrem Bäcker. Als sie mit Brötchen in der Hand zu ihrem Fahrrad geht, bemerkt sie, dass ihr Rad einen Platten hat.

„Oh nein, bitte nicht, du lässt mich doch sonst nie im Stich", ruft sie.

Ein junger Mann stellt sich neben sie und fragt, ob er ihr helfen könne. Sie schaut ihn an, ein hübscher Typ. „Wenn du weißt, wie man einen Reifen flickt", erwidert sie.

Er erzählt ihr, dass ihm der kleine Fahrradladen mit Werkstatt um die Ecke gehört, das sei schnell erledigt. Marie ist erleichtert, allerdings wird sie nicht pünktlich zur Arbeit kommen. Sie ruft schnell Schwester Monika an, die hat erstaunlicherweise Verständnis für sie. Mit dem netten Typen schiebt sie ihr Rad bis zu der Werkstatt. Mit wenigen Handgriffen hat er den Platten beseitigt.

Währenddessen beobachtet er Marie, die sich in seiner Werkstatt umsieht. „Du, Marie, ich muss dir etwas sagen", fängt er plötzlich an.

„Woher weiß er meinen Namen?", fragt sich Marie.

„Ich habe dir die Nachrichten auf deinen Gepäckträger geklemmt", sagt er leise und verstummt kurz.

Marie schaut ihn erstaunt an, in ihrem Mangen fängt es wieder an zu kribbeln.

„Ich sehe dich häufig beim Bäcker, von Frau Meyer weiß ich deinen Namen und sie hat mir gesagt, dass du im Krankenhaus arbeitest", berichtet Matthias weiter. „Dein Fahrrad dort zu finden, war nicht schwer, nicht viele fahren so eine Rarität. Ich heiße übrigens Matthias." Er muss ein bisschen schmunzeln und erzählt Marie, dass er sich nicht getraut habe, sie einfach anzusprechen, und hoffe, er habe sie nicht mit den Nachrichten verschreckt.

Marie weiß gar nicht, was sie sagen soll, dann muss auch sie schmunzeln und wird rot.

Matthias fragt sie, ob sie sich vorstellen könnte, am Wochenende eine Radtour mit ihm zu unternehmen, einfach um sich besser kennenzulernen. Nach kurzem Zögern stimmt Marie zu, was hat sie denn auch zu verlieren, vielleicht wird es ja ganz schön.

Dass ihr das alte, geliebte Rad mal so eine Geschichte bescheren würde, wer hätte das gedacht.

Daniela Krogmann-Stevens ist 45 Jahr alt und lebt mit ihrem Mann in Cloppenburg. Schreiben ist seit ein paar Jahren ihr Hobby und einige ihrer Kurzgeschichten wurden bereits veröffentlicht.

Die Prüfung

„Ein herzliches Willkommen sage ich den drei Teilnehmern der heutigen Prüfung zur Fahrradfahrerin/zum Fahrradfahrer des Jahres. Ich begrüße auch die vielen Zuschauerinnen und Zuschauer hier auf unserem Gelände, Mitschüler, Lehrer und Eltern." Der Ansager steht auf einem kleinen Podest, das aus zwei zusammengeschobenen Kisten besteht. In seiner rechten Hand hält er ein Mikrofon, das er benötigt, damit er über die Lautsprecher auch in der letzten Ecke des großen Geländes verstanden werden kann, und mit den Fingern der linken Hand hält er einen dicken Stapel von Zetteln fest umklammert. Während er die Regeln für die Prüfung den Teilnehmern erklärt, achtet er darauf, dass auch niemand einen Blick auf seine Zettel werfen kann.

„Also liebe Teilnehmer, hier jetzt die Regeln. Sie lauten: Jeder Teilnehmer muss zu seinem eigenen Fahrrad oder im Zusammenhang mit seinem eigenen Fahrrad ein oder zwei Fragen von mir beantworten. Jeder Teilnehmer muss mit seinem eigenen Fahrrad eine von mir vorgegebene Strecke hier auf dem Gelände fahren und mir dazu Fragen beantworten. Jeder Teilnehmer bekommt von den anderen Teilnehmern je eine Frage gestellt und darf natürlich ebenso den anderen Teilnehmern je eine Frage stellen. Für jede richtig beantwortete Frage oder korrekt gefahrene Strecke hier auf dem Gelände gibt es einen Punkt. Wer zum Schluss die meisten Punkte hat, der ist der Sieger. Gibt es zwei Teilnehmer mit gleicher Punktzahl, stelle ich eine entscheidende Stichfrage. Und zu gewinnen gibt es eine Urkunde für den Sieger und zusätzlich auch noch für die ganze Klasse, aus der er kommt, einen Tag keine Hausaufgaben in allen Fächern. Das haben mir die Lehrer versprochen."

Sofort bricht bei den mitgekommenen Schülern Jubel los.

„Alles verstanden?", fragt der Ansager.

Die Teilnehmer meinen, dass sie alles begriffen haben, nicken stumm und stellen sich zu ihrem Rad.

„Ach, noch etwas ganz Wichtiges für die Zuschauer: Vorsagen gibts nicht. Wenn einem Teilnehmer vorgesagt wird, dann wird der Teilnehmer disqualifiziert, wird also sofort vom Wettbewerb ausgeschlossen", sagt der Ansager mit jetzt ernstem Gesicht. Er schaut auf den obersten Zettel seines Stapels, dann stellt er Nele die erste Frage. Sie lautet: „Nele, kannst du mir bitte sagen, was ein Dynamo ist? Wo ist der an deinem Rad und wozu dient er?"

Nele zuckt leicht zusammen. Sie kennt zwar ihr Rad in- und auswendig, aber jetzt, jetzt in der Aufregung der Prüfung muss sie trotzdem kurz überlegen. „Der Dynamo ist das Teil am Rad, das dafür sorgt, dass mein Licht vorn und hinten am Rad brennt, ich meine leuchtet. Also ich meine, damit es vorne hell und hinten rot leuchtet. Der erzeugt den Strom dafür. Also der Dynamo erzeugt den Strom, damit die Lampe vorn im Scheinwerfer hell und hinten im Rücklicht rot leuchtet. Der Dynamo befindet sich hier am Vorderrad." Sie zeigt dabei auf ein kleines Teil an der Vorderradgabel, von dem aus ein dünnes Kabel zum Scheinwerfer vorn und zum Rücklicht hinten am Schutzblech führt. „Aber", sagt Nele etwas zaghaft, so, als wenn sie sich ihrer Antwort nicht ganz sicher ist.

„Was aber?", fragt der Ansager.

„Aber es gibt auch Fahrräder, die haben keinen Dynamo, da haben dann die Fahrer so Lichter, die mit einer Batterie laufen. Die kann man abnehmen, wenn man das Rad stehen lässt. Die kann dann keiner klauen."

„Prima, Nele", lobt der Ansager. „Den ersten Punkt hast du dir schon verdient. Diese Lichter, die mit Batterie oder Akku laufen, nennt man Stecklichter. Richtig ist, dass man die Lampen dann vom Rad abnehmen kann, damit sie nicht gestohlen werden. Es gibt inzwischen auch Räder, da ist der Dynamo, also der Stromerzeuger für das Licht, in der vorderen Radnabe eingebaut. Deshalb heißt dieses Ding auch Nabendynamo. Die Radnabe ist übrigens das Mittelteil des Rades, an dem die dünnen Radspeichen befestigt sind. Wir gehen aber mal von deinem Rad mit dem außen angebrachten Dynamo. Ich will jetzt den Simon fragen und mal sehen, ob er auch so gut Bescheid weiß."

Der Ansager stellt sich nun zu Simon, der sein Fahrrad an Lenker und Sattel festhält.

„Simon, wir haben ja eben von Nele gehört, dass sich der Dynamo am Vorderrad, befestigt an der Vorderradgabel, befindet. Wenn dein

Rad steht, leuchtet ja dein Licht nicht. Wie kannst du prüfen, ob mit deiner Beleuchtung am Rad alles in Ordnung ist?"

Simon drückt beim Dynamo auf einen Hebel, wodurch sich der Dynamo gegen das Vorderrad drückt, hebt dann sein Rad mit festem Griff am Lenker an, greift das Vorderrad mit der anderen Hand und dreht es mit großem Schwung. Das Licht leuchtet sowohl vorne als auch im Rücklicht, solange sich das Rad dreht.

„Hier oben am Dynamo ist ein drehbares Teil, das sich an den Vorderreifen anlehnt. Und wenn ich das Rad drehe, dann dreht sich auch dieses drehbare Teil und in dem Dynamo entsteht Strom, der dann über die Kabel zu den Lampen transportiert wird."

„Das ist ja ganz toll! Ihr seid ja wohl alle Techniker, ihr wisst ja ganz prima Bescheid. Simon, auch du hast dir deinen ersten Punkt verdient. Toll. Übrigens solltet ihr die Beleuchtung am Rad vor jeder Fahrt kontrollieren. Außerdem solltet ihr nach den ersten Metern mit dem Rad kurz die Bremsen prüfen. Einmal kurz bremsen, dann wisst ihr, dass ihr auch zum Stehen kommt, wenn ihr an der Ampel oder am Ziel ankommt oder wenn ihr zum Ausweichen die Geschwindigkeit verringern müsst."

Der Ansager wendet sich nun zu Merle und stellt die letzte Frage, bevor es zum Fahren auf die Fahrbahn geht. „Merle, du hast dein Rad geprüft, so wie es eben Simon geschildert hat, und jetzt willst du losfahren. Wie läuft das ab?"

Merle nimmt ihren Fahrradhelm, setzt ihn auf, prüft, ob er richtig sitzt und nicht hin und her rutscht, und sagt dabei: „Ganz wichtig, immer den Helm aufsetzen!"

„Richtig, Merle", sagt der Ansager, „dafür hättest du schon deinen Punkt verdient. Aber sage uns bitte, wie es dann weitergeht."

„Also dann schaue ich erst mal, ob ich mit dem Rad auf die Fahrbahn fahren könnte. Dann stelle ich meinen Fuß auf das oben stehende Pedal, schaue noch mal, ob die Bahn frei ist, zeige mit der Hand, die sich auf der Seite befindet, wohin ich auf die Fahrbahn will, dass ich losfahren will, halte mich wieder mit beiden Händen am Lenker fest, schaue noch mal über die Schulter und wenn die Bahn immer noch frei ist, trete ich kräftig in die Pedale. Und schon gehts los."

„Merle, das war richtig. Deinen Punkt hast du dir verdient. Jetzt, wo alle einen Punkt haben, wollen wir sehen, wie es ist, wenn ihr mit dem Rad auf unserer Strecke fahrt. Kommt bitte mit eurem Fahrrad hier herüber zum Fahrdamm auf unserem Gelände. Ich denke, dass Nele wieder beginnt, dann Simon und dann Merle. Einverstanden?“

Alle nicken und schieben ihr Rad zum Startpunkt der Prüfungsstrecke.

„Du, meine liebe Nele, fährst jetzt mit deinem Rad die Straße entlang und an der nächsten Gelegenheit, wo du als Radfahrer rechts abbiegen darfst, da fährst du rum. Dann nimmst du aus dem Kreisverkehr die erste Straße und kommst wieder hierher. Bitte achte auf alle Schilder unterwegs und beachte auch die Ampel. Es kommt nicht darauf an, dass du superschnell hier wieder ankommst, sondern du sollst vorsichtig und mit Beachtung aller Zeichen hier wieder ankommen. Alles klar?“

Nele wiederholt noch mal korrekt die Strecke, die sie fahren soll, stellt ihr Rad an den Bordstein, dreht ihre linke Pedale nach oben, schaut, ob die Straße frei ist, zeigt mit der linken Hand an, dass sie jetzt losfahren möchte, fasst mit beiden Hände den Lenker, blickt nochmals über die Schulter und trampelt los.

Sie kommt an die erste Kreuzung. Rechts mündet eine Straße in ihre Straße ein. Sie sieht rechtzeitig, dass vor der Straßenecke rechts ein rundes Schild aufgestellt ist, das ein Fahrrad auf weißem Grund zeigt. Das Schild hat einen roten Rand. Sofort fällt ihr ein, dass sie bei diesem Schild mit ihrem Rad nicht in diese Straße fahren darf. Also weiter geradeaus. Schon erreicht sie die nächste Straßeneinmündung von rechts. Auch hier steht ein Schild, ein rotes, rundes Schild mit einem weißen, waagerechten Balken in der Mitte. Nele kurbelt in ihrem Kopf schnell alle Schilder durch und meint dann: Weil auf diesem Schild kein Fahrrad aufgemalt ist, darf sie mit ihrem Rad einfahren. Für Autos, so viel weiß sie, ist aber die Einfahrt in die Straße verboten. Kaum hat sie mit ihrer Hand angezeigt, dass sie rechts abbiegen will, ist sie auch schon rumgefahren.

Sofort hört sie aus dem Lautsprecher die Stimme des Ansagers: „Haalt, haalt, Nele.“

Nele bringt ihr Rad umgehend zum Stehen. Ihre Bremsen funktionieren ja, das hatte sie vor der Fahrt kontrolliert. Au weia, was war denn jetzt falsch? Sie hatte doch das Schild gesehen und überlegt, was das bedeutet. War das falsch?

„Aber ich bin doch nicht in die Straße mit dem Verbotszeichen für Fahrräder gefahren, hier ist doch nur das Zeichen, dass Autos nicht reinfahren dürfen“, ruft Nele dem Ansager zu.

„Nele, das stimmt nicht ganz. Ich will mal Merle fragen, ob sie weiß, was du falsch gemacht hast. Merle, was war falsch?" Der Ansager hält das Mikrofon vor Merles Mund und hofft auf Merles richtige Antwort.

Merle überlegt nicht lange, sondern sagt sofort: „Das runde, rote Verkehrszeichen mit dem weißen, breiten waagerechten Strich bedeutet, dass überhaupt kein Fahrzeug, also auch kein Rad, in diese Straße einfahren darf. Und weil Nele trotzdem da reingefahren ist, deshalb haben Sie sie angehalten."

Der Ansager strahlt, weil Merle die richtige Antwort gegeben hat. „Merle, das hast du richtig erklärt. Dafür bekommst du sofort den zweiten Punkt. Nele, beginnst du bitte an der Straßenecke wieder, weiterzufahren!"

Nele schiebt ihr Rad bis zur Straßenecke und führt es außerdem über die Straße bis zum Bordstein auf der gegenüberliegenden Seite. Dies ist auch ganz richtig, weil sie sich sonst mit ihrem Aufsteigen aufs Rad selbst in Gefahr gebracht hätte.

Nele steigt jetzt wieder auf und fährt bis zum nächsten Abbiegepunkt. Es ist der Kreisverkehr. An der ersten Möglichkeit muss sie den Kreisverkehr wieder verlassen. Kurz vor der in den Kreisverkehr einmündenden Straße, die sie entlangfahren soll, streckt sie ihren Arm rechts aus und zeigt mit der Hand nun an, dass sie rechts aus dem Kreis herausfahren will. Prima, Kreisverkehr gemeistert. Nele fährt jetzt direkt auf einen quer über die Straße verlaufenden Fußgängerüberweg zu. An der Seite stehen zwei Kinder, die die Straße überqueren wollen. Nele hält an, lässt die Kinder über den sogenannten Zebrastreifen gehen und fährt dann weiter. Als sie beim Ansager ankommt, klatschen ihre an der Seite stehenden Mitschülerinnen und Mitschüler. Sie finden, Nele hat es gut gemacht und sich mindestens einen Punkt verdient. Und auch der Ansager bestätigt ihre gute Leistung und gibt ihr den Punkt.

„Merle, nun zeig du uns bitte, wie du fährst. Deine Strecke verläuft so: Du biegst bei der nächsten Gelegenheit links ab, dann fährst du bis zu der Stelle, wo du nicht rechts in die Straße einfahren darfst. Dort bleibst du stehen. Ich sage dir dann, wie es weitergeht. Verstanden?"

Merle hat verstanden. Sie steigt auf ihr Fahrrad, schaut nochmals, ob die Straße frei ist und sie abfahren kann. Dann tritt sie kräftig unter Beachtung der Regeln in die Pedale.

Vor der nächsten Kreuzung steht ein blaues, rundes Schild, auf dem ein weißer Geradeauspfeil mit einem gleichzeitig nach rechts zeigenden weißen Pfeil gemalt ist. Merle soll aber nach links fahren. Und nun? Merle überlegt nicht lange. Sie fährt schnurstracks weiter geradeaus, denn sie weiß ja, dass sie hier nur geradeaus oder nach rechts abbiegen darf, auf keinen Fall aber nach links. An der nächsten Kreuzung aber geht es. Dort ist aber schon wieder ein Schild aufgestellt. Es ist quadratisch und zeigt einen Bogen, der von unten in der Mitte nach links abgebogen ganz dick gemalt ist. Das heißt: *Abknickende Vorfahrt* für diejenigen, die sich auf der Straße befinden, die von der Richtung unten kommen und in die Richtung fahren wollen, die der dicke Strich anzeigt.

Und genau das will Merle ja. Also hat sie jetzt Vorfahrt. Sie streckt ihren linken Arm seitlich raus und zeigt ihre beabsichtigte Fahrtrichtung an. Sie ordnet sich in den Verkehr ein und gerade, als sie fast die Mitte der Kurve erreicht hat, kommt ihr doch direkt ein anderer Radfahrer entgegen. Merle lässt sich davon aber nicht aus der Ruhe bringen. Das Verkehrszeichen mit dem dicken, schwarzen Streifen auf dem quadratischen, weißen Schild bedeutet für sie, dass sie an dieser Kreuzung als Abbiegende Vorfahrt hat. Der ihr entgegenkommende Radfahrer muss warten, bis sie um die Kurve gefahren ist. Auf der Seite des entgegenkommenden Radfahrers steht an der Kreuzung ein *Vorfahrt-Achten-*Schild. Dieses Verkehrsschild ist dreieckig, steht auf der Spitze, ist weiß und hat einen roten Rand. Natürlich gelten diese Schilder auch für alle Fahrzeuge anderer Art, zum Beispiel Autos, Motorräder, Mopeds und so weiter. Das weiß Merle auch.

Merle hat die Kreuzung wieder verlassen und radelt jetzt direkt auf eine Ampel zu. Sie sieht von Weitem, dass die Ampel schon eine ganze Weile Rot anzeigt. Am Ampelmast befindet sich aber im unteren Teil eine weitere, kleinere Ampel, die grün zeigt. Diese kleinere Ampel ist für die Radfahrer. Sie ermöglicht es den Radfahrern, gefahrlos eine Straße zu überfahren, weil sie dann grün anzeigt, wenn die große Ampel, die für die anderen motorisierten Verkehrsteilnehmer gilt, rot zeigt. Sonst könnte es nämlich passieren, dass ein Radfahrer geradeaus über die Kreuzung fahren will, aber ein nach rechts abbiegendes Auto den Radfahrer nicht sieht und es zum Unfall kommt. Merle aber hat auf der Radfahrer-Ampel grün und auf der großen Ampel für die anderen Verkehrsteilnehmer sieht sie rot leuchten. Alle anderen Verkehrsteilnehmer müssen halten, nur die Radfahrer nicht. Sie fährt weiter.

Als sie wieder beim Ansager eintrifft, wird auch sie mit Applaus empfangen. Der Ansager gibt ihr sofort einen Punkt und lobt ihr umsichtiges Fahren.

„Als letzten Teilnehmer unseres Wettbewerbs schicken wir nun Simon auf die Strecke. Simon, du fährst bitte an dem Polizisten, der dort auf der Straße steht, vorbei, biegst nächste Gelegenheit rechts ab und kommst wieder zurück. Klar?“

Simon sagt: „Ja“, und fährt los. Vor lauter Aufregung vergisst er leider, sich mit einem Blick über die Schultern zu vergewissern, dass die Straße frei ist und er gefahrlos starten kann. Fast hat er einen an ihm vorbeifahrenden anderen Radler gestreift und hätte ihn damit zu Fall gebracht. Glück gehabt, Simon. Der andere Radler konnte gerade noch ausweichen. Also, Kontrollblick auf keinen Fall vergessen!

Simon trifft beim mitten auf der Kreuzung stehenden Polizisten in dem Augenblick ein, als dieser sich so dreht, dass Simon seine Brust sieht. Sofort fällt Simon der Spruch ein:

Siehst du Brust oder Rücken,
musst du auf die Bremse drücken.
Siehst du seine Seitennaht,
hast du freie Fahrt.

Er bremst und hält an.

Der Polizist lässt nun den sogenannten Querverkehr fahren. Simon sieht jetzt viele Fahrzeuge von links nach rechts und umgekehrt fahren. Es dauert gar nicht lange, da streckt der Polizist seinen rechten Arm hoch und mit seinem linken Arm weist er die Fahrzeuge, die vor ihm abbiegen wollen, an zu fahren. Als die Kreuzung von allen Fahrzeugen vollständig geräumt ist, dreht sich der Polizist und steht jetzt mit ausgestreckten, waagerecht gestreckten Armen seitlich vor Simon. Jetzt darf er wieder fahren. Simon tritt kräftig in die Pedale.

Als er so richtig Fahrt aufgenommen hat, geschieht etwas, womit Simon nicht gerechnet hat, bei einem an der Seite parkenden Auto wird plötzlich die Tür geöffnet. Auf der Rückbank im Auto sitzt ein Junge, der nicht darauf geachtet hat, dass Simon mit seinem Fahrrad angebraust kommt. Jetzt muss Simon mit ganzer Kraft bremsen.

Sein Vorder- und sein Hinterrad blockieren vom kräftigen Bremsen und er schafft es fast, aber eben nur fast, sein Fahrrad vor der geöffneten Autotür zum Stehen zu bringen. Mit einem leichten Anstoß an der

Innenseite der Tür endet seine Fahrt. Simon hat großes Glück, dass er nicht umfällt, und der Junge aus dem Auto hat Glück, dass er noch drin sitzt und nicht vom Rad getroffen wird. Bei beiden Jungen bleibt es bei einem Schreck.

Ein wenig bleich im Gesicht kommt Simon wieder zum Ansager zurückgeradelt.

„Na, Simon, die Sache mit der geöffneten Autotür war Pech für dich. Ich hoffe, dir geht es gut?", fragt der Ansager.

Simon nickt.

„Als Radfahrer musst du beim Vorbeifahren an Autos immer damit rechnen, dass dann, wenn jemand drin sitzt, die Tür geöffnet wird und man als Radfahrer ausweichen muss. Allerdings ist es so, dass in der Straßenverkehrsordnung steht, dass der, der ein- und aussteigt, sich so zu verhalten hat, dass eine Gefährdung anderer Verkehrsteilnehmer ausgeschlossen ist. Der Junge, der da die Autotür geöffnet hatte, der hat sich verkehrswidrig verhalten, obwohl er ja nicht der Autofahrer war und nur aussteigen wollte. Aber er hätte sich als Mit-Verkehrsteilnehmer vergewissern müssen, dass keiner kommt und er den fließenden Verkehr, also dich, bei seinem Türöffnen und Aussteigen nicht behindert. Aber für dein Verhalten beim Polizisten hast du dir einen Punkt verdient. Schön!"

Jetzt stellt der Ansager Simon noch eine Frage: „Simon, stelle dir bitte folgende Situation auf der Straße vor: Du fährst auf einer Straße, in die auf der von dir linken Seite eine Straße einmündet. Aus dieser Straße will ein Bus links abbiegen. Er will also in deine Straße vor dich fahren. Gleichzeitig kommt dir ein Auto entgegen. Der Bus kommt für ihn also von der rechts einmündenden Straße. An der Kreuzung stehen keine Schilder. Simon, in welcher Reihenfolge dürfen die Verkehrsteilnehmer fahren? Schwer, was?"

Simon denkt angestrengt nach. „Ich komme nicht drauf. Es ist schwer. Ich glaube, ich weiß das nicht."

„Simon, erst darfst du fahren, denn aus deiner Sicht kommt ein Fahrzeug von vorn und eines von links. Dann darf der Bus fahren, denn er kommt aus Sicht des Autofahrers von rechts und es gilt ja immer dann, wenn keine anderen Schilder stehen *rechts vor links*. Und als Letzter darf das Auto fahren. Kein Punkt für dich."

Der Ansager hatte zu Beginn der Veranstaltung angekündigt, dass jeder Teilnehmer den anderen Teilnehmern je eine Frage stellen darf.

Nele macht wieder den Anfang und fragt Merle: „Ist das Stopp-Schild rund, eckig oder dreieckig, Merle?“

Merle überlegt, sie schwankt zwischen dreieckig und eckig, also mehr als drei Ecken. Dann antwortet sie: „Eckig.“

Der Ansager gibt für diese richtige Antwort einen Punkt.

„Simon“, sagt Nele jetzt, „muss ein Rad eine Klingel oder Glocke haben?“

„Es reicht, wenn das Rad eine Hupe hat und wenn es die nicht hat, dann muss ich eben immer *Vorsicht!* rufen, wenn einer im Weg ist.“

Der Ansager ist ganz verblüfft, dass Simon nicht weiß, dass es nicht ausreicht, wenn er *Vorsicht!* ruft, sondern ein Rad muss immer eine Klingel oder Glocke haben. Auch eine Hupe reicht nicht aus. Das gibt leider keinen Punkt für Simon.

Jetzt darf Merle Fragen stellen und als Erstes fragt sie Nele: „Wenn du keine Leuchtstreifen an den Reifen hast, was musst du dann aber haben?“

Sofort sprudelt es aus Nele heraus: „Speichenstrahler!“

„Punkt verdient“, sagt kurz und knapp der Ansager.

„Simon, du fährst auf einer Straße, in die an einer Ecke von rechts eine Straße einmündet. Du willst geradeaus fahren. Neben dir fährt ein Auto und dieses Auto möchte rechts abbiegen. An der Ecke steht ein Verkehrsschild, das anzeigt, dass das Auto *Abknickende Vorfahrt* hat. Was nun?“

Simon ist sich ganz sicher, er sagt: „Ich muss warten und das Auto erst vor mir abbiegen lassen, bevor ich geradeaus fahre. Das stimmt bestimmt, da bin ich mir sicher.“

„Richtig, Simon“, freut sich der Ansager und gibt Simon einen Punkt.

Jetzt darf Simon fragen. Er muss eine ganze Weile überlegen, denn eigentlich sind alle Fragen schon gestellt worden. Aber dann fällt ihm doch noch etwas ein. „Ich frage zuerst Merle“, beginnt er. „Auf einer Straße ist in der Straßenmitte eine durchgezogene Linie aufgemalt. Darfst du über diese Linie fahren, wenn du links abbiegen willst?“

Sofort, ohne nur eine Sekunde zu überlegen, antwortet Merle: „Nein, auf keinen Fall. Durchgezogene Mittellinien dürfen nicht überfahren werden.“

„Punkt für Merle“, sagt der Ansager ins Mikrofon und durch alle Lautsprecher wird es in alle Ecken des Geländes getragen.

„Letzte Frage an Nele. Nele, du hast deinen Helm leider in der Wohnung zu Hause vergessen und willst nur kurz zum Bäcker fahren, um Brötchen zu holen. Musst du dir erst noch in der Wohnung den Helm holen oder darfst du auch ohne Helm fahren?"

„Ich muss mir den Helm holen, sonst darf ich nicht fahren."

„Ach, schade, Nele, leider falsch. Du solltest immer den Helm beim Radfahren aufsetzen, aber *müssen* musst du nicht. Es ist natürlich für den Radfahrer viel sicherer, wenn er den Helm aufhat und geschützt ist, aber eine Pflicht besteht derzeit nicht. Der Helm ist nur allen Radfahrern dringend empfohlen."

Der Ansager hat noch eine Frage übrig, die er unbedingt loswerden will. Es ist eine Frage, bei der derjenige der Gewinner ist, der auf die Frage die erste richtige Antwort gibt.

„Liebe Merle, liebe Nele, lieber Simon, die jetzt kommende letzte Frage ist ganz schwierig. Überlegt euch die Antwort gut und sagt eure Lösung erst, wenn ihr euch ganz sicher seid. Klar?", fragt er sicherheitshalber noch einmal. Alle drei Teilnehmer bestätigen, die Anweisung verstanden zu haben. „Also hier die Frage: Im Sommer, wenn es so richtig warm ist, dann versucht man doch so wenig wie möglich anzuziehen. Darf man dann auch barfuß Rad fahren?"

Merle, Nele und Simon überlegen angestrengt. Richtig, sie sehen in ihren Gedanken Kinder, die barfuß Rad fahren. Aber wenn Kinder das tun, heißt es ja noch lange nicht, dass das auch erlaubt ist. Au wei, ist das schwer.

Simon fasst sich ein Herz und sagt etwas zurückhaltend: „Ja."

Der Ansager fragt sicherheitshalber noch einmal nach. „Sicher?"

„Ja", bestätigt Simon.

„Nele, was meinst du?", fragt der Ansager.

„Also", beginnt Nele ihre Antwort leise sprechend, fast so, als sollte keiner ihre Antwort hören. „Also ich meine, Simon hat richtig geantwortet. Ja, warum sollte man nicht barfuß mit dem Rad fahren dürfen. Mir fällt nichts weiter ein. Ja."

„Und du Merle, wie ist deine Antwort?", wendet sich der Ansager an Merle.

„Ich mein nein. Man hat ja nicht so den richtigen Kontakt mit der Pedale. Das tut manchmal richtig weh. Ich weiß das, weil ich das auch ab und zu mal gemacht habe, obwohl es nicht erlaubt ist. Und wenn man anhält und vom Rad absteigt, dann kann es auch vorkommen, dass man genau in eine doofe Stelle tritt."

„Merle, super. Du hast genau geschildert, weshalb es nicht gut ist, barfuß mit dem Rad zu fahren. Wir von der Deutschen Verkehrswacht Havelland lassen nämlich niemanden ohne vernünftiges Schuhwerk auf dem Rad fahren. Bei einem Unglück, das ja jedem geschehen kann, fragen nämlich die Versicherungen, ob man angemessen gekleidet war. Wenn nicht, man also zum Beispiel keine Schuhe anhatte, kann der Versicherungsschutz entfallen und man sitzt auf dem gesamten Schaden allein, muss also alles selbst bezahlen. Das kann teuer, sehr teuer werden. Du bekommst dafür einen Punkt."

Der Ansager setzt sein strahlendes Lächeln auf und verkündet: „Liebe Kinder, liebe Gäste, es steht damit nach der von mir gestellten Stichfrage fest: Die Gewinnerin des heutigen Wettbewerbs ist … Merle!"

Tosender Applaus schallt über das Gelände. Merle erhält eine Urkunde und ein Schreiben an die Schulleitung, dass an einem Tag der kommenden Woche für alle Schüler der Klasse keine Hausaufgaben aufgegeben werden dürfen.

Merle ist überglücklich. Sie packt die Urkunde und den Brief in ihren Rucksack, schultert ihn, winkt noch einmal den Gästen der Veranstaltung zu, setzt sich auf ihr Rad, blickt über die Schulter auf den Verkehr, zeigt mit der Hand an, dass sie losfahren will, und strampelt los. Sie dreht noch eine Ehrenrunde übers Gelände und dann ab nach Hause.

Gute Fahrt Merle!

Diese Geschichte, deren Inhalt keinen Anspruch auf Vollständigkeit der Regeln des Straßenverkehrs erhebt, basiert auf der Unterlage Verkehrserziehung der Deutsche Verkehrswacht Havelland e. V., Ausgabe 2015. Fachliche Hilfestellung erhielt der Autor von den Herren Dietmar Kratzsch und Peter Spors, Deutsche Verkehrswacht Havelland e. V.

Charlie Hagist *wurde 1947 in Berlin-Steglitz geboren. Nach Grund- und Oberschule absolvierte er eine Ausbildung zum Bankkaufmann. Während seiner Tätigkeit in der Personalabteilung des Hauses bildete er sich zusätzlich zum Personalfachkaufmann (IHK) weiter. Ehrenamtlich war er als Richter am Amtsgericht Berlin-Tiergarten, am Sozialgericht Berlin und danach am Landessozialgericht Berlin tätig. Charlie Hagist ist verheiratet, hat einen Sohn.*

Radl-Spaß

Radfahren nicht nur als Freizeit-Spaß. Der eigenen Gesundheit und auch der Umwelt zuliebe aufs Fahrrad umsteigen. Denn Radfahren ist fürs körperliche und seelisch-geistige Wohlbefinden des Menschen gut und tut auch der Umwelt besonders gut!

Mit dem Fahrrad sich klimaschonend fortbewegen. Die Landschaft klimaneutral entdecken. Abgasfrei durch die Lande touren. Und dabei auch noch für sich selbst Gutes tun! Durch das Radfahren zum Beispiel den Kopf vom Alltagsstress frei bekommen und auf andere Gedanken kommen. Sich einfach mal auf die Natur einlassen und sich ihr hingeben …

Pure Natur aktiv erleben! Mit dem Mountainbike Landschaften und Wälder erkunden. Mit eigener Körperkraft strotzen! Und nur so protzen! Allen Leuten zeigen, welche Power in einem steckt. Mit vollem Stolz die eigene Muskelkraft und Ausdauer präsentieren. Zum Beispiel bei einer kleinen, etwas herausfordernden Bergtour.

Doch strampeln ist hier zunächst eine sehr große Qual – vor allem berghoch! Aber man hat ja keine andere Wahl. Man wollte es ja selbst so. Sich so richtig auspowern und verausgaben … Jetzt jedoch an seine Grenzen kommen. Vom Rad absteigen müssen. Zu Fuß weitergehen und dabei auch noch das Fahrrad hochschieben, ziemlich gequält bergauf drücken müssen. Sich richtig quälen müssen, den steilen Berg hochzukommen.

Das macht natürlich erst mal gar keinen Spaß …

Doch die große Anstrengung ist nicht umsonst. Denn ganz oben auf dem Berg wartet eine supertolle Belohnung! Nämlich ein einzigartiges Bergplateau mit einem herrlichen Panoramablick. Wer es schafft, bis nach ganz oben zu kommen, darf also zur Belohnung eine wunderschöne Aussicht genießen! Und sich dort oben natürlich eine ganz besondere, sehr ausgiebige und äußerst wohlverdiente Pause zum Relaxen und Picknicken gönnen.

Puh! Den Gipfel nach einiger Zeit mühevoll erklommen. Ziemlich entkräftet am Ziel angekommen. Endlich oben angekommen, sich erst mal die lang herbeigesehnte, große Pause gönnen. Das Fahrrad abstellen. Rasten, Pause machen und entspannen auf einer Liegebank. Es sich nun gemütlich machen und den wunderschönen Ausblick einfach genießen ...

Bei gutem Wetter etliche Kilometer weit in alle Richtungen blicken können. Die Natur und die Landschaft betrachten und bewundern. Berge und Täler. Ein kleines Bächlein, das sich recht kurvenreich durch die Landschaft windet. Verschiedenartige Wälder und bunt aufblühende Wiesen. Windräder, von denen es immer mehr gibt. Sowie einige brachliegende Äcker und etliche bestellte Felder. Außerdem ein abgelegener Bauernhof. Auf einer Weide grasen Kühe, auf einer anderen Weide Ziegen. Auf einer Wiese an einem Waldrand sind mehrere Rehe zu sehen. Und dann ist da noch ein Schäfer unterwegs, der mit einer riesengroßen Schafherde durch die großartige Landschaft zieht.

Die Landschaft ist wirklich eine wahre Augenweide! Eine äußerst faszinierende Landschaft und eine sehr bewundernswerte Natur vom Bergplateau aus bestaunen dürfen. Ein Ausflug in die Natur, der sehr begeistert. Sich hier oben auf dem Berg genüsslich ausruhen und tiefenentspannen. Jetzt auch mal verdienterweise so richtig chillen dürfen. Sich dabei an der schönen Landschaft und Natur kaum sattsehen können. Sich an ihnen regelrecht ergötzen. Eine wunderschöne Belohnung für all die Anstrengung zuvor! Sich nun einfach an der Landschaft und an der Natur erfreuen. Sie auf sich wirken lassen. Sie bewusst wahrnehmen und genießen ... Und so auf natürliche Weise eine große Portion Kraft auftanken an der frischen Luft, in der sauberen Bergluft. Sich hier in der Natur einfach wohlfühlen. Und sich dabei vom Alltagsstress erholen. Ausruhen inmitten der Natur, das ist Erholung pur! Und kräftigt! Ein richtiger Energiekick!

Die Psyche beziehungsweise Seele und Geist werden durch die Natur gestärkt. Man fühlt sich viel besser. Der Kopf ist wieder frei und für neue Belastungen und Herausforderungen bereit.

Außerdem noch einen kleinen Imbiss zu sich nehmen, einen gesunden Snack essen, um auch den Körper wieder zu stärken. Und nun mit neuer, frischer Energie auf zu neuem Tatendrang! Nach einer ausgiebigen Pause geht es so richtig gestärkt und mit neu gewonnener, neuartiger Motivation bald wieder nach Hause.

Auf der Rückfahrt geht es zur weiteren Belohnung steil bergab. Einfach rollen lassen … Den Fahrtwind spüren … Ganz entspannt auf dem Radl sitzen. Nur noch bremsen müssen. Und *ruckzuck* schon wieder unten im Flachland angekommen. Noch ein paar wenige Kilometer strampeln und auch schon wieder zu Hause. Ziemlich müde und ausgepowert, aber dennoch zufrieden und glücklich. Denn es war – unterm Strich betrachtet und trotz ein paar Unannehmlichkeiten – ein supertolles, wunderschönes Erlebnis! Doch in Zukunft vielleicht lieber ein E-Bike nutzen? Denn mit einem E-Bike fährt es sich viel entspannter und viel eleganter – vor allem die Berge hoch. Ein bisschen Fremdantrieb darf es dann doch sein. Sich das Leben so ein bisschen leichter machen, das Radfahren wesentlich angenehmer machen.

So rollt es dank des abgasfreien E-Motors mit weniger Körperkraft beziehungsweise Tretaufwands viel leichter. Und sehr viel schneller und sehr viel weiter. Ausgedehntere Radtouren sind nun möglich. Und das mit wesentlich weniger Anstrengung. Strampeln ist nun gar keine Qual mehr. Strampeln erfreut nun sogar sehr! Immer größere Touren machen und dabei auch noch fröhlich lachen …

Radeln macht einfach sehr viel Spaß! Vor allem bei Sonnenschein, bei gutem Wetter. Dank Fahrradfahren dem Körper etwas Gutes tun – sowie auch der Psyche! Daher lieber eine kleine Radtour machen, als sich den ganzen Tag zu Hause draußen auf eine Gartenliege legen, nur sonnen und faul ausruhen oder drinnen fernsehend im Wohnzimmer auf der Couch liegen oder sich mit Computerspielen die Zeit vertreiben.

Mit Radfahren zum Beispiel das Herz-Kreislauf-System in Schwung bringen, Fett verbrennen, Muskeln aufbauen und Ausdauer trainieren. Im Laufe der Zeit merkt man dann sehr deutlich, dass man körperlich durchtrainiert ist.

Außerdem fühlt man sich – dank wunderschöner, erlebnisreicher Radtouren – seelisch wesentlich erfüllter und ist mental deutlich gestärkt. Radfahren entfaltet somit auch nachhaltig eine positive Wirkung, zum Beispiel auch für eine bessere Bewältigung des normalen Lebensalltags.

Daher also besser häufiger mal aktiv Fahrradfahren als immer nur mit dem Auto passiv, faul und mühelos durch die Lande spazieren fahren. Denn Radeln ist gesund und hält fit! Es ist eine Wohltat für Körper, Geist und Seele sowie vor allem auch für die Umwelt, für Klimaschutz und Naturschutz.

Radeln ist einfach der absolute Hit!

Drum steigt möglichst alle – so oft wie nur möglich – aufs Fahrrad um und macht bei dieser supertollen und äußerst nutzvollen Aktion mit! So werden wir alle gemeinsam miteinander fit und schonen ganz locker im Nebeneffekt sogar noch die Umwelt damit!

Juliane Barth, *Jahrgang 1982, lebt im Südwesten Deutschlands. Sie schreibt als Hobby seit jeher sehr gerne, u. a. Gedichte, Kurzgeschichten und Sachtexte. Veröffentlichungen in diversen Anthologien: https://sacry-decs.hpage.co.*

Das Rad des Lebens

Oder: Hochmut kommt vor dem Fall

Der Herbstwind strich sanft über die goldgelben Felder am Niederrhein, als ich zu meiner Fahrradtour aufbrach. Die Blätter der Bäume leuchteten in warmen Rottönen und das Knirschen der Blätter unter meinen Reifen begleitete mich auf meiner Reise.

Mit jedem Tritt in die Pedale fühlte ich, wie mich ein wenig die Herbstmelancholie erfasste. Auch ich war nun im Herbst des Lebens angekommen, in dem Alter, in dem man unsichtbarer scheint, weil man nicht mehr wahr- oder ernst genommen wird.

In Ratgebern ist viel von Chancen die Rede, die das Alter für einen bereithält. Ich bin da misstrauisch, denn häufig verbirgt sich hinter so einem unverbindlichen Versprechen die Einsicht, dass eine Sache aussichtslos und eher durchgestanden sein will.

Auch die Bedeutung bestimmter Wörter ändert sich im Kontext des Alters. Alt und Jung interpretieren Begriffe wie spät ins Bett gekommen, anstrengende Fahrradetappe und Computerkompetenz anders.

Das Café im Herzen des Städtchens, das ich mir für meine Pause ausgesucht hatte, war ein gemütlicher Ort mit gedämpftem Licht und leiser Musik im Hintergrund. Die wenigen Gäste saßen an ihren Tischen in Gespräche vertieft oder nutzten ihre Handys.

In einer der Ecken des Cafés nahm ich Platz und blätterte in dem Buch über das Rad des Lebens, das mit hinreißenden Bildern illustriert war. So überkam mich die Erinnerung an meine Jugendjahre. Gott, waren die schnell vorbei gewesen. Mein Studium und dann … ich blätterte in Gedanken zu meiner ersten Stelle im Technischen Amt.

Wunderbare Kollegen. Allerdings auch so um die 70 Kollegen und nur eine ganz reizende Kollegin. Ja, damals waren wir Ingenieurinnen noch eine Seltenheit.

Und dann gab es die zwei Kollegen Rist und Lücke, die nicht grundlos den Spitznamen List und Tücke trugen. Unangenehme Menschen, nicht nur korrupt, sondern mobbten, was das Zeug hielt.

Um mich beruflich weiterzuentwickeln, bekam ich von meinem Chef ein größeres Projekt – die Brandsanierung eines Krankenhauses – übertragen. Damit auch alles gut lief, wurde Anfänger*Innen ein Mentor zugeteilt, der Hilfestellung geben sollte. Ich erhoffte mir so sehr, dass ich einem meiner beiden fachlich äußerst versierten und herzlichen Bürokollegen zugeteilt werden würde. Leider nicht, ich hatte Pech. Richtig Pech: Herr Rist als erfahrener Projektleiter und Mentor in Kombination mit Herrn Lücke, der als Brandschutzingenieur hinzugezogen wurde. Es gab Momente, da vermisste ich meinen Vater, der stets sein Jagdgewehr polierte, wenn ein Freund mich abholte.

Letztendlich musste ich versuchen, mit den beiden unsympathischen Kollegen zu arbeiten, und vielleicht auch etwas lernen. Zumindest schienen aber meine beiden Bürokollegen genauso skeptisch wie ich zu sein.

Und List und Tücke legten richtig los. Zunächst ließen sie sich kleine Nickeligkeiten einfallen, Zusatzaufgaben, wie den Einsatz von Geräten zu kontrollieren und zu protokollieren, wobei ich Überstunden anhäufte und nichts lernte. Außer, dass Gerätelisten niemanden interessierten und ich mich gegen diese Art der Beschäftigung wehren musste.

Bei dem nächsten Projekttermin schickten mich die beiden auf das Dach, die Maße der Sanierungsfläche zu ermitteln. Tapfer kletterte ich trotz meiner Höhenangst die drei Stockwerke über das schmale Gerüst auf das Dach – nur um bei meiner Rückkehr zu hören, dass das ganze Dach wohl doch nicht einsturzgefährdet wäre … meine beiden Bürokollegen waren empört, dass sie mich allein auf das marode Dach ohne Sicherungsmaßnahmen geschickt hatten, und gaben das auch List und Tücke deutlich zu verstehen.

Ich war gewarnt. Und die beiden wollten Revanche.

Die nächsten sechs Wochen ließen sie mich in Ruhe arbeiten, behandelten mich fast normal, das heißt, sie gaben mir gelegentlich auch Tipps, die sich sogar als praktikabel erwiesen. Nicht, dass ich nicht sicherheitshalber bei wichtigen Entscheidungen meine Bürokollegen um Rat fragte. Aber mit der Zeit glaubte ich fast, es könnte gut weitergehen.

Und dann kam der sonnige Freitagmittag. Kein Handwerker war mehr auf der Baustelle. List, Tücke und ich sprachen über den Baufortschritt und wollten uns das zweite Stockwerk ansehen. Allerdings

mussten wir dazu auf das Gerüst, das nur über eine Bohle des Nachbargebäudes zu erreichen war. Ich ging mit meiner Höhenangst offen um. Sie überredeten mich, ihnen zu vertrauen. Einer würde vorgehen, der andere hinter mir sichern, ich dürfte nur nicht in die Tiefe sehen. Klang wie ein Kinderspiel und ich gutgläubige Idiotin vertraute ihnen. Sie waren die Herren der Baustellen und der technischen Anlagen. Männer, denen die Welt offenstand, weil sie einen Namen trugen, den stadtbekannte und vermögende Familien ihnen gegeben hatten. Männer, denen diese angeborene Überlegenheit so zu Kopf gestiegen war, dass sie nur noch das sahen, was sie wollten, und sich Dinge nahmen oder gegen andere austeilten, ohne Konsequenzen befürchten zu müssen. Widerliche, morallose Mistkerle.

So stand ich also in der Mitte dieser verdammten Bohle: unter mir ein acht Meter tiefer Graben und Rist meinte: „Auf mein Kommando: Jetzt wird gewippt." Es schien, als hätte Lücke nur darauf gewartet und wippte begeistert am anderen Ende. Gott, war mir schlecht. Mit meinen Händen, die keinen Halt fanden, versuchte ich mich auszubalancieren. Rist grinste tückisch. Es würde wie ein Unfall aussehen. Aber irgendwann nach einer gefühlten Ewigkeit verlor Lücke die Nerven und meinte, er würde jetzt aufhören. Zitternd drängte ich mich an ihm vorbei. Gerettet.

Nachdem meine Bürokollegen meine Geschichte gehört hatten, wurde ein Mentorenwechsel von ihnen organisiert, sodass ich nicht mehr gezwungen war, mit List und Tücke zu arbeiten. Und natürlich gab es keine Konsequenzen für List und Tücke. Irgendwann wechselte ich die Stelle und das Rad des Lebens drehte sich weiter.

Meine Erinnerungen an früher wurden jäh durch den Ruf der Kellnerin: „Gleich kommt der Mann von der Chefin", unterbrochen. Auch der warnende Unterton entging mir nicht.

„Aber was soll es? Unangenehme Menschen gibt es überall", dachte ich. Das Wetter versprach an meinem Urlaubstag bestens zu werden, mein spätes Frühstück wurde gerade zubereitet.

„Wo bleibt mein Kaffee? Und ich hätte gerne eine …", er machte eine Pause und schaute die Kellnerin verächtlich an, „weiße Tischdecke."

Ich spähte zu dem Tisch herüber: Natürlich war die Decke strahlend weiß und Herr List hatte auch im Alter seine Neigung für unsinnige Zusatzaufgaben nicht verloren. Jäh und unvermutet kochte bei mir das schon fast vergessene Gefühl der Hilflosigkeit hoch. Nachdem er sich Beifall heischend umgesehen und die Kellnerin eilends eine frische Tischdecke neu platziert hatte, nahm er Platz und schlug endlich seine Zeitung auf. Der Tisch lag günstig, um zu sehen und gesehen zu werden. Allerdings saß er mit dem Rücken zur Treppe, die zu den Toiletten im Untergeschoß führte. Ich ging festen Schrittes zu dem Zeitschriftentisch neben ihm und blätterte darin, bis ich einen unauffälligen Moment abpasste, an dem alle beschäftigt waren, und stieß List so heftig an, dass er vom Stuhl rutschte. Mit einer fließenden Bewegung setzte ich meinen Fuß an die Treppe. Er versuchte aufzustehen. Doch ich stieß ihn erneut gegen die Schulter, sodass er über meinen Fuß stolperte und die Treppe hinunterfiel. Das Klappern des Geschirrs und das überraschte Aufschreien der anderen Gäste übertönten kurz die Musik.

Die plötzliche Verwirrung nutzte ich zu meinem Vorteil, rief, dass ein Krankenwagen geholt werden müsse, und entfernte mich dabei langsam und unauffällig. Die Gäste im Café waren zu schockiert, um mich zu beachten, und beeilten sich, dem gestoßenen Mann zu helfen.

Nachher würden sich die Zeugenaussagen sehr unterscheiden: Es wurde der ewige verdächtige dunkle Mann gesehen: circa 1,75, dunkles Haar, und eine ältere Frau, deren Beschreibung nur auf das dorfbekannte Engelmedium zutraf, die es sich gerade auf Mallorca gut gehen ließ.

Und ich fuhr unbehelligt weiter. Der Herbst hatte durchaus noch seine warmen Tage.

Marlene Ingendahl lebt mit Mann, Kater und Hund am linken Niederrhein und arbeitet beruflich als Ingenieurin. Um das Beste aus der Coronazeit zu machen, belegte sie Videosportstunden, die von den beiden Haustieren als gelungenen Beitrag zur Abendunterhaltung gesehen wurden. Da sie schon immer gerne Geschichten schrieb und um ihre Kenntnisse zu vertiefen, besuchte sie dann auch ein virtuelles Seminar. Nun schreibt sie mit Freude ihre eigenen Geschichten.

Mein Vater ... und ich

Erzählungen, Erinnerungen und Gedichte

Im Band „Meine Mutter ... und ich" haben wir Erinnerungen an unsere Mütter gepflegt oder „Danke" gesagt, das möchten wir nun auch allen Vätern zuteilwerden lassen. Auch das Anthologieprojekt „Mein Vater ... und ich – Erzählungen, Erinnerungen und Gedichte" lädt dazu ein, sich mit der Vater-Kind-Beziehung auseinanderzusetzen. Liebevoll oder kritisch, so wie eben die Beziehung ist oder war.

Das Buch ist ein tolles Geschenk zum Vatertag, aber auch zu vielen anderen Gelegenheiten. Und es bietet die Möglichkeit, noch nie Gesagtes aufzuschreiben. Der Band erscheint im April 2024.

Einsendeschluss ist der 31. März 2024

Wie aus dem Ei gepellt …

Erzählungen, Märchen und Gedichte zur Frühlings- und Osterzeit, das sind auch im Frühjahr 2024 wieder die Themen für den bereits 10. Band der Reihe „Wie aus dem Ei gepellt", der pünktlich zum Osterfest erscheinen soll.

Ob Sie über den Osterhasen, den Frühling oder das Osterfest schreiben möchten, überlassen wir ganz Ihnen. Wir sind aber sicher, dass auch Band 10 wieder viele tolle Geschichten enthalten wird. Denn die ersten liegen der Redaktion bereits vor, wurden auch schon gelesen und vom Osterhasen höchstpersönlich für richtig gut und österlich lesenswert empfunden.

Einsendeschluss ist der 15. Februar 2024

Ein Buch geht um die Welt

Eine internationale Initiative von Papierfresserchens MTM-Verlag

Kinder auf der ganzen Welt vernetzen, sie zum Schreiben animieren und ihnen die Möglichkeit bieten, über ihr Leben, ihre Träume und Wünsche zu schreiben, das möchte die internationale Initiative „Ein Buch geht um die Welt" von Papierfresserchens MTM-Verlag erreichen.

Der Buchverlag mit Sitz am Bodensee in Deutschland hat aus diesem Grund einen Schreibwettbewerb zum Thema „Schulgeschichten 2.0" ins Leben gerufen, an dem sich noch bis zum 15. März 2024 Mädchen und Jungen im Alter zwischen 6 und 14 Jahren aus aller Welt mit ihren ganz kleinen oder auch umfangreicheren Märchen und Erzählungen, Gedichten, Haikus oder Erlebnisberichten beteiligen können. Auch Illustrationen dürfen eingereicht werden.

Der Schreibwettbewerb „Schulgeschichten 2.0" richtet sich natürlich zum einen an Kinder, deren **Muttersprache Deutsch** ist. Aber es haben sich in den zurückliegenden Jahren auch immer wieder junge Autorinnen und Autoren an den Schreibwettbewerben des Verlags beteiligt, die **Deutsch als Fremdsprache** erlernt haben. Weltweiten wurden Schulen deshalb zu diesem Wettbewerb eingeladen.

„Uns ist es wichtig", so Meier, „dass die Kinder Spaß am Schreiben haben. Und wir wissen, dass viele unendlich stolz sind, wenn sie ihren Text in einem gedruckten Buch finden."

Für 2024 sind weitere Schreibprojekte für Kinder geplant. Umfangreiche Informationen zu allen Projekten finden Interessierten unter

www.papierfresserchen.de